이경자

강원도 양양에서 태어나 1973년 서울신문 신춘문예에 소설 「확인」이 당선되어 작품 활동을 시작했다. 소설집 『절반의 실패』『살아남기』『꼽추네 사랑』, 장편소설로 『배반의 城』『혼자 눈뜨는 아침』『사랑과 상처』『情은 늙지도 않아』『천 개의 아침』『계화』『순이』『세 번째 집』, 중단편집 『건너편 섬』, 산문집으로 『반쪽 어깨에 내리는 비』『이경자, 모계사회를 찾다』『남자를 묻는다』『딸아, 너는 절반의 실패도 하지 마라』『시인 신경림』 등이 있다. 올해의여성상, 한무숙문학상, 고정희상, 제비꽃서민문학상, 민중문학상, 아름다운작가상, 현대불교문학상, 가톨릭문학상 등을 수상했다.

일러스트 · 디자인 김동선

오늘도 나는 이혼을 꿈꾼다

이경자 소설

1990년대 여성지성의 두렵고도
용맹한 얼굴

오혜진(문학평론가)

1980~90년대 여성 독서사에서 이경자는 단연 돌올한 존재다. 여자들은 쉬운 독서만을 선호한다는 편견이 횡행할 때, 이경자는 엽편과 장편, TV 드라마와 강연 등 장르와 매체를 가리지 않고 여성 독자들을 치열한 논쟁의 장으로 초대했다. 특히 내게 이경자의 행보가 인상 깊었던 것은, 그가 동시대 여성을 매우 진지한 '토론'의 상대로 여겼다는 점 때문이다. 가사노동의 경제화, 가족법 개정, 간통죄 존폐 논쟁 등 당대 주요 논의에 이경자는 자신의 글쓰기로써 능동적으로 참여했고, 그의 입장은 일관됐다. 그는 언제나 여성들에게, 가부장제 사회의 '보호'와 '배려'의 대상이 되느니 울타리 밖으로 나아가 기꺼이 '도전'하고 '혼란'을 겪자고 설득했다.

'극단적인 페미니즘'이라는 비난을 심심찮게 받은 이경자 소설에서 조롱당하는 것은 비단 가부장 남성만은 아니다. 하층 여성과 사회적 약자 위에 군림해 권능감을 느끼려는 부르주아 여성의 허위의식은 이경자 특유의 풍자가 가장 날카롭게 작동하는 지점이다. 다만, 이경자 소설은 결코 흔한 '여적여' 구도를 소환하지는 않는다. 오히려 그는 '엄마와 딸', '시어머니와 부인', '부인과 애인', '기혼 여성과 미혼 여성', '중산층 여성과 하층 여성', '성녀와 창녀' 등 여성 관계를 손쉽게 분할하는 당대 관습에 강력하게 반발한다. '여성 문제'의 범주가 크게 확장된 오늘날에도 이 소설집이 흥미로운 건, 가부장 남성을 절대악으로 설정하는 것보다 여성억압에 공모하는 여러 요인을 복합적으로 사고하는 게 훨씬 더 용감한 실천임을 이 책이 효과적으로 증명하기 때문이다.

이경자의 여자들은 과묵하지 않다. 그녀들은 전통적인 부덕(婦德)의 비인간성을 씹어뱉듯 뇌까리고, '종속관계 청산', '노예해방 선언' 같은 여성주의의 생경한 언어를 어떻게든 일상에서 발설해 본다. 시어머니에게 비난받고, 남편에게 조롱당하고, 자식에게조차 비웃음을 사더라도 그렇게 한다. 그녀들이 말하기를 멈추고 돌연 벙찐 표정을 지으며 어리둥절해한다면, 그건 자신이 옳다고 믿던 '교양'과 '합리'의 정당성을 스스로 의심할 때다. 이경자의 타협 없는 단언과 차진 비유, 핵심을 찌르는 통찰, 신랄한 조롱조의 문체는 이 세계를 향할 때는 통쾌하나, 나 자신을 향할 때는 두렵다. 이경자 소설에 부려진 그 모든 전략들을 나는 1990년대 여성지성의 두렵고도 용맹한 얼굴로 기억한다.

그제도 어제도 오늘도 이혼을 꿈꿨던 날에

이런 책을 냈었다는 기억조차 못하게 된 내게 〈걷는사람〉이 책을 다시 내겠다고 했다. 책 제목을 듣는 순간 칠순 나이의 소설가와 걸맞지 않다는 생각이 들었다. 그래서 나름으로 이유를 달아 사양했지만 결국… 이렇게, 됐다. 내 나이 삼·사십대, 성찰은 두렵고 분노는 깊고 욕망은 터지기 직전으로 살던 때, 더러 화염병을 던지는 기분으로 쓴 글들이다. 다시 그맘때의 젊음을 준다 해도 돌아가고 싶지는 않다.

교정지를 받아 보고, 문장이 거칠다는 걸 알았지만 수정하지는 않았다. 이건 다 그 시절의 내가 쓴 것이니까. 그걸 지금 '노년의 결'로 손본다는 건 옳지 않다는 생각이 들어서다. 그리고 기특한 점도 발견됐다. 문장은 거칠어도 주제는 싱싱했다. 그 시대에 두 주먹 불끈 쥐고 지켜내고자 했던 것, 바이러스처럼 퍼뜨리려고, 굽히지 않았던 나의 씩씩함! 미숙하나마 '여성주의 관점'이 여전히 푸릇푸릇하게 돋보였다. 뜨거웠던 울분과 기특하고 애틋하기까지 한 신념도! (하하하)

이맘때의 나, 웃기는 일이 많았다. 남성 근본주의로 일관해서 홀

러온 사람의 역사 속에서 여러 나라와 민족의 인권, 해방, 독립 등의 선언문을 읽으며 그 주체에 '여성'을 대체하는 버릇이 있었다. 가령, '조선', '인민', '노예'… 등등에 여성을 넣어 읽어보는 것이다. 이때도 대부분의 여성들은 사람남자의 인간다운 삶을 위한 보조자의 역할을 하는 게 '신의 섭리' 같았다.(지금 달라졌나?) 가부장제의 남성 중심 결혼은 남자에게 아이를 낳아주고 밥을 해주는 존재로의 사람여성을 규정한 제도라고 생각됐다. 그래서 여자도 사람이 되고자 하면 '이혼'만이 살길 같았다.

여성에 대한 차별은 아버지 가장의 권력이라는 그늘로부터 시작해서 사회와 국가로 넓혀진다. 차별은 정교하게 장치되어 있다. 이런 가부장제 문화 속에서 여성이 자신을 사랑하고 존중할 수 있을까? 자신을 사랑하고 존중하지 못하는 어머니, 아내, 엄마, 누이, 딸을 둔 세상이 평화로울 수 있을까? 우리들 삶의 현장에서 우리가 공유하기 위해 표현하는 '말'들이 얼마나 폭력과 굴종으로 이루어졌는지, 그것이 바로 남성문화의 언어이다.

'어머니 자연, 사람 어머니'에 대한 소외와 학대는 자연에선 인간중심주의, 사람에게선 남성중심주의로 시작됐다고 생각한다. 요즈음 유행하는 자연 친화니 성차별금지니 하는 말들에서 문득 의문을 품는다. 프란츠 파농의 『검은 피부 하얀 가면』처럼 우리가 '여자얼굴 남자가면'을 하고 있진 않은지, 혹은 그 반대는 아닌지, 오늘날의 성평능 양상을 섬세하게 살펴봐야 한다.

여성은 여성고유성(固有性)으로 존중되는 사람일 때라야 여성이다. 지금, 발전과 진보의 의미를 되묻게 하는 일이 우리 앞에 놓여 있다. '코로나19'가 우리 문명의 '몸체'에 대한 성찰을 강력히 요구하는 것이다.

자유롭지만 외롭고, 풍요롭지만 삭막한 시대를 살아내야 할 여성과 남성들에게 내 생각이 공유된다면! 그렇게 되기를 애달프게 바란다.

경자년 봄날에 경자가.

차례

3부

4부

5부

1부

옛날 옛날 한 옛날에

저에게 늘 '바르게' 살라고 가르치시는 선생님. 오늘도 저는 선생님의 가르침을 배반했습니다. 모름지기 사람이 사람을 차별하고 학대하는 것이 가장 큰 악덕이라고 목이 마르게 말씀하셨건만, 저는 오늘도 가장 큰 악덕을 저질렀습니다.

도저히 참을 수가 없어서 또다시 남편을 패고 말았습니다.

우선 저의 경망스러운 인내심을 나무라고 채찍질해주십시오. 달게 받겠습니다.

그러나 선생님의 이런 지도편달이 저에겐 하나도 가혹하게 느껴지지 않습니다.

바라옵건대 제발 저의 남편이 한 인간으로, 주체적으로 살아갈 수 있게 해주세요. 간절히 부탁드립니다. 주체성을 기르는 부적이 있다면 저의 재산 일부를 떼어서라도 사겠습니다. 저의 재산 전부를 바칠 수도 있지만, 의식주의 기반을 버리고 부적을 산들 무슨 소용이 있겠습니까. 그래서 송구스럽게도 재산 일부를 떼겠다고 말씀드리는 것입니다.

저의 남편이 어렵사리 '일자리'를 구하게 된 건 지난번에 보고드린 바가 있지요. 물론 스승님의 도움이 컸습니다. 비록 남편의 일이 전표를 떼는 단순 반복 노동이라 하더라도, 그는 자신의 몸과 정신으로 사회적 노동을 해서 '돈'을 벌어옵니다. 이런 경험이 그의 의식에 많은 변화를 가져왔습니다.

처음엔 퇴근하자마자 집에 와서 옷도 갈아입지 않고 저녁밥을 짓는 것이었어요. 어쩌다 제가 그와 비슷한 시간에 귀가하면 마치 죄인인 양 어쩔 줄을 모르고 허둥지둥 저녁상을 마련하곤 하더라구요. 처음엔 저도 신경질을 부렸지요. 아무리 남자가 직업을 가졌더라도, 어디까지나 살림을 하는 '남편'이니까, 자신의 그 신성한 본분을 잊지 말아야지, 온종일 바깥에서 시달리다 들어온 아내를 무료하게 기다리게 하다니.

언제였던가, 지구가 뒤집어지기 전의 인종들이 살던 때에 있었다는, 뭐 맞벌이 아내가 그랬다나? 아무튼 그런 꼴이었지요.

하지만 저도 반성을 많이 했습니다. 남편이 대학까지 다녔는데 집안에서 가사노동만 하는 게 비생산적이다 싶어 취업에 동의했으면, 나와 똑같이 일하는 사람으로 인정해야 하겠지요. 사실 말이지 가사노동이라는 게 전부 기계화되고 아이도 낳지 않는 이때, 할일이 뭐가 있겠어요. 시간은 남아돌고 몸도 건강한 사람들을 집안에 방치해두니까, 남편들이 사우나니, 헬스니, 퇴폐 이발소니 들락거리며 반사회의식을 키울 수밖에요.

그래도 사람의 이론이란 실제와 따로 노는 법이어서 이해는 그럴듯이 하고도 저의 실천은 개판이었어요. 집구석이 왜 이리 지저분하냐, 반찬 좀 새롭고 맛깔스러운 거 없느냐고 짜증을 냈지요.

참, 남편이 취업한 이래 달라진 것 하나가 있어요. 바가지 긁는 횟수가 팍 줄어든 것입니다. 왜 늦느냐, 밖에서 '낮거리' 한 거 아니냐. 이 속치마는 누가 사주었느냐. 블라우스에 붙은 이 머리카락은 어떤 사내 것이냐… 이런 등등의 의심은 거의 없어졌습니다. 그와 동시에 남편의 귀가 시간도 퍽 자유로워지더군요. 자기들도 회식하다가 한잔 걸치면 1차, 2차, 3차까지 끌게 된다는 것이지요.

물론 여기까지는 이해할 수 있어요. 결혼생활 십여 년이 되었고, 남편도 저와 같은 '사람'이 아니겠어요? 아내가 마시는 술과 남편이 마시는 술이 따로 있는 게 아니지 않아요?

그런데 한 가지 걱정되는 건, 밤중에 택시 타는 게 영 불안합니다. 여자 택시 운전사들이 요즘 부쩍 문제가 많아졌잖아요. 강도로 돌변하지 않나, 지갑이나 반지, 시계 빼앗아가는 거야 그렇다 쳐도 으슥한 데 끌고 가서 강간하는 건… 사람의 탈을 쓰고 그럴 수가 있습니까? 강간은 정말 안 됩니다. 남성의 동정이 그 사람의 인생을 결정하고 팔자를 바뀌게 하고, 남성들이 성적 순결을 자신의 생명처럼 소중히 아는 시대에, 강간이란 한 남성의 인생과 생명을 파괴하는 거나 다름없습니다. 말이 났으니 말입니다만, 아무리 제가 남편을 사랑한다 해도 강간당한 남자와 어떻게 살 수 있겠어요. 저는 어제도 단골 술집에 가서 오입을 하고 왔지만 말입니다.

저는 남편에게 누누이 밤중의 귀가는 이런 위험이 있다고 말해주었습니다.

남편도 겁을 내지요. 택시를 탈 때는 꼭 기사 아주머니나 기사 처녀의 관상을 살핀다지요. 여자 승객들과는 표정을 살피는 것은 물론, 합승은 아예 하지도 않는다나요. 요새 여자들은 꼭 옛날 옛날 한 옛날의 남자들 같다고나 할까요?

선생님, 그만 흥분해서 이야기가 샛길로 빠진 것을 너그러이 용서해주세요.

사실 오늘 제가 선생님을 찾은 것은 아직도 저에게 남아 있는 '폭력성' 때문입니다.

선생님께서는 '폭력성'이 가장 나쁜 것이라고 가르쳤습니다. 사람이 사람을 사람으로 보면, 결코 어떤 경우에도 폭력을 쓸 수 없을 거라고 말씀하셨지요. 천 번 만 번 지당하신 말씀입니다. 폭력은 문제를 해결하는 것 같지만 결국은 더 큰 폭력을 심을 뿐이지요. 어떤 경우에도 때리거나 욕하거나 모욕하지 말아야 합니다.

앞으로는 절대로 남편을 때리지 않겠습니다.

하지만 이번만큼은 어쩔 수가 없었습니다.

그날 남편은 밖에서 무슨 얘길 들었는지 느닷없이 '남성은 인류의 절반이다, 그러니까 하늘의 절반도 남성의 것이다'라고 말하지 않겠어요? 너무도 뚱딴지같은 소리더라구요. 그래서 용건이 뭐냐고 했더니, 우리 아이에 대한 친권 행사를 동등하게 하자는 겁니다.

아이는 어머니의 씨를 받고 태어난 것이 아니라 어머니와 아버지의 합작에 의해 만들어졌다는 것이지요. 순간, 저는 불같이 화가 뻗쳤습니다. 아니 그래, 그까짓 정자 한 개와 난자, 자궁, 진통, 수유 등등을 어떻게 견줄 수 있다는 겁니까! 자로 재고 근으로 달아

봐도 값이 달라지지 않아요? 남편이 보탠 건 정자 한 개라니까요. 자기는 사정하면 그만이지만 저는 오르가슴 주기가 늦어서 늘 불만인데 말입니다.

그런데도 남편은 인권 운운하며 달려드는 것이었지요. 인류의 절반 어쩌고 하면서요. 요새 사회 구석구석에 그 운동권이라는 바이러스들이 생겨서 큰일입니다. 더 강력한 법으로 다스려야 할 때입니다. 남성이 의식화되어서 이런 안정 국면을 흔들면 이로울 게 누구겠어요?

죄송합니다. 선생님.

우리 집 남편 좀 보래요

"신문 어쨌어?"

아내가 밥을 먹으라는데 남편은 엉뚱하게도 신문을 찾았다. 순간 아내는 못마땅한 눈초리로 남편을 쏘아보았다. 남편의 눈길이 아내의 얼굴을 탐조등처럼 훑고 지나갔다.

남편감은 그저 밥을 복스럽게 먹는 남자라야 한다고, 시어머니는 시누이 시집보낼 때 사위 고르는 기준으로 그걸 내세웠다. 자기 아들은 저렇게 키우고서도.

아내는 잠시 잠깐 시어머니와 남편을 속으로 흉본 다음 부드러운 목소리로 말했다.

"국이 식는다구요."

그러나 남편은 기어이 전화기 옆에 둔 신문을 찾아들고 식탁에 앉았다. 아내는 자기도 모르게 싱크대의 수돗물 꼭지를 돌렸다. 물이 쏴 하고 쏟아져 내렸다.

결국… 남편이 볼 것이다….

아내가 아득한 눈을 하고 생각에 잠겼다. 둘째도 딸을 낳은 어머니가 또 딸을 낳았다는 남편의 구박에 시달리다가 태어난 지 두 달이 채 못 된 딸을 스스로 목 졸라 죽였다…. 결국 남편도 이 기사를 볼 것이다….

아내는 초조하고 불안했다. 온몸에서 불길이 이는지 화끈거렸다. 그러나 남편은 최소한도 옹졸하지는 않다…. 아내는 자기 남편의 성품에 의지하기로 했다. 그는 여태, 딸만 둘을 둔 자신들의 처지에 대해 걱정하거나 그 불만을 내색하거나 딸을 둔 것이 아내의 탓처럼 내비쳐 본 적이 단 한 번도 없었던 것이다.

그 점에서 남편은 '깨인' 사람이었다.

아내는 그렇게 믿고 있었다.

그러나 다른 여자들과 얘기하다 보면 마치 불안이 불씨처럼 남아 있다가 타오르기 시작했다. 어떤 남자가 죽었는데 장례식에 장대 같은 청년이 아들이라고 찾아왔다느니, 같은 아파트 7층에는 본처가, 3층에는 첩이 살고 있는데 본처만 그걸 모르고 지냈다느니, 딴살림 차린 남자일수록 충실하다느니….

"세상이 이거 아주 뒤집혀두… 쯧쯧."

남편이 씹어뱉듯 중얼거리며 신문을 아무렇게나 내던졌다.

"정말 그렇지? 세상에 자기가 낳은 자식을… 두 달이나 키웠는데… 방실방실 웃었을 거 아니야… 왜 아내만 구속해? 남편이 살인을 교사했는데!"

아내는 기다렸다는 듯이 말했다. 남편이 물을 마시다 말고 아내를 빠히 쳐다보았다. 어처구니없고 가련하다는 그런 표정이었다.

"안 그래 당신? 아내는 피해자라구. 오죽했으면 제 속으로 낳은 자식을, 그 어린 걸 목 졸라 죽였겠느냐구. 그 손을 가지구 그 여자가 어떻게 한평생을 살겠어. 자식 죽인 손을 가지구."

"차암!"

남편이 기가 막힌 소리를 냈다.

우리 집 남편 좀 보래요.

아내가 뭔가 이상해서 남편을 바라보았다.

"왜, 그래? 뭐가 어쨌다구….”

"당신 못 봤어? 기사 못 봤어? 여편네가 서방 '물고문'질 한 거 봤어?"

"어머! 그런 것두 났어요?"

아내가 신문을 집어 들었다.

"살맛 나겠구나.”

남편이 비아냥거리며 식탁에서 일어났다. 그는 텔레비전의 채널을 여기저기 돌렸다. 아내는 부지런히 남편이 말한 기사를 찾았다. 과연 남편이 말한 그대로였다. 아, 그래서… 세상이 뒤집혔다구 했구만… 아내는 자신의 한순간의 불안이 우스꽝스러워서 실제로 웃었다. 그녀는 식탁을 치우면서 '물고문'한 아내를 생각해보았다. 오죽했으면… 여자 혼자 몸으로 병든 남편과 자식들 먹여 살리고 살아가자니… 무슨 내막이 있겠지… 아내는 남편 물고문 기사에 대해서는 이렇게 생각을 정리해 두었다.

현관문이 당당하게 열렸다.

"엄마아!"

역시, 아내는 만족스러웠다. 씩씩하고 당당한 둘째 딸이 그는 좋았다.

"나 언니 올 때까지만 놀게, 턱걸이 연습할 거니깐! 알았지 엄마?"

숨이 턱에 닿는 소리로 아이가 말했다.

둘째는 어머니가 그래, 라고 말했을 때 벌써 문을 열고 쿵다다닥 뛰어나갔다. 큰딸은 과외교습을 다녀서 여덟 시 오십 분쯤에 들어왔다.

아무래도 난 신경 불안증이 있어. 아무렇지도 않은 걸 가지구 괜스레 불안해서… 차별 의식이 하루아침에 사라지겠어? 마치 천성처럼 박힌 것을. 핏속에서 뼛속에서 살 속에서 뇌수에서 다 빠져나오자면 앞으로도 한 세대는 더 지나야 할걸….

아내는 식탁을 행주질하고, 맑은 물이 나오도록 행주를 빨면서 생각하였다. 그리고 그는 제법 맛이 들기 시작한 사과를 깎아 쟁반에 담아 들고 남편 곁으로 갔다.

"풋사과 맛이라더니 괜찮네, 여보."

아내가 사과 한 쪽을 찍어 주며 말했다. 남편은 말없이 그것을 받았다.

"여보, 그런데 사람들은 이상하지? 그러면서두 자식은 남자 것이라고 생각하구… 남자 여자 차별하는 게 엉터리니까 모든 게 다 뒤틀리고 헝클어진 것 같아. 사람은 다 소중한 거 아니유?"

남편은 아내의 말을 듣는지 마는지 사과 한 쪽을 한입에 넣더니 와작와작 씹었다. 그리고 다시 한 개를 집으려다 말고 그만두었다. 그가 놓은 포크가 유리 접시를 쨍그렁 때렸다.

"나쁜 건 여자 탓이구, 좋은 건 남자가 독차지하구… 이기주의 아니유? 남성 이기주의 말이유."

남편은 텔레비전만 쳐다보았다.

"누가 그러는데 자식 만들 때 남편이 보태는 건 정자 한 개라구 합디다. 그 말이 맞지 뭐. 입덧을 하나 진통을 하나 젖을 먹이나…."

"어쭈 잘두 노는구나, 어디서 듣는다는 게 고작 그런 소리나 주워 듣구."

세상이 메스꺼운 목소리로 남편이 내뱉었다. 경멸을 가득 담은 얼굴이었다. 순간 아내는 남편이 두려워졌다. 무자비한 폭력이 느껴져서였다.

부부라는 건 무엇일까.

아내는 또다시 지병 같은 혼란에 빠져들었다.

저 여자를 어쩌지?

"엄마 문 열어!"

철우가 초인종 단추를 마구 누르며 발끝으로 철문을 두드렸다. 얼굴 바닥에 얇게 썬 오이쪽을 붙이고 누워서 이제 막 스르르 잠이 들려던 영옥이가 도끼눈을 떴다.

나간 지 얼마나 되었다고. 숙제부터 하라고 했더니 다섯 시에 들어오겠다고 약속하지 않았던가. 이제 겨우 삼십 분이 지났는데.

영옥은 성깔 치솟는 대로 하자면 발딱 일어나 문을 열어주고 아이에게 꾸중도 해야겠으나 '교육' 때문에 참고, 살며시 움직여 안으로 잠긴 문의 고리쇠를 벗겼다.

"엄마! 얼굴이 왜 그래?"

아이가 들뜬 목소리로 물었으나 놀라지도 않고 건성으로 지나쳐서 제 방으로 뛰어 들어갔다. 영옥은 미심쩍은 느낌이 들어 아이가 들어간 방문을 꼬나보다가 아무래도 닫힌 문이며 침묵이 수상해 오이쪽이 떨어지건 말건 벌떡 일어섰다.

두 손으로 이마부터 긁어내린 오이를 한곳에 모아놓고 아이의 방문을 열었다. 그러나 문은 벽처럼 단단했다. 순간 가슴이 써늘하게 비는 듯했다.

"철우야! 뭐 하니?"

영옥은 늘 '교육'을 생각했다. 그래서 지금도 소리치고 싶은 것을 참고 부드럽고 따뜻한 목소리로 물었다. 안에선 기척이 없었다. 영옥은 귀를 기울였다. 딸가닥, 삐걱하는 쇠붙이 부딪고 비기는 소리가 연달아 들렸다. 한 자녀 갖자는 국가시책에 충실해지려는 뜻은 전혀 없었지만, 영옥이네 부부는 철우 하나만 두었다. 능력껏 최선을 다해서 완벽하게 기르자는 생각에서였다. 영옥은 침을 삼켰다. 꿀꺽 목젖이 굴렀다. 그리고 그는 문을 두드렸다.

불안하고 속이 상했다. 엄마 몰래 무슨 짓을 숨어 할 게 있는지.

"엄마 왜?!"

아이가 짜증스럽게 묻는 목소리가 닫힌 문 때문에 먼 거리감을 느끼게 하였다.

"문은 왜 걸었어?"

영옥은 '지금 뭐 하니?' 하고 묻고 싶었지만, 아이를 긴장하게 할까 봐, 아이가 자기 모르는 비밀을 만들까 봐 문은 왜 걸었느냐고 물었다.

"알았어 나갈게."

아이가 딴전에 깊이 빠진 목소리로 대답하더니 조금 후에 문을 열고, 영옥이와 눈길이 닿지 않게 하려고 애쓰며 나왔다. 그러나 영옥은 마치 섬광이 비끼듯, 아이의 비밀을 눈치챘다. 아이가 한 손을 뒤로 고집스레 감추고 있었던 것이다.

"철우야. 왼손에 그게 뭐니?"

영옥은 낮은 목소리로 물었다. 철우의 얼굴에 난처한 빛이 어렸다. 영옥은 잠시 침묵했다. 철우는 마음이 급했다. 밖에서 지금 민주가 기다릴 것이었다. 금방 나오겠다고 했는데, 엄마 때문이다…. 철우는 속이 상했다. 하지만 엄마의 기세가 예사롭지 않다. 그래서 철우는 얼굴을 찡그리고 조바심에 시달리며 서 있는 것이었다.

"왼손에 그게 뭐지?"

영옥이가 낮고 싸늘한 목소리로 다시 한번 물었다. 아이가 '비밀'을 갖는다면… 그건 엄마의 하염없는 사랑에 대한 배반이라고 생각했다.

"저어… 민주가…."

철우가 웅얼거리자 영옥이가 대뜸 말꼬리를 낚아챈다. 철우의 입에서 '민주'라는 앞집 여자아이 이름이 나왔기 때문이다.

"민주!"

영옥은 저도 모르게 소리를 높였다. 민주네가 계단식 아파트인 맞은편으로 이사 오고 나서부터 영옥은 생병 하나를 얻었다. 민주의 엄마는 직장에 다니는데 아이를 고아처럼 내굴려 키웠다. 그런데 그 여자는 영옥이보다 나이가 많았음에도 불구하고 노처녀처럼 차리고 다녔다. 민주라니? 영옥은 민주의 이름이 '민주주의'의 줄인 말이라는 걸 안 다음부터 민주주의도 싫어졌다.

영옥이 다시 소리쳤다.

철이는 멈칫거리다가,

"돈을 빌려 달랬어…" 하고 말했다. 민수는 절내 비밀이어야 한다고 다짐했고, 아무에게도 말하지 않기로 약속하지 않았던가. 그런데 엄마가…. 철우는 자기가 약속을 지킬 수 없게 만든 엄마가 밉고 싫어졌다.

"돈을 빌…려어…?"

이렇게 중얼거리는 영옥이의 얼굴에 야비하고 우쭐한 웃음기가 번졌다.

철우가 발을 떼었다. 순간 영옥이가 아이의 팔을 낚아챘다.

"얼마나?"

뜨거운 목소리로 물었다. 늘 혹처럼 달고 있는 생각, '교육'을 이 순간만은 까맣게 잊고 있었다.

"삼백 원이야."

아이가 뿌루퉁하니 말했다.

"흥, 직장 다닌다구 아이를 개나 기르듯 하니…."

영옥이가 씹어뱉었다.

"엄마는 뭐 집에서 놀기만 하잖아."

순간, 철우가 이렇게 중얼거렸다. 그리고 이젠 겁날 것 없다는 듯한 몸짓으로 신발을 거칠게 꿰신고 나갔다. 영옥은 철우의 말 때문에 정신이 아찔해서 아무것도 보이지가 않았다.

하지만 영옥은 차츰차츰 정신을 차렸다. 그러자 마치 마취에서 깨어날 때처럼 통증이 느껴지기 시작했다. 뭐, 내가 집에서 논다고? 완벽한 엄마, 아내, 주부 노릇 하자는 건데. 나도 결혼 전, 큰 기업체 비서실서 일했던 여자라구…. 영옥은 이렇게 속으로 말했다. 그러나 철우보다 민주 엄마가 더 저주스러웠다. 모두 그 여자 때문이니까….

이날 밤, 영옥은 기어코 민주네 집 초인종을 눌렀다.

민주 엄마는 영옥이가 세 번째 찾아간 밤 열 시에나 만날 수 있었다. 그 여자는 아내요, 어머니라는 것이 그런 늦은 시간에야 겨우 집이라고 기어들어 왔던 것이다. 민주 아버지라는 남자도 반편인 모양이지? 그런 여자를 그냥 데리고 사는 꼴이라니…. 생긴 게 그렇더라니, 허우대두 자그마해가지구….

영옥은 민주 엄마가 친절하게 웃으며 들어오라고 인사했으나, 이내 따따따 총알을 퍼부어대었다. 꿀리지 않기 위해선 근엄해야 한다고 생각했으나 민주 엄마의 당당한 얼굴을 보는 순간 이성을 잃은 것이었다.

"댁의 딸이 어떻게 자라는지 알기나 해요? 엄마의 의무는 자녀교육이 첫째 아닙니까? 남의 아이 꼬드겨서 돈이나 훔쳐내게 하구…. 벌써부터 뀜질을 하면 어디다 쓰지요?"

"아이, 철우 어머니, 뭘 그걸 가지구…. 애들이 자랄 땐 별별 호기심이 다 생기지 않겠어요? 아이들이 건강하다는 징조인데 뭘 그렇게 불쾌하게 생각하세요? 삼백 원 빌려서 과자 사먹었다는 얘기 들었어요. 그러잖아도 내일 철우한테 맛있는 케이크 사다 줄 생각이었어요…."

저 여자가 뭐라고 하는 거지?

영옥은 치욕감과 수치심 때문에 어쩔 바를 몰랐다.

저 마누라를 어쩌지?
첫 번째 이야기

김 형, 오랜만이오.

점심시간에 이 편지를 쓰오, 편지라는 걸 써본 지 십 년도 넘은 것 같아 막상 김 형, 하고 써놓으니 막막한 기분이구려. 그러나 내가 김 형이라는 편지 쓸 친구라도 갖고 있는 것이 정말 다행으로 생각되오.

김 형도 잘 알겠지만, 우리 사내들이라는 게 자기 '사생활'을 누구에게 털어놓기란 여간 어려운 일이 아니잖소. 집구석 하나 제대로 거느리지 못해 고통을 겪는다는 건 분명 수치고 치욕이오.

그런데 지금 내가 이렇게 김 형을 찾는 것은 바로 그 '치욕'을 살고 있기 때문이라오.

김 형, 우리가 언제 술자리에서 요즘 여자들 되어가는 꼬라지 얘기한 적 있지 않소? 그때 왜 내가 우리 마누라 얘기도 농담처럼 비쳤었지요. 뭐 인간선언 어쩌구 하더라구….

여자라는 동물은 도대체 뭐로 되어 있을까? 여자면 되었지, 인간선언은 무슨 빌어먹을 선언이오. 난 이런 여성스럽지 못한 말투-선언! 하고 나서게 된 것도 말세풍조라고 생각하지만, 우리가 세월을 잘못 타고났으니 어쩌겠느냐 하고 참으며 살아왔소. 그런데 그 선언 어쩌고 한 다음부터 마누라의 기세가 전혀 달라져 가고 있어요.

밥을 나보고 하라거나 빨래를 나보고 하라는 건 아니요. 그 지경이면 응당 정신병원에 보내야겠지요.

모든 게 정상이긴 한데 그 기세가 달라졌더란 말이요. 이를테면 고분고분한 맛이 없어졌달까?

김 형, 사실 터놓고 말하자면, 여자라는 게 무슨 맛이요. 고분고분한 걸 빼놓으면 그게 어디 여자라고 할 수 있겠소? 우리 남자들과 전혀 다른 맛, 그러니까 수줍고 애처로워 보이고 가여운 태가 나는 여자. 이런 여자를 감싸주고 보살펴주는 게 우리 남자들의 사랑이지 않겠소, 우리가 왜 한때 다투어 가던 '호반'이라는 술집 있지 않아요?

그 집이 인기를 끌었던 건, 우리 사내들이 주무르는 대로 맛을 내는 미스 강 때문이었지요.

어찌 보면 애처롭고, 이리 건드리면 톡 쏘는 맛을 내고, 저리 둘려 놓으면 어머니같이 희생적인 미스 강 생각나지요?

다시 내 부끄러운 사생활에 대해 얘기하겠소. 마누라가 인간선언인가 뭔가를 하고도 얼마 동안은 눈에 띄게 달라지는 것은 없었어요. 다만 날 보고 '가정이라는 게 무슨 기계처럼 단추만 누르면 돌아가는 물체가 아니다'라고 말합디다. 난 이게 뭔 말인지 이해할 수 없었지요. 삶은 호박에 이도 안 들어갈 소리라고 흘려버렸습니다. 그런데 마누라가 날 보고 '노력을 하라'는 겁니다.

이런 건방진 거, 회사에 가 봐라.

나만큼 가정에 충실한 사내가 있는가!

얼마나 화가 뻗치는지 당장 주먹이 올라가려는 걸 그래도 배운 사람답게 참았습니다.

남자들끼리 부끄러운 얘기입니다만, 치사한 남자들도 있지 않아요? 월급 명세서를 고쳐 쓰지 않나, 딴살림을 차리지 않나, 우린 그런 건 절대로 못 하는 성미지요.

나는 결혼 십 년 동안 단 한 번도 생활비를 안 가져다준 적이 없어요. 어쩌다 술김에 오입을 한 적은 있지만 살림을 차릴 만큼 지저분하게 처신하진 않았지요.

그런 나를 보고 '노력하라'니! 성질대로 하자면 남자답게 주먹을 썼어야 옳겠지요.

참았습니다. 커가는 애들 앞에서 손찌검을 하는 거 보이기도 싫고, 또 여자라는 걸 어디 때릴 데가 있습니까? 하여튼 이렇게 언짢은 기미를 모르는 체 지내왔지요.

김 형도 우리 집사람을 보았듯이 어디 유난히 모가 난 여자는 아니지요.

그런데 이 여자는 하루하루 달라집니다. 우선 옷을 받아 걸지 않아요. 신발을 신기 편하게 놓아주던 습관도 무쪽 자르듯 없애더군요. 그뿐이 아닙니다.

열쇠를 하나 맞춰 와선 내게 주면서, 늦을 땐 열고 들어오래요. 들어오는 시간이 일정치 않은 사람을 무한정 기다리는 건 '소모적'이라고 하면서요.

소모적이라….

낭비라는 얘긴데, 비생산적이라는 얘긴데, 김 형 생각해 봐요. 우리 동방예의지국에서 전통적으로 이어져 내려온 아녀자의 역할, 그 지아비 사랑하는 방법, 태도를 소모적이라니 말이 됩니까? 우리들 사내라는 게 술에 곤죽이 되어도 보금자리라고 찾아가는 낙이 무엇입니까. 현숙하고 부드럽고 성낼 줄 모르는 아내가 기다려주기 때문이 아니겠어요? 제 손으로 열쇠 구멍에 열쇠를 집어넣고… 그것도 한밤중에… 어두운 집구석으로 기어든다는 건, 이건 가정이 아니지요. 이럴 바에야 하숙집이 낫지 않겠어요?

그러나 그뿐이 아닙니다. 마누라는 요새 제기랄, 웬 공부를 한다고 늘 신문이나 책을 들고 살아요. 쉬는 날 있지요. 예전 같으면 간식이라고 이것저것 해다 바칠 텐데 과일 하나 깎아오질 않아요.

뭐라는지 알아요?

일요일엔 주부도 휴식을 하고 싶다네요.

도대체 가정주부가 무슨 직장인입니까.

일요일엔 휴식을 원한다니.

게다가 신문 좀 본다고 토론을 하려 들지 않나. 우루과이 라운드가 뭐냐. 우리 대표의 협상 태도를 어떻게 평가하는 게 옳으냐, 후세인과 부시에 대해 얘기해 달라.

누가 피곤하게 마누라하고 이런 얘길 하고 싶겠어요.

다시 한 번 말하지만 현모양처란 남편 위주로 살아가는 아내가 아니겠어요? 입 안의 혀처럼 말입니다. 비서처럼 말입니다.

그런데 우리 마누라는 눈치가 빠르니까, 나의 팽팽한 불만을 알아챈 겁니다. 그리고 어제는 얘기 좀 하자는 겁니다.

물론 얘기는 마누라 혼자 지껄인 꼴이었어요. 왜냐하면 나는 너무 어이가 없어 말문이 막혔던 것이지요.

마누라가 어쨌는지 아세요?

"여보, 당신은 비행기를 타고 한 시간 만에 제주도를 가는 세상에 살지 않아요? 당신의 아내에 대한 생각이나 태도도 시대에 맞게 바뀌어야 해요."

이랬습니다.

김 형 어떡하면 좋겠습니까?

저 마누라를 어쩌지?
두 번째 이야기

"엄마는 직업이 뭐야?"

학교에서 무얼 적어오라는 종이를 보내서 그걸 펴고 훑어 보던 아이가 이렇게 소리쳐 물었다.

마누라가 설거지를 끝내고 사과를 깎아 와서 지금 그걸 하나씩 찍어 먹으며 텔레비전을 보고 있었다.

아이 녀석은 누구에게 묻는 걸까.

아무도 대꾸하지 않았다. 필경 나나 제 어미에게일 터이건만 우리는 대답하지 않았다.

"엄마는 직업이 없는데…."

아이가 중얼거리며 종이를 떨어뜨렸다. 중학교 들어간 큰애가 그걸 적어주겠다고 나섰다. 식구들 이름을 쓰고 생년월일을 쓰고 직업을 쓰고 집은 있는지 공부방은 있는지 따위를 쓰는 것이었다.

둘째가 제것이라고 누이가 쓰는 양을 들여다보다가,

"나는 직업이 뭐지?"

하였다.

"학생이지 뭐!"

마누라가 핀잔주듯 소리쳤다.

"아빠는 과장님이지?"

"회사원이야."

누이가 그렇게 쓰며 알려주었다.

"그럼 엄마만 직업이 없구나."

작은애가 중얼거렸다.

"그럼 뭐라구 쓰지 아빠? 무직이라구 쓰나?"

"그냥 '무'라고 써."

내가 말했다.

아이가 그렇게 썼다.

작은애가 변진섭이 나왔나 본다고 쇼 네트워크를 튼단다. 마누라는 연속극을 보겠다고 하고 나는 제3 TV의 영어회화를 봐야 했다.

결국 영어를 보게 되었다. 내가 영어를 익혀야 하는 것은 우리 집 생계와 관계가 있기 때문이다.

"내가 무직인가?"

문득 마누라가 혼잣말처럼 중얼거렸다. 아무도 들은 척을 하지 않았다.

"무직이라는 게 뭐야? 먹구 빈둥빈둥 노는 거 아니야? 일을 할래두 일자리를 못 구한 사람 보구 실업자라고 하구 무직이라고 하잖아. 그런데 난…."

마누라가 하도 진지하게 말을 해서 우리 세 사람-아이 둘과 나-은 자신들도 모르게 마누라를 바라보게 되었다.

"…내가 뭐 일자리를 못 구해서 빌빌거리는 사람은 아니잖아. 그리구 빈둥빈둥 놀면서 밥만 축내는 것두 아니구…."

이렇게 말하는 마누라의 얼굴이 벌겋게 달아 있었다.

'아니 누가 뭐래? 신경쓸 게 없으니 별걸 가지구 다아…'

나는 어이가 없어서 속으로 이렇게 말하고 텔레비전을 보았다.

"그럼 엄마는 직업이 있는 거야?"

둘째가 좋아하는 쇼 네트워크를 보지 못해 심심한지 어미의 흥분에 호기심을 보였다.

마누라는 사나운 성깔이 뻗친 눈으로 마룻바닥을 쏘아보고 있었다. 아이의 관심은 느껴지지도 않는 모양이었다.

"직업이 엄만가."

아이가 멋쩍어 하며 중얼거렸다.

"당신이 밖에 나가 일하는 건 내가 집에서 일하기 때문이야, 그렇지? 내가 살림을 안 해봐, 파출부 둬서 돈 주고 해결해야지 뭐. 파출부가 마누라만큼 알뜰하게 살림을 살아주나?"

마누라가 엉킨 실타래를 풀 수 있게 된 사람처럼 들뜬 목소리로 말했다.

"엄마는 우리 식구고 파출부는 남이잖아."

방관자처럼 있던 큰애가 이렇게 말했다.

'옳거니. 그래도 니가 낫다.'

나는 큰애가 대견해서 속으로 이런 말을 해주었다.

마누라는 찔끔한 기색이었다.

"엄마가 놀구먹니?"

"누가 놀구먹는댔어? 엄마니까 엄마가 해야 하는 일을 한다는 거지."

큰애와의 이 두 마디 대화 끝에 마누라의 얼굴은 참혹하게 일그러졌다. 도대체 이 대목에서 마누라는 무엇을 느꼈을까. 나야 마누라 입장이 아니니까 알 수가 없었다.

잠시 침묵이 생겼다. 나는 채널을 돌려 아홉 시 뉴스를 보았다.

마누라가 빈 사과 접시를 들고 가서 씻는 모양이었다. 그러고도 한참을 싱크대 앞에서 움직이고 뒤 베란다에도 왔다 갔다 하였다. 아침 준비를 하는 모양이었다.

이날 우리는 열 시 반쯤 잠자리에 들었다. 우리라고 해야 나와 아이들이고 마누라는 제일 늦게 세수를 하고 마루에 앉아 또 무엇인가 꿈지럭대었다. 불을 꺼야 잠을 자겠는데 마누라가 들어오지도 않은 걸 불까지 끄기가 그래서 참다가, 자꾸만 큰애와의 대화 끝에 참혹하게 일그러지던 표정이 떠올라 슬며시 나가보았다.

마누라는 책을 읽고 있었다.

"뭐 해? 안 자구."

"소설책 보잖아."

"괜찮네 뭐. 소설책 읽을 여유두 있구."

나는 비꼬았다. 마흔이 다 된 회사원이란 진이 빠져서 소설책 읽을 여유도 없다는 말이 목구멍까지 치밀었다.

"먼저 잔다!"

나는 소리쳤다.

마누라가 뚱한-왠지 원망이 서린-눈길로 나를 바라보며 고개를 끄덕이었다.

방에 들어와 불을 껐다. 그런데 정작 불을 끄고 나니 정신이 말똥해서 대낮보나 너 쌩쌩한 기분이 들었다.

저 마누라 탓이었다.

한국의 사십대 남자들이 왜 세계에서 가장 많이 죽는지 알기나 해? 평균 수명만 봐도 그래, 남자가 여자보다 팔 년이나 빨리 죽는다니까.

나는 속으로 마누라를 욕하고 또 대상이 불분명한 것들에 대해 욕을 하였다.

뒤척이느니 차라리 나가서 마누라와 따져 보자. 나는 마루로 나갔다.

"당신은 내가 회사에서 어떻게 시달리는지 알아?"

나는 골이 난 목소리로 아내의 손에서 소설책을 빼앗아 팽개치며 말했다.

"당신은 직업을 가졌잖아. 시달리는 만큼 돈을 벌고 진급도 하잖아. 퇴직금도 받구. 집에는 당신을 위해 존재하는 아내와 자식이 있어. 그렇지만 나는 뭐야?"

"그럼 당신한테 월급 줄까? 그리고 남남으로 지내?"

나는 화가 났다. 마누라는 입을 꽉 다물었다. 그러나 내 말에 승복한 눈치는 아니었다. 무얼 몰라서 참고 있는 것이었다. 저 마누라가 '깨달으려고 하는 건' 대체 무엇일까.

골치 아픈 시대다!

저 마누라를 어쩌지?
세 번째 이야기

"아빠, 이거 도장 받아오래."

아이가 종잇장을 내보이며 말했다.

이틀 연장으로 술을 마셨더니 몸을 가눌 수가 없어 오늘은 부장이 나가자마자 유혹을 뿌리치고 집에 돌아와 모처럼 쉬려던 참이었다.

"뭔데?"

저녁 설거지를 끝내고 앞치마를 끌러내리던 아내가 쉬파리처럼 날아와 종잇장을 채며 물었다.

"얘, 너 큰일이다. 산수가 칠십사 점이니 이거 말이나 되니?"

아내가 성적표를 들여다보며 말했다.

"쳇, 무슨 공부를 잘했다구."

나는 아이들 앞에서 아내를 비웃어 주었다. 그리고 아이에게 말했다.

"아빠 도장 서랍에 없니? 니가 찍어."

"내가 찍어줄게."

아내가 이렇게 말하며 안방으로 들어가더니 허리가 잘룩한 뿔도장을 가져왔다.

"누구 도장이야?"

아이가 따라다니며 물었다.

"엄마 거야."

"아빠 도장 받아오랬어."

"엄마 것두 괜찮아."

아내가 입을 삐문 아이를 무시하고 졸업 때 받았다는 도장에 인주를 묻혀 보호자란에 꾹 눌러 찍었다.

"아빠 어떡해."

아이가 징징거렸다.

"보호자가 뭔지두 모르구….."

나는 어처구니가 없어서 중얼거렸다.

"나두 보호자야!"

아내가 어깨를 젖히며 도전적으로 말했다.

"당신이 무슨 보호자야!"

내가 소리쳤다.

"난 엄마야. 엄마가 자식을 보호하지 누가 보호해?"

아내가 밉살스럽게도 내 옆에 앉으며 약올리듯 말했다.

"난 아빠 자식이야?"

무슨 혼란을 느끼는 얼굴로 아이가 물었다.

"그렇지!"

내가 소리쳤다.

"우리 선생님이 도딕 시간에 그러셨어."

"그건 틀렸어!"

아내가 잘라 말했다.

그리고 아이들을 불러 모았다. 숙제하느라고 제 방에 들어가 있던 큰아이까지 나와서 분위기를 파악하느라 눈치를 이리저리 살폈다.

"너희들은 누가 낳았지?"

"엄마가."

"처음부터 밥을 먹었니?"

"아니."

"아빠 젖을 먹고 자랐니?"

아이들이 키득키득 웃었다. 그러나 아내는 사뭇 진지하기 이를 데 없는 얼굴이었다.

"잘 논다, 잘 놀아."

나는 아내의 짓거리가 가당찮아 이렇게 빈정거렸다.

"엄마 젖을 먹고 자랐지?"

아이들이 고개를 끄덕거렸다.

"너희들 공부는 누가 시키지?"

"아빠가."

아이가 거침없이 대답했다.

그러면 그렇지. 제 새끼가 어딜 가려구. 나는 속으로 아내가 가여웠으나 겉으로는 모르는 척하였다.

"왜?"

아내가 물었다.

"아빠가 돈 벌어오니까."

"우리 아들 똑똑하다!"

나는 더 이상 참지 못해 추임새를 넣었다. 아이까지 저러는데 제 까짓 게 얻다 대고 보호자라고 우기겠어. 어림도 없지. 나는 여유 있게 지방자치제에 대한 시사 토론을 보기 시작하였다.

"밥은 누가 해? 빨래는 누가 하고 청소는 누가 하지? 너희들 숙제는 누가 봐줘? 얘기는 누구하고 더 많이 하니?"

"그건 엄마야!"

"그럼 아빠가 돈을 벌어오는 건 엄마가 그런 일을 하기 때문이지? 만일 엄마가 그런 일을 하지 않는다면 누군가가 해야 되겠지? 파출부를 쓴다거나 가정부를 두거나, 안 그렇니?"

"그래."

"그럼 아빠만 돈을 번다고 할 수 있을까?"

"아니야! 엄마가 있어서 아빠가 직장에 다녀!"

"그렇지?"

아이들이 고개를 끄덕거렸다.

"그럼 이번엔 사람이 어떻게 만들어지나 알아볼까?"

"야아, 재미있다!"

"사람은 아빠가 만드나?"

"몰라."

"정자 · 난사가 있어야 돼. 양호 선생님이 그랬어!"

아이들 둘이 눈을 반짝이며 말려들고 있었다.

"그래, 누나 말이 옳아. 사람은 남자의 몸에서 나오는 정자와 여자의 몸에서 나오는 난자가 합쳐져서 반드시 어머니 되는 여자의 애기집에 딱 붙어야 자라기 시작하는 거야. 애기집에 붙었을 때, 그때야 비로소 사람의 씨라고 말할 수 있어. 너희들은 아빠의 씨로 태어났니?"

"아아니이."

아이들이 내 눈치를 살피며 대답은 입맞춰서 이렇게 하였다.

"이렇게 정자와 난자가 1:1로 합해져서 여자의 애기집에서 자라나지. 자랄 때 누구의 영양분을 받고 자라지? 물론 엄마 몸에서 자라니까 엄마의 피와 살을 먹고 자라. 엄마는 배가 불러지고 무서운 진통이라는 걸 해서 아기를 낳는단다. 옛날엔 아이를 낳다가 죽은 어머니가 많았어. 아기가 태어나면 어머니 젖을 먹지? 맨 처음 나오는 어머니 젖에는 병에 걸리지 않도록 저항력을 주는 물질이 들어 있단다. 신비하지?"

"그렇다, 엄마!"

"너희들은 누구 자식이니?"

"엄마!"

"아니 엄마 아빠의 자식이야."

"그렇지? 엄마두 아빠와 마찬가지로 너희들의 보호자란다. 그렇지?"

아내가 웬걸, 흥분까지 해서 홍조를 띤 얼굴로 아이들과 손을 맞잡지 않는가! 고약한 것.

"당신도 들었지? 내 말이 틀렸어?"

아내가 나를 빤히 쳐다보며 물었다.

"시끄러워! 말 같잖은 소리!"

나는 꽥 소리쳤다.

괘씸한 것.

좌우간 여자란 건 가계부나 쓸 수 있게 가르치고 그 이상을 깨치게 해서는 안 된다. 좌우간 저 마누라를 어쩌지?

저 마누라를 어쩌지?

네 번째 이야기

우리는 연애결혼을 했다.

양쪽 집안에서 떨떠름해하는 결혼이었다. 어쨌든 우리는 일 년 만에 아이를 낳고 삼 년 만에 둘째를 낳아서 마치 발이 네 개인 개 다리소반처럼 안정적인 구도를 이루게 되었다.

결혼 후 얼마 동안, 마누라는 골목 모퉁이에 있는 구멍가게 앞의 보잘것없는 나무의자에 앉아서 나를 기다렸다. 통행금지를 아슬 아슬하게 넘기고 들어와도 마누라는 책을 보고 있다가 히쭉 웃거나, 골이 났을 땐 들어서는 나에게 책을 내던지는 게 고작이었다.

그런데 언제부터인지 마누라의 습관이 바뀌었다.

"아홉 시가 넘으면 저녁밥을 안 줄 거야. 먹고 싶으면 당신이 차려 먹고, 늦으면 밖에서 해결하고 와."

이렇게 선언하는 것이었다.

처음엔, 저 마누라가 홧김에 하는 소리겠지 하고 귓등으로 흘렸다. 그런데 그게 아니었다. 진짜로 아홉 시가 넘어서 오면 밥을 주지 않았다. 사내로 태어나서 사지 멀쩡한 마누라를 두고 부엌에 나가 떨그럭거리다니…. 이게 될 법이나 한 일인가. 하늘이 두 동강이 나기 전엔 있을 수 없는 일이다.

"밥 줘!"

"누가 이렇게 늦으랬어?"

"늦든 빠르든 무슨 상관이야! 예편네라는 게 당연히 할 일을 가지구!"

처음 얼마 동안은 내가 이겼다. 마누라는 사천왕 같은 낯짝을 하고 밥상이랍시고 보아놓는 것이었다. 나는 더럽고 아니꼽고 치사해서 어깃장을 치기 시작하였다. 늦게 들어오는 작전이었다. 이즈음, 통행금지가 없어졌다.

얼씨구씨구, 나는 한 시고 두 시고 시간을 잊은 듯이 퍼마시고 새벽에 기어들어갔다.

그래도 허구한 날 그럴 수는 없었다. 돈도 문제고 체력도 한계가 있었다. 일 차만 가볍게 하고 아홉 시나 열 시쯤 집으로 들어갔다.

"밥 줘!"

"저녁 시간 지났어!"

"그래 알았다. 내가 네년 밥 차려주는 거 먹구 위암이나 안 걸리면야아…"

나는 포기하였다.

"이거 봐, 나는 하인이 아니야."

"누가 하인이랬냐?"

"왜 아무 때나 와서 밥 차리래?"

"내가 놀다 오냐?"

"그럼 이 시간이 퇴근 시간이야?"

"까불지 말어, 니가 집구석에서 벌어다 주는 돈으루 편안하게 사니까 뭘 몰라서 그러는데, 내가 늦구 싶어 늦어? 술을 먹고 싶어 먹는 줄 알어?"

"나두 일해, 하루 종일. 당신보다 일찍 일어나구 당신보다 늦게 자. 낮에 애들 뒤치다꺼리, 집안 청소, 빨래, 시장 보구…. 난 손 싸매구 사나? 나두 휴식이 필요하다구. 당신이 직장에서 퇴근하듯이 나두 가사노동에서 퇴근하는 시간이 있어야 한다구."

"잘났다, 잘났어. 한참 잘났구나, 겨우 빗대는 게 하인이니 노예니…. 하인·노예가 뭔 줄 모르는구만, 맛 좀 보여줄까?"

배고픈 사람이 찬밥 더운밥 못 가리듯이 성이 난 다음에야 무슨 말을 못 하랴. 나는 할 수 있는 말을 다 했다. 마누라도 그랬다.

우리 부부를 보면, 모두들 조마조마해 하였다. 언제나 갈라서려는가. 그런데 우리는 십 년이 넘도록 갈라서질 못했다.

그사이 마누라의 노예해방선언이 자리를 잡아버려, 난 이제 아홉 시가 넘어서 들어가면 밥을 먹지 못한다. 다소 늦을 때, 예를 들자면 어정쩡한 잔무 처리로 한두 시간 늦어질 땐 미리 전화를 한다. 그러면 아홉 시가 넘어도 따뜻한 밥을 차려 낸다.

내가 진 건가? 마누라의 기가 세어서 내가 밀린 건가?

최근에 이런 일이 있었다. 삼십대 후반부터는 갱년기 준비를 하라는 얘기가 있어서, 그 최고의 방법은 등산이라고 해서 회사 등산반에 들었다. 주일마다 등산을 갔다. 새벽에 떠나 밤에 돌아오거나 저녁 늦게 돌아왔다. 그랬더니 하루는 마누라가 가족회의를 하자고 했다.

아이 둘과 나와 마누라, 개다리소반 같은 안정적인 구도를 가진 우리 '가족'이 마주 앉았다.

"가족이라는 건 뭐야? 같이 생활하는 거야."

"엄마 말이 맞아."

이것들이 짰구나!

나는 입술을 삐죽이 내밀고 눈을 내리깔았다.

"다음 달엔 가족 등반이래, 우리 식구 다 같이 가지 뭐."

나는 모르는 척 이렇게 말해 보았다.

"가족은 아빠, 엄마와 자식들이 있는 거야. 어느 한쪽이 없어도 기우는 가족이라구. 그래서 불행한 거야. 그리구 우리는 모두들 직장·학교로 나가기 때문에 일요일 하루는 함께 지내야 한다구."

"그래 그래."

"엄마 말이 맞아!"

얼씨구.

"세뇌를 시켰구만, 물을 다 들여놨는데 뭐."

내가 비아냥거렸다.

"아빠, 우린 엄마나 아빠가 똑같이 좋아. 누구 한 사람이라도 없으면 안 된다구. 우린 엄마 편만 들지두 않구 아빠 편만을 들지도 않아."

"좌우간 그래서 난 가족의 중요성을 느끼지 못하는 사람은 그에 합당한 생활을 해야 한다고 생각해."

마누라가 말했다. 나는 새끼들을 보았다. 여덟 살, 열 살이라지만 덩치가 커서 나이가 더 들어보이는 녀석들이다.

소리 한 번 빽 질러서 겁주던 행복한 시절은 끝장이 난 것 같다.

"그래서 내가 이런 제안을 하는 건데, 당신이 생활 태도를 바꾸거나 아니면 나가서 하숙을 하는 거야. 가족과 동떨어져 지내면서 가족의 소중함을 깨닫지 못한다면 당신은 가정을 가질 자격이 없는 사람이니까, 자신의 격에 어울리는 삶을 살아야지. 너희들은 어떠니, 엄마 생각이."

어쭈, 저 마누라 보게. 저걸 어쩌지? 구워 먹지도 못하고 삶아 먹지도 못하고…. 하지만 나는 그다음 주일부터 가족과 함께 등산을 가기 시작했다.

가족공동체 의식을 다지는 데는 그저 '와따'였다.

저 마누라를 어쩌지?
다섯 번째 이야기

마누라가 '여행'을 가겠다고 말했다.

"여행."

나는 그 낱말이 마누라 입에서 튀어나왔을 때, 순간적으로 바보 멍청이가 되는 기분에 사로잡혔다.

여행? 하고, 내 입으로 되뇌어 보았음에도 불구하고 나는 그 말의 뜻이 무엇인지 캄캄했던 것이다. 마치 맛을 느낄 수 없는 음식을 입에 넣었을 때처럼 막연한 심정이었다.

그러나, 나는 곧 아내의 말-여행을 가겠다는 의미-을 새겨들었다.

여행이라니!

아내가 그런 낱말을 다 쓸 수 있나?

친정부모님 회갑에 다니러 간다는 것도 아니고, 시골에 계신 시부모님을 뵈러 가겠다는 것도 아니다. 올케나 시누이 집에 가는 것이 아니고 친구를 만나러 나가겠다는 것도 아니다. 그런 말이라면 남편인 내가 왜 그렇게 말뜻을 몰라 순간적으로 멍청이가 되었겠는가. 한두 해 산 신혼부부도 아니요, 우리는 자그마치 이십 년째 같이 사는 사이가 아닌가.

우리가 부부로 묶여 사는 이십 년 동안, 마누라는 단 한 번도 여행을 다녀온 적이 없다. 여행이라는 말을 붙일 수 있는 외박이라면 '신혼여행'이 마지막이었을 게다. 그 외의 외박은 친정이나 시집 등등, 그런 데 가서 일 때문에 자는 경우밖에 없었다.

그런데 문제는 여보 나 여행 좀 보내줄래요? 하고 허락을 받는 태도가 아니라, 여행을 가겠다! 하는 '통보'였던 것이다.

여행이라고 하면 나만큼 그 맛과 멋을 즐기는 사람도 없을 것이다. 어떤 사람들처럼 여행기를 쓰기 위해 떠나는 것도 아니다. 나는 그저 밤낚시 여행에서 등반 여행, 야영 여행, 해외 출장 여행 등등 해서 심심찮게 집을 비우고 산다.

이렇게 여행-집을 떠나서 가족을 잊고 지내는 날들-을 경험하는 것에 인이 박여서 주일에 집에 있게 되면 심심하고 답답했다. 그래서 참지 못해 가까운 데 사는 동료나 아래 직원들을 불러다 놓고 고스톱을 친다.

"여보, 내가 여행 다녀온 지 며칠이 되었지? 이거 몸이 근질근질 해서…."

나는 나만을 위해 존재하는 마누라에게 쑤시고 결리고 지루한 심신을 비틀며 하소연을 했다.

내가 그렇게 몸을 뒤틀며 투정을 할 때 마누라의 얼굴이 어땠지? 자세히 보지 않았기 때문에 잘 기억이 안 난다.

마누라가 '나만을 위해 존재'한다는 말이 나와서 말인데, 정말 난 장가는 잘 갔다고 자부한다. 나는 결혼생활 이십 년 동안 마누라 때문에 신경을 써본 적이 없다. 현모양처라는 말은 우리 마누라

같은 사람을 두고 나온 말이라고 해도 과언이 아닐 것이다. 마누라 자랑하는 놈은 팔불출에 든다지만, 사실이 사실이니만큼, 양해해 주길 바란다.

마누라는 음식 솜씨가 좋고, 부지런하며 사치·허영기가 없고 절약하고 아이들을 위해 헌신하고, 무엇보다 앞에 나서기를 꺼린다. 한마디로 겸양의 미덕을 갖췄다고나 할까?

내 마누라가 자기들 또래보다 다소 늙어 보이는 기미가 있으나, 그건 현모양처의 표상이라고 생각한다.

사실 우리 남자들끼리 얘기지만, 어디 누가 제 마누라를 성욕의 대상으로 삼고 사나? 그저 살림 잘 하고 알뜰하고 자기를 버리는 헌신과 근검·절약, 양순·공손… 그런 거만 보고 사는 거지. 하여튼 남편을 하늘같이 받들면, 그게 다 남편 좋고, 마누라는 사랑받게 되어 좋고… 솔직히 이런 거 아니오? 누가, 어떤 놈이 제 마누라를 '여자'로 보겠느냐 말이오. 마누라는 존재는 여자 중에서 특별한 부분이 발달한, 그런 사람 아니오?

열을 내서 미안한데, 하여튼 난 누구 앞에서건 내 마누라 하나만은 딱 부러지게 자랑할 수가 있다. 이번에 우리 쌍둥이가 똑같이 그 명문대학의 법대에 합격해서 우리 내외가 신문에까지 이름이 나게 된 것도 사실은 마누라 공이 크다. 마누라가 아이들처럼 공부를 했다면 그 공력에 사법고시인들 합격하지 못했을까.

그런데 아이도 둘을 쌍둥이로 낳아서 탈없이 길러 대학에 보냈다. 나는 직장에서 손가락질은커녕 여직원들한테 얼마나 인기 있는 중년 간부 사원인가, 스탠드바에 가면 나만큼 감정 잡아 노래 잘 부르는 사람도 드물다. 오죽하면 내 별명이 '방랑시인' '보헤미안' 등이겠는가.

어쨌든, 마누라가 이박 삼일의 여행을 다녀왔다. 그동안 우리 삼부자는, 아침엔 라면과 빵으로, 저녁은 각자 알아서 사 먹었다. 마누라가 밥도 하루치를 지어 놓고 갔지만, 마누라 없이 사내끼리 밥을 차려 먹는 건 왠지 궁상스럽기도 하고 구질구질해서였다. 마누라. 나이가 이제 마흔이 넘었지만 아이나 다름없지. 내 보호만 받고 지냈으니, 집 떠나서 얼마나 쓸쓸하고 자기 자신이 처량했을까.

마누라가 돌아온다는 날, 나는 저녁에 전화로 확인만 하고 늦었다. 금요일이라 마냥 마실 수 있는 날이기 때문이었다. 유흥업소가 자정까지만 하기 때문에, 단속이 무섭다고 '달빛 소나타' 이 마담도 문을 딱 닫았다. 집에 오니 꼭 열두 시 이십 분이었다.

마누라가 책을 들고 문을 열었다.

"잘 다녀왔어?"

"물론요."

"집 떠나니 고생이지?"

"당신은 고생이었수?"

"뭔 소리야?"

"당신은 여행광이잖아요?"

"나야 남자잖아!"

"나는 여자라구요!"

"뭔 소리야?"

"당신이 여행을 할 때 느낀 것과 똑같이 느꼈어요."

마누라가 말했다. 나는 어이가 없어서 빤히 쳐다보았다. 술기운 이 싹 가시는 것 같았다.

"그게 뭐야. 독서두 하나?"

"지리 부도예요. 다음에 가볼 데를 정하느라구요."

"뭐?"

"여행을 하면서, 비로소 또 다른 나를 찾았어요. 왜 당신이 여행 을 가는지 이해할 것 같구요"

"아니 당신이…."

"사람은 사람답게 살아야 된다구, 그래야 진짜 여자, 진짜 남자 가 될 수 있다구 어떤 소설가가 썼더라구요."

"아니 저 마누라가…."

"이제 시작인걸요. 나를 찾는 시작 말이에요…."

마누라가 씩 웃었다. 나는 문득 건강한 웃음을 본 기분이다. 두 렵고 얼떨떨하였다.

저 마누라를 어쩌지?

현모양처 김화실 씨

계란을 완숙해서 흰자위와 노른자위를 갈라 체에 내려놓고, 김은 바짝 구워 가루로 부숴 놓고…. 알맞은 간에 고명 두어 볶은 밥을 한 입 크기로 꼭꼭 눌러 모양을 만들어… 노란 가루에 굴리고 흰 가루에 굴리고 까만 가루에 굴려 색스럽게 담는다….

김화실 씨는 남편과 아이들이 제가끔 직장과 학교로 떠나고 나면 텅 빈 집 안에서 커피 한 잔을 만들어 텔레비전 수상기 앞에 앉았다. TV 가정요리 시간을 듣는데 하루도 거르지 않고 공책에 적었다. 거기서 소개하는 요리라는 것이 한결같이 돈이 처드는 것들이었다. 어쩌다 고기나 해물이 들어가지 않으면 손이 많이 가는 음식들이었다. 그래도 김화실 씨는 버릇되어 하루라도 그것을 적어놓지 않으면 불안하였다.

집 안에서 손님을 치를 때, 이건 꼭 요릿집 솜씨 같다는 말이 나오면, 음식 만들던 수고가 싸그리 사라지는 느낌이었다.

오늘도 그는 삼색 도시락이라는 복잡하고 귀찮게 여겨지는 요리를 적고 나서 TV를 껐다. 쓰잘데없는 뉴스 나부랭이 들어봐야 전기세만 나올 거라는 생각 때문에 그 여자는 자기가 필요한 프로그램만 시청하였다.

요리 공책을 덮고 커피잔을 들어 두어 방울 남은 커피를 기울여 눈물처럼 혀에 떨구고 일어섰다.

뜰의 붉던 단풍잎이 불에 덴 것처럼 오그라붙은 게 여러 가지나 되었다. 그걸 보자마자 김화실 씨의 가슴이 싸아하니 쓰리기 시작하였다. 잠자리에서 눈뜨는 찰나부터 느끼었던 뒷골의 통증도 새삼스럽게 다시 아파왔다.

곧 겨울이겠지….

김화실 씨는 무너져 내리는 기분으로 이런 생각을 하며 맨 얼굴을 손바닥으로 문질렀다. 까슬한 낯가죽이 탄력 없이 밀리는 듯하였다.

그가 이렇게 망연하게 베란다 유리창 쪽을 향해 서 있을 때 인터폰의 벨이 울렸다.

"303호예요!"

인터폰에서 소리쳤다.

서른 중반에 든 남편이 무역회사를 운영하는데 돈을 어찌나 잘 버는지 스텔라에서 로얄살롱으로, 거기에서 그랜저로 바꾸는 데 일 년이 조금 넘게 걸리는 걸 4동 사람들이 시샘과 경탄으로 보아 온 집이었다.

"아이 돌이에요. 점심이나 잡숫자구요. 차린 건 그런데…. 얼굴 좀 보이세요. 꼭 오세요?"

목소리가 처녀 같은 303호 부인이 제 할 말만 씨부리고 바쁘다며 뚝 끊었다. 가는 것도 그렇거니와 어떤 얼굴들이 불리어졌는지도 궁금하였다.

김화실 씨는 여자들이 마실 다니는 걸 쌍스럽게 여기는 취향이라서 웬만하면 집 안만 지켰다. 집 안이라는 것은 희한해서 아무리 쓸고 닦고 꾸며도 끝없이 손 갈 데가 생겼다.

사람들은 김화실 씨의 집 안 현관문을 여는 순간 열이면 열 다들 탄성을 질렀다. 집 안이 유리알 같다는 것이었다.

그래도 그는 성이 차지 않아서 식구들이 벗어둔 옷가지는 꼭 바깥으로 내다가 활활 털어서 빨래하거나 걸어두는 버릇이 있었다. 김화실 씨는 다용도실을 열어보았다. 세탁기 옆의 빨래 그릇에 식구들의 속옷가지와 양말짝, 남편의 하루 입은 와이셔츠가 담겨 있었다. 저걸 빨고 갈까? 머리가 왜 이렇게 아프지? 돌집에 갈까? 너무 안 다녀서 따돌림받는 건 아닌가 몰라….

김화실 씨는 여러 가지로 궁리하고 망설이고 하다가 용기를 내어 빨래를 오후로 미루고 몸단장을 하였다. 머리를 감고 모양을 만들어가며 빗질하고 얼굴에 색조화장을 하였다. 모이라는 시간이 열두 시라고 하였는데 눈썹이 자꾸만 짝짝이로 그려져서 그것 때문에 결국 십 분을 늦게 돌집으로 갔다.

여자들의 웃음소리와 말소리가 복도까지 들렸다. 그가 현관문 안으로 들어서자 주인 여자가 안 오시는 줄 알았다고 반갑게 맞았고 다른 대여섯의 손님들도 인사하였다. 친하게 지내지는 않아도 4동과 이웃 동에서 사는 낯익은 여자들이었다.

"무슨 일이든지 해야 한다니깐!"

마흔 안팎으로 보이는 3동의 여자가 하던 말을 이렇게 결론지었다.

"지금 토론이 붙었어요. 여자두 바깥일을 가져야 좋으냐 현모양처로 집 안에 갇혀 지내야 하느냐로요."

김화실 씨의 바로 위층에 사는 여자가 애기의 내용을 설명해 주었다. 그 말을 듣는 순간 김화실 씨는 자신도 모르게 입을 실룩거리며 못마땅한 표정이 되었다. 세상에는 여자 일과 남자 일이 따로 있는 법인데, 어떻게 된 셈판인지 여자들이 자꾸만 남자 일을 빼앗거나 흉내 내려 하는 게 언짢다 못해 세상 망조 드는 게 아닌가 하는 불안마저 들었다.

"왜 중년 여자들이 이유 없이 몸이 마르고 머리가 아프다, 소화가 안 된다. 의기소침하다, 우울하다, 즐거운 게 없다, 팔다리에 기운이 없다, 하지요? 그게 다 의욕상실증이라구요. 일을 해봐요. 사람은 달라진다니까요. 사람이 사회적 동물 아닙니까? 여자도 훌륭하게 사회적으로 기능할 수 있는 능력을 타고났는데 아이 기르고 살림하느라고 참았지만 어지간히 애들이 커서 독립하면 우울증에 걸릴 수밖에 없다구요. 남편두 사실 대문 밖에 나가면 아내의 남자는 아니거든요…."

"저 여자는 뭐 해?"

김화실 씨가 위층 여자한테 물었다.

"보험회사 다녀요. 결혼하기 전엔 고등학교 영어 선생님이었대요."

위층 여자가 보험 여자의 얼굴에서 눈을 떼지 않은 채 속삭였다.

김화실 씨는 공연히 얼굴이 붉으락푸르락해졌다. 보험 여자가 집 안에서 갇혀 사는 중년 여성의 자기폐쇄증이라고 늘어놓은 증상들이 꼭 자기를 두고 하는 말 같아서였다. 그는 이런 불쾌감 때문에 결국 음식도 먹는 둥 마는 둥, 할 일이 있다고 제일 먼저 빠져나왔다. 집에 와서 물로 된 소화제와 정제 소화제를 한꺼번에 먹었다. 이날 자정이 넘어 술내 풍기며 돌아온 남편에게 게거품 물며 3층의 건수를 흥보았다.

"중년에 일하는 여자는 훌륭해! 돈두 벌고 활동두 하구… 그런 여자들이 젊게 살걸? 요새 세상은 능력대로 사는 세상이야? 현모양처라는 게 집 안의 세탁긴가? 크윽… 당신두 돈 좀 벌어다 나 넥타이두 선물 좀 해 보지 그래 크으윽…."

트림하며 떠벌리는 남편의 뜻밖의 말을 들으며 중년의 김화실 씨는 쓰러질 것같이 현기증을 느꼈다.

내 남편의 신년 계획

남편이 방바닥에 달력을 펼쳐 놓고 뒤적대기 시작하였다. 텔레비전에 정신을 팔고 있던 아이들이 프로그램이 끝나자 기지개를 켜며 일어났다.

"이제 좀 꺼라. 왼종일 테레비만 보냐?"

마룻바닥에 걸레질을 하던 아내가 발칵 성질을 부렸다. 일요일 아침만 되면 학교 갈 때보다 더 일찍 일어나 내의 바람에 텔레비전을 보는 게 아이들 습관이었다. 아이들은 입을 빼물고 느려터진 몸짓으로 텔레비전을 껐다.

"어이구 시원해, 원 이렇게 조용한 걸 아침 내내 정신없이…"

아내는 일요일 이른 아침부터 아이들을 텔레비전 앞에 붙잡으려는 방송국의 편성 태도를 속으로 마구 욕하였다.

"아빠, 난 이게 제일 좋은데."

작은아이가 꽃그림이 그려진 달력을 추켜들며 말했다.

"아니야 이거야!"

아이는 손에 들었던 것을 내던지고 어린 서양 아이들의 동작을 찍은 사진달력을 들고 소리쳤다.

큰아이는 고개를 갸우뚱거리며 이것저것 들춰 보았다.

"아침들은 안 먹을 거야?"

때가 묻어난 더러운 걸레를 손바닥에 받쳐든 아내가 힘든 얼굴로 방 안을 들여다보며 말했다. 아무도 대꾸하지 않았다.

"너희들 빵 먹을래, 밥 먹을래?"

아내가 다시 물었다.

"난 라면!"

작은아이가 소리쳤다.

"아침부터 무슨 라면이야!"

말 끝나기가 무섭게 아내가 핀잔을 주었다. 아이가 입을 빼물며 피이- 소리를 내었다.

"당신은 어쩔래?"

감을 때가 되어 뿌옇게 들뜬 남편의 머리를 보면서 아내가 물었다. 남편은 들은 척도 하지 않았다. 그는 도상봉의 그림달력과 조선시대의 민화달력을 양손에 멀리 들고 고개를 비스듬히 한 채 감상하는 중이었다. 일요일 아침나절의 햇살이 창틀을 넘어 허드레 옷걸이를 덮고 있었다. 그 빛의 폭으로 먼지가 바글거리는 게 보였다.

"아빠, 밥!"

눈치 빠른 작은아이가 신경질 내기 직전으로 보이는 어미를 보고 아비에게 일러주었다.

"밥?"

남편이 뒤돌아보았다.

"지금 몇 신데?"

그가 다시 물었다.

"아홉 시 사십 분이네."

큰아이가 시계를 보고 시큰둥하게 지껄이듯 말했다.

"배는 안 고픈데…."

남편이 중얼거렸다.

"그럼 모두들 밥은 안 먹겠다는 거지?"

아내가 겁주듯 물었다.

"그럴 수야 있나."

"자기들 식욕에 맞춰 나는 손을 싸매구 기다려야 하나? 나도 일요일이면 할 일이 많이 있는 사람이라구."

"또 시작이군."

남편이 나직하게 말했으나 눈꼬리가 예사롭지 않게 찢기었다.

"이거 봐. 우리 네 식구 중에서 오늘 제일 일찍 일어난 사람이 누구야. 나지? 그리구 지금까지 일했어. 아직두 할 일이 태산 같애. 일을 도와주진 못할망정 노예 취급을 해서야 되겠어?"

"노예라니…."

남편이 여전히 낮은 목소리로 중얼거렸다.

"노예지 않구 뭐야. 나두 내 시간을 사는 사람인데, 자기네들을 위해 대기하고 있으면 언제 난 내 시간을 계획대로 쓰겠느냐구."

아이 둘은 아내의 말뜻을 이해하지 못해 멀뚱멀뚱 부모 양쪽의 기색을 훑어 보았다.

"사사건건 그렇게 따지면 가족이란 의미는 뭔가? 우리가 계약

해서 사는 사인가?"

남편은 정말 입이 썼다. 요새 마누라가 점점 이상해지는 것이었다. 그놈의『절반의 실패』인가 뭔가 하는 소설이 나오고부터 증세가 나타난 것 같다.

이건 연애할 때보다 더 드세어졌다. 그토록 부드럽고 다소곳하고 양순하고 존경심을 갖던 태도는 다 어디로 갔을까. 옛말이 여자가 드세면 세상이 말세라고 하지 않았던가? 세상은 고사하고 암탉이 울면 집안부터 망하게 마련이다. 아무래도 그냥 둬서는 안 되겠다….

남편은 민화와 도상봉을 비교하면서 생각은 이렇게 하고 있었다.

"떡국 끓일 테니까 이십 분 후에 먹어!"

아내는 일방적으로 선언하고 걸레를 빨러 다용도실로 갔다.

젠장, 일은 저만 하나? 나두 일요일이면 바쁘다구, 화분이 좀 많아? 물 주고 나면 한 시간은 더 걸리지. 이것저것 집 안 구질구질한 것 내 손 안 가구 치워지나? 여편네라는 게 직장 좀 다닌다구….

남편은 안방에 걸 달력, 주방에 걸 달력, 아이들 방에 걸 달력을 골라놓고 음력이 잘 나와 있는 그림 없는 달력을 꺼냈다. 그는 자신의 작은 수첩을 꺼내 1월의 마지막 날에 붉은 색연필로 동그라미를 그렸다. 그 밑에 '큰아이 생일'이라고 썼다. 한 장을 넘겼다.

"십 일에다 동그라미 쳐!"

"지 생일이라구…."

큰아이가 말했다.

남편은 작은아이 생일 외에 두 개의 동그라미를 더 그렸다. 여의도의 숙부 생신과 잠실 작은할아버지 세사가 있어서였다.

그는 이렇게 3월을 넘기고 4월을 넘겼다. 친인척이 멀다 해서어느 한 달 그냥 넘기는 장이 없었다. 심지어 어떤 달은 동그라미가 네 개나 되었다. 시집간 여동생들은 '출가외인'이라고 다 빼버렸는데도 그랬다. 아이들은 추석 이야기와 설날 세뱃돈이 얼마나들어올까를 예상하고 여름 여가는 어디서 보낼 건가로 들쭉날쭉들떴다.

이때 아내가 구운 김을 비닐봉지에 넣어 바수면서 문턱에 와 섰다. 그는 남의 집 기웃거리듯 방 안을 들여다보았다.

"거기 달력 오월달 좀 보자!"

아내가 말했다.

"차암, 엄마 생일!"

큰아이가 부산하게 말했다.

"언제지?"

남편이 입술을 양쪽으로 찢으며 웃음 지었다.

"아빠, 빨리 엄마 생일에 동그라미 쳐!"

작은아이가 부산하게 말했다.

"언제지?"

남편이 여전히 웃음을 터뜨리지 못한 얼굴로 아내를 놀아보았다.

"육 일이야."

"아니야 팔 일이야."

아이 둘이 실랑이를 하였다. 남편은 아내의 생일이 그저 오월이라는 것밖에는 기억나는 게 없어서 수첩을 뒤적거렸다. 그사이 아내는 방 안으로 들어와 동그라미들을 점검하였다. 시아버지 시어머니에서 삼촌 사촌까지 표시되었건만 친정 부모의 생일은 눈을 씻고 보아도 없었다. 온몸에 찬기운이 돌며 부르르 떨렸다. 그녀는 일어나 달력을 내던졌다.

밖에서는 지금 떡국이 마구 끓어 넘쳐 뚜껑이 열리고 가스불이 지지직대고 고깃국물 탄내가 퍼지기 시작하였다.

"엄마!"

큰아이가 소리쳤다.

"떡국이 다 끓어 넘쳐!"

아이가 다시 소리쳤다.

"이거 보라구. 십 년 넘게 같이 산 아내의 값이 이런 거라니깐!"

아내는 이를 갈듯 남편에게 말했다. 남편은 자신이 실수했다고 생각해서 얼굴을 붉히고 아무 말도 하지 않았다.

"나는 그래두 좋아. 당신네는 삼촌 사촌 생일 제사 챙기면서 나를 낳아주신 부모님 생신 제사는 어디 있어? 도대체 나는 뭐야?"

아내는 싸늘하게 일어나 주방으로 갔다. 큰아이가 냄비 뚜껑을 열어놓고 돌아서는 중이었다.

곧 이들은 식탁 위에 둘러앉았다. 떡국이 짜다 싱겁다 한마디씩 하였다.

"당신도 이제 아내에 대한 생각을 바꿔야 해. 당신 자신의 올바른 인생을 위해서야. 아내를 노예 신분으로 둔 채 어떻게 남편이 자주적 삶을 살겠어!"

아내가 말했다.

"그래. 나두 조금 아까 심각하게 그 생각을 했어. 마땅히 아내를 사랑하고 대접해야지. 어떻게 당신한테 빨래 청소 밥 시킬 수 있나? 밤일도 그렇구…. 그래서…."

남편은 아이들 눈치를 살피며 은밀하게 속삭였다.

"그래서 당신은 가만히 모셔두구 아내 일을 잘하는 첩을 둬 볼까 생각했지…. 어때?"

남편이 득의만만해서 아내를 쳐다보았다.

새 각시의 아내 공부

영미네 집에서 그릇 깨지는 소리가 났다. 밥상을 들어 내던진 모양이었다. 그 소리에 순희는 깜짝 놀라 파 썰던 손을 앞치마에 감싸고 숨을 죽였다.

아이구우 또 싸워….

순희는 낯을 찡그리고 숨을 몰아쉬며 생각하였다. 조금 전 구멍가게에 두부 한 모 사러 갈 때, 골목 축대 가장자리에 붙어 앉아 풀을 뜯고 있던 영미 형제의 모습을 떠올렸다. '밥 안 먹니' 하고 물어도 아무 대답 없이 눈치 보는 낯이었는데 이제 그 집의 형편이 다 이해되었다.

"아이구구우우 어머니…."

영미 어머니가 참고 참으며 내뱉는 신음소리가 들려왔다. 툭탁딱딱 툭탁… 쿵쿵… 발로 차는지, 어디에 짓찧는지, 각목으로 패는지 그런 소리가 들리고 영미 아버지가 씨근덕대며 욕하는 소리가 들렸다.

"너 같은 건 맞아야 길이 들지!"

"아이구우 어머니…."

"아가리 닥쳐 개년아, 법이 무서워 못 죽인다!"

영미 아버지가 뼈를 갈아마시는 소리로 내뱉었다.

순희는 오늘 싸움은 보통 것이 아니라는 생각이 들었다. 가스불 위에 버글버글 끓고 있는 뚝배기 된장을 그냥 그대로 양념을 하지 못한 채 불을 껐다.

영미 어머니는 매를 맞으면서도 소리치지 않아, 바로 옆방에 사는 순희네만큼 참상을 그려볼 수 있는 집이 없었다. 다른 집 부인들에게 얘기를 해도 대부분, '글쎄 왜 그렇게 싸운대? 남자가 손버릇이 나빠!' 그저 이 정도였다. 오늘은 안 돼! 그냥 두면 정말 살인 날지 몰라…. 순희는 앞치마를 벗고 부엌을 나섰다.

여덟 집이 함께 살 수 있도록 지은 다세대 주택의 주인인, 2층에 살고 있는 장로님을 만나야겠다고 생각한 것이다.

신접살림을 차릴 전세방을 얻으러 이 동네로 왔을 때, 두 칸짜리를 찾는 순희를 보고 복덕방 아저씨가 장로님의 다세대 주택을 추천하였다. 전셋값에 백만 원 한 장 얹어서 내 집처럼 쓸 수 있는 다세대 주택으로 가라는 거였다.

순희가 장로네로 이사를 온 것은 내 집처럼 쓸 수 있다는 점에 솔깃하기도 했지만 주인인 장로님이 유명한 시인이라는 사실을 알고 무리해서 왔던 것이다. 여고 시절의 순희는 지금 집주인인 장로님이 쓴 시 '봄날'이라는 시에 반해서 책상 앞에 써붙여 두기도 했었다.

"아, 그 시인과 한집에 살게 되다니!"

이사 온 첫날, 짐 정리도 끝내지 못한 채 롤케이크 한 술을 사늘고 인사를 갔는데 넓은 마루의 삼면 벽이 완전히 책으로 쌓여 있었다. 남쪽의 벽은 유리문으로 되어 있는데 화분 선반에 여러 개의 난과 수석이 놓여 있었고, 알 수는 없으나 무조건 옛것으로 보이는 글씨와 그림도 붙어 있었다.

마흔 줄의 얼굴에 머리가 희끗희끗해서 차라리 더 인자해 보이는 시인은 한없이 수줍음 타는 순희에게, 사는 동안 편안히 살라고, 단 한마디의 인사말을 하고 들어가 버렸다.

그래도 순희는 그와 한집에 산다는 사실 때문에 가슴이 늘 설레고 뿌듯하여서 친구들한테 마구 자랑하였다. 내 집처럼 쓴다고는 해도 방음 상태가 몹시 나빠서 벽 하나 사이 둔 옆집의 숨소리까지 들렸다. 부부의 밤일까지도 알려지는 꼴이라 순희는 남편과의 그 일에 주눅이 들었으나 이런 근본적인 불편도 장로님 때문에 묻고 지냈다.

장로님은 마침 집에 계셨다. 안락의자에 깊숙이 앉아서 저녁 신문을 읽다가 인사하는 순희를 바라보았다.

"…일이 생겨서요, 선생님."

"일?"

장로님은 신문을 바닥에 내려놓고 손을 깍지 꼈다. 순희가 영미네 얘길 꺼내려고 입술을 떼는데,

"이사 온 지 얼마나 되었지?"

하고 물었다. 그는 이사를 가겠다고 말하려는 걸로 지레짐작하였던 것이다. 순희는 장로님의 오해를 황망히 풀어놓고, 영미네 얘기를 하였다. 영미 어머니는 말이 없고 착실하다는 것과 영미 아버

지는 툭하면 아내를 때리고 욕하고 살림을 때려 부수어, 옆집에 사는 자신은 공연히 두렵고 불안하다고 말했다. 그래서 장로님이 가서서 따갑게 영미 아버지를 꾸짖어 버릇을 가르쳐 놓으셔야겠다고 주장하였다.

"허허허."

장로님은 인자하게 웃었다. 그는, 자고로 부부 싸움은 칼로 물 베기이며, 부부 싸움에 참견하는 건 가당찮은 짓이라고 대수롭잖게 말했다.

"장로님, 이건 싸움이 아닙니다. 일방적으로 남편이 아내를 마구 때린다니까요!"

순희가 소리쳤다.

"글쎄, 갓 결혼해서 내외간 문제를 잘 모르시는군. 남편이 제 안사람 다스리는 걸 누가 참견할 수 있겠소! 안 그렇습니까?"

장로님은 웃음 지으며 말하였다. 그는 영미네 사정보다 그것을 문제 삼는 순희의 순진성을 재미있어 하는 모습이었다. 순희는 참혹한 표정으로 한동안 고개를 숙이고 있다가,

"장로님! 남편이 안사람을 다스린다구요! 습관적으로 폭력을 쓰는 남편한테 아내가 골병들어 서서히 죽어가는데도 집안 문제라구요? 가정이라는 게 남편의 개인적인 소유물인가요? 있을 수 없습니다!"

순희는 배반감과 실망에 치를 떨며 이렇게 소리치고 장로네를 나왔다. 장로는 화내는 순희가 귀여워 껄껄껄 소리내 웃고, 곧 잊

어버렸다.

순희는 문 앞에서 입을 아프게 다물고 있다가 골목길로 나갔다. 파출소로 갈 작정이었다. 경찰을 부를 수밖에 없다고 생각해서였다. 골목 어귀에서 퇴근하고 돌아오는 남편과 마주쳤다. 순희가 입에 침을 튀기며 전후 사정과 자기가 지금 찾아가는 곳에 대해 말하였다.

"이거 당신 정신 있어? 공연히 남의 집 싸움에 끼어들지 말어, 웃음거리만 될라구!"

남편이 순희의 팔장을 끼고 돌려세웠다.

순희가 버텼으나 남편의 힘에 끌려 집 안으로 들어갔다. 그러나 형용할 수 없는 불만이 안개처럼 가슴에 지펴지기 시작하였다. 장로와, 또한 남편에 대해서, 그리고 집안 사정이라는 이해할 수 없는 질서에 대해서….

무엇을 할 것인가

"오늘 아주 끝내주는 날이네요, 과장님."

낮술 기운이 보기 좋게 오른 얼굴의 사원 하나가 큰소리로 말했다.

"밤에 3차까지 가십시다."

앞에 있던 대리가 말했다. 과장은 그저 웃음 띤 얼굴로 즐비한 음식점 간판들을 훑었다. 거래처에서 접대하겠다는 것을 봉투로 받아 과(課)원이 함께 철판구이를 먹고 나온 거였다. 거기다 퇴근 후엔 정례 회식이 있었다.

"어이, 미스 리, 찻집 말이야, 거 갈 만한 데 없어? 그런 덴 미스 리 같은 아가씨가 잘 알 거야."

과장이 한발 뒤처져서 기혼 여사원 미스 김과 팔짱 끼고 따라오는 미스 리를 돌아보며 말했다. 대학을 갓 졸업한 신입 여사원인데 이쁘고 매력도 있고 외국어 두 개를 하는 여자였다. 그가 처음 배속받아 왔을 때, 과에서 환영회를 했는데, 술을 체질적으로 마시지 못해 모든 남자들이 땅이 꺼지도록 실망하였다. 하지만 2차로 춤을 추러 가자고 하자 미스 리는 좋아하더니 미처 테이블에 앉지도 못하고 플로어로 나가 춤을 추어 댔다. 사이키 조명을 받으며 춤추는 모습은 그저 한입에 홀라당 삼키고 싶은 충동을 일으키기 딱 좋왔다.

이런 미스 리 때문에 과의 기혼 미혼 남자들은 눈에 띄게 흥분들을 해서 부장의 표현대로 하자면 '일에 능률이 올랐다'는 것이다.

미스 리는 결혼한 선배에게 장소 선택권을 주었으나, 그가 사양해서 한 번도 들어가 본 적이 없는 데로 갔다. 과원들은 과장과 여직원 둘을 중심으로 넓은 자리에 둘러앉았다. 차를 시켜 놓고 이런저런 잡담들을 하였다.

"미스 리한테 옹기 좀 팔아 볼까?"

과장이 성냥개비를 분질러 이를 쑤시다가 말했다.

"옹기요?"

미스 리가 눈을 반짝 뜨고 물었다.

"에이 과장님. 미스 김한테야 괜찮겠지만 그래두…."

미혼 남사원 하나가 겸연쩍어하며 말했다.

"옹기가 어때요? 듣고 싶은데요. 재미있으면 되지요, 뭐."

미스 리가 자글자글 말했다.

과장은 은밀한 웃음을 흘리다가 마침내 옹기를 팔기 시작하였다. 과원들 중 이미 이 얘기를 들어 알고 있는 사람들은 난처해하거나 미스 리를 주의 깊게 관찰하였다.

"옛날에 어떤 젊은 과부가 살았어. 그런데 이게 미치겠는 거야. 어디 마땅한 사내 하나 없나 두루 찾아봐도 허탕이라.

하루는 누가 토방에 놓은 오줌 두멍에서 오줌을 누는 거야. 좔좔

소리가 나서 문을 열어보니 떠꺼머리총각이라. 히야. 그 물건이 보통이 아닌 거야. 과부가 불러들였겠다아. 그런데 이거 호사다마라. 총각이 물건만 좋았시 그걸 쓸 줄은 모르는 거야. 이런 답답한 노릇이 있나, 급하긴 한데."

남자들이 킬킬거렸다.

미스 김이 얼굴을 붉히고 고개를 숙였다. 그러나 미스 리는 눈을 똘망거리며 들었다.

"그래서 아래를 홀렁 벗게 하구 마주 앉아서 과부가 총각의 허리를 껴안고는 들어오시요오, 나가시요오, 했던 거라."

과장은 자신의 기다란 팔을 뻗어 흉내 내며 말했다.

"이때 마침 옹기장사가 옹기를 한 짐 지고, 옹기 사시라며 돌아다니다가 과부네 집 앞을 지나는데 안에서,

들어오시요오.

하는 거라. 얼씨구나 들어가 지게를 벗어놓으려니까 이번에는,

나가시요오.

하는 거라.

그래서 실망해 나가다 보면 또 들어오시요, 들어가다 보면 나가시요오, 그러더니 나중에는 아주 숨 가쁘게 들어와, 나가, 들어와, 나가, 들어와, 나가, 들·나, 들·나… 하는 거라. 그 바람에 옹기장사도 들·나거리다 옹기만 왕창 깨먹었다는 얘기지."

과장은 자신의 얘기에 아주 만족해하는 눈치였다. 남자들은 정

신없이 웃었다. 미스 리도 웃었다.

"내가 너무 심했나, 미스 리?"

과장이 미스 리를 바라보며 물었다.

"심하긴요, 과장님. 저두 친구들한테 써먹어야겠는 걸요."

미스 리가 날름날름 이렇게 말했다. 그런데 이상하게도 과장은 기분이 상큼하지가 않았다. 그는 미스 리가 자신의 등이라도 때리면서 과장님 너무하셔요, 하며 발끈 토라질 것으로 기대했었기 때문이다.

"요샌 와이담두 죄다 여성상위더라구."

대리 하나가 입맛 다시며 중얼거렸다.

찻집에서 나와 회사로 들어갈 때, 남사원 두엇이 떨어져 걸으며 얘기하였다.

"미스 리 숫처녀일까?"

"요새 숫처녀가 어디 있어, 비밀요정에서는 열세 살짜리두 머리 올려 준다던데."

"고거 참 맹랑하대, 과 수석 졸업생이라는 게 사실일까?"

"귀걸이 매일 바뀌더라구."

"귀 뚫었으니 거기두 뚫어졌지 뭐, 킬킬킬."

퇴근 때가 가까워오자 사원들은 회식 장소를 물색하였다. 중국집이냐 고깃집이냐 회를 먹을 거냐 등이었다.

"언니는 뭐 먹고 싶어요?"

남자들 의논을 듣고 있던 미스 리가 미스 김에게 물었다.

"뭘 먹다니?"

"지금 회식 메뉴 짜잖아요. 난 횟집 갔으면 좋겠는데."

"미스 리 미쳤어? 회식에 여직원은 안 끼어준다구. 아직 몰라서 그러는구나."

"어머, 그건 말두 안 돼. 직원 회식이지 남자 회식은 아니잖아요. 회식두 일이라구요."

미스 리가 펄쩍 뛰었다. 그걸 옆에서 들은 남사원 하나가

"과장님, 미스 리도 간다는데요!"

"갈 수 있겠어?"

과장이 미스 리를 보고 물었다. 호기심과 기대가 번지는 얼굴이었다.

"가야지요."

"그런데 조건이 있어. 삼 차까지 행동을 같이 해야 돼!"

"기분 좋으면요!"

미스 리가 대답하였다.

그들은 이렇게 해서 초장부터 영동으로 진출하였다. 남자들이, 살 안 찌고 정력에 좋은 싱싱한 회… 어쩌고 해서 일 차는 횟집이었다.

기혼녀인 미스 김도 함께 갔다. 그는 결혼 후에 한 번도 늦게 가

본 적이 없었노라고 걱정하면서도 회식에 끼이는 걸 기뻐하였다.

미스 리는 못 마시는 술을 홀짝거려 보았다. 과장이 술을 따라 달라고 해서 그렇게 하였다.

"어이 미스 김, 도대체 어떻게 된 거야."

대리 하나가 문득 미스 김에게 관심을 보였다.

"요새 서방님 안 계신 모양입니다."

사원 하나가 끼어들었다.

미스 김은 갑자기 주눅이 들어 얼굴을 붉히며 고개를 숙였다. 방금 씹고 있던 한치가 목에 걸려서 캑캑대었다.

"미스 김 남편님은 대단한 성인이신가 봐. 아내를 직장에 내보내구. 난 못 그러겠던데, 우리 와이프두 은행에 다녔는데 결혼하며 그만두었잖아."

동료들보다 진급이 빠른 대리가 말했다.

미스 김은 어쩔 줄을 몰라 하였다.

"사실 아내를 남자들 틈에 내보낸다는 건…. 아, 그런데 정말 괜찮겠어요? 늦었다구 떨려나면 우린 아무두 책임 못 집니다. 미스 김."

미스 김은 참다 못해 가방을 들고 일어섰다. 이때 맞은편에 앉아서 낯을 찡그리며 이런 얘기들을 듣고 있던 미스 리가 일어서서 미스 김에게로 갔다.

"언니, 왜 일어나요? 언니는 누구의 아내만이 아니란 말예요, 삼선무역의 사원이잖아요. 왜 일어나요? 뭐가 그래요? 남편이 무서운 건가요, 여기 남자 동료들이 무서운 건가요. 아니! 절대로 안 돼요. 지금 우린 접대부가 아니라구요. 일이에요. 우린 사원이라니까요. 누구의 아내로서 직장에 다니는 게 아니잖아요!"

미스 리가 이렇게 당당하고 날카롭게 얘기하였다. 갑자기 자리가 고요해졌다.

2부

비토 그룹

이야기가 물 흐르듯이 자연스러웠다고 할 수는 없었으나, 민망한 침묵 없이 묻고 대답하였다.

어머니는 특히, 영희를 만나기도 전부터 신문기자라는 직업을 비롯해서 별로 맘 내켜 하지 않았던 것이다. 그런데 아버지는 한수 더 떠, 도대체 신문사에서 여자 기자가 하는 일은 무엇이며, 아무래도 신문사에 있으니 쓰여지지 않는 사건에 대해서도 잘 알 터이고, 그러므로 세상을 보는 눈이 넓어지겠다고 대견스레 물었다. 영희는 어떤 질문에도 망설이지 않고 대답을 시원스레 해내었다.

마치 면접시험 보듯이 아버지가 웃으면서 우리 아들의 어디가 좋으냐고 묻자,

"성격도 그렇구… 사실은 취미도 다른 것 같아요. 전 우리가 이렇게 반대이기 때문에 장·단점을 서로 보완하면 훌륭한 하나가 될 것 같은 생각이 듭니다."

라고 대답하였다.

"부친께선 무슨 사업을 경영하시나요?"

아버지가 물었다.

"사업은… 저의 아버지께선 목수일을 하셨습니다. 작년에 돌아가셨어요. 고생만 하시다가요."

영희가 거리낌없이 이렇게 대답하자 아버지는 실눈을 뜨고 머리를 끄덕였으며 어머니는 새삼스럽게 찻잔을 들고 손으로 얼굴을 가리다시피 하고 마셨다.

"영희 씨는 대학 때 총학생회장을 했다니까요!"

나는 영희의 입장을 만회시킨답시고 묻지도 않은 말을 하였다.

"활동가로구만…"

아버지가 혼잣말로 중얼거렸다.

"데모두 하다가 구류두 살았지?"

내가 다시 보탰다.

"구류라니?"

"유치장에 잠깐 있는 거요."

어머니가 눈을 둥그렇게 뜨고 묻길래 내가 재빨리 대답했다.

"요샌 차암 세상이 많이 달라졌어. 테레비 좀 봐, 무슨 시위하는 거 보면 앞장서서 팔 휘두르며 구호 외쳐대는데 여자들이 꽤 많다니까. 차암 세상이 많이 달라졌어. 무슨 징조인지…"

"조금씩 좋아지는 거지요. 진보에 가속이 붙으면 정말 여자들이 사람 대접 받는 세상도 올 겁니다. 아직은 사실 시작도 아니거든요."

영희가 씩씩하게 말했다.

"기자라서 그런지 말은 썩 잘하는군. 하기야 총학생회장을 했다니…"

"전 아직 멀었습니다. 공부를 더 해야지요, 뭐."

"공부라니? 대학원에 갈 생각인가?"

"꼭 학위를 받자는 게 아닙니다. 사람은 늘 모르는 게 더 많으니까 끝없이 공부를 해야 된다는 거지요."

영희가 이렇게 말하자, 갑자기 아버지가 호탕하게 웃으셨다. 나는 안심이 되었다. 역시 아버지는 영희같이 자기 생각을 뚜렷하게 나타낼 줄 아는 며느리를 원할 것이다. 아버지는 똑똑한 사람을 좋아하시니까.

"영희는 정치부에 가고 싶어 안달입니다."

내가 우쭐거리며 말했다.

"그럼 결혼 후에두 기자 생활을 할 생각이구만."

어머니가 물었다.

"아, 물론이지요. 결혼하는 거하구 직장을 갖는 거하구 무슨 상관이 있나요? 정년퇴직까지 다니구 싶습니다."

"아이를 낳구두?"

"산후 휴가가 있으니까요."

어머니가 고개를 끄덕였다. 아버지도 전염된 듯 그렇게 하였다. 영희는 취재 약속이 있어 일어났다. 다음에 다시 뵙겠다고 인사하였다. 나는 영희를 문턱까지 배웅하였다. 헤어질 때 영희의 어깨를 잡고 '잘 되었어, 만족이야!' 하고 말해주었다. 영희도 즐거운 얼굴이었다.

내가 어머니 아버지 앞에 다시 가 앉자, 두 분은 나누던 얘기를 뚝 멈췄다.

잠시 침묵이 흘렀다.

"어떠세요? 맘에 드시죠?"

내가 참지 못하고 물었다.

"그래, 그 아가씨랑 결혼할 생각이냐?"

어머니가 물었다.

"해야지요, 어머니!"

내가 힘차게 대답하자, 어머니가 절망한 듯이 몸을 의자 등받이로 쓰러뜨렸다.

"너는 아직 잘 모르는구나. 니 어머니랑 방금 얘기를 했다만 결혼이란 참으로 중요한 인륜지대사다. 한번 잘못하면 바로잡기도 어려운 일이야. …여자란, 우선 여자다워야 한다. 똑똑한 거야 좋지. 그렇지만 똑똑한 게 여자다운 건 아니다. 여자란 결혼하면 남편과 자식, 시댁 식구를 위해 일신을 바치는 게 하늘의 법인데…"

아버지의 신념에 찬 목소리가 새삼스레 무슨 채찍처럼 내 정신을 후려쳤다. 사실 내 인생에 있어서 부모님은 얼마나 큰 지원그룹이었던가. 정신적 지원은 물론이고 경제적 지원까지 아낌없이 해주셨는데, 이제 부모님은 최초로 내 인생에 비토 그룹으로 등장하셨다.

들어온 여자

"서울뜨기들 여태 안 왔너어?"

"지금 온 모양인데? 왁자하잖너어."

그 여자가 막 고개를 부엌으로 들이미는데 안에서 국수를 말아내는 여자 둘이 이렇게 얼굴을 실룩실룩거리며 얘기했다.

"무식한 쌍것들!"

그 여자는 평상복 위에 덧입은 흰 광목치마자락을 끌어당기며 속으로 씹었다. 그러나 얼굴엔 상냥한 웃음을 발라서,

"번번이 수고들 하시네요. 동네분들 안 계시면 정말…"

하고 인사치레를 던졌다.

동네 여자 둘이 죄짓다 들킨 얼굴을 하고 고갤 돌렸다. 조카 결혼식, 시아주버니 회갑, 재작년 이맘때 돌아가신 시어머니 장례식… 하며 큰일 때마다 부엌일을 거들어 이미 낯이 익은 여자들이었다.

그 여자는 부뚜막 높이의 계단에 무릎을 걸고 안방 문턱에 팔을 짚고 안을 바라다보았다. 안방 건넌방을 하나로 터서 기차간처럼 기다란 방에 늙은이·중늙은이·중년 여자 들이 대충 나눠 앉았으되, 한결같이 쑥덕쑥덕 끝없이 애기하고 있었다. 그들 중에 중년들이 말을 딱 멈추고 표정들을 굳히는 게 틀림없이 흉을 보던 끝임이

분명하였다. 상복을 입어 옛적 아름드리 통나무 뒤주 같은 작은 동서가,

"…낙산사 중놈 씹공론하듯이…."

라고 중얼거리는 소리가 그 여자의 귓가에 무슨 인상으로 박혔다. 워낙 입이 걸어, 시아주버니가 손아래 제수씨 앞에서도 사정없이 '어떻게 된 셈판인지 예펜네라는 게 아갈빠리만 열었다 하면 욕이니, 저 주댕일 어떻게 이겨봐야… 쯧쯧.' 하고 혀를 찼다.

그러면 작은동서는 어이없어하는 낯색으로 입을 다물어버리나, 제깐놈 주둥아리선 사서삼경에 염불만 뱉었너어?' 하고 안 들리게 맞받아 내었다.

"고명딸이 마지막 가는 제 아버지 그렇게 길닦음을 하겠다고 쌔워쌓는 거여…."

"글쎄 그래선 안 된다니깐드르!"

차일을 치고 멍석을 깐 마당에서 남자들의 목소리가 들려왔다. 이 집 안주인이 빗댄 낙산사 중들의 씹공론인 것이었다.

어젯밤 열한 시가 넘어 세상을 떠난 이 집의 여든여섯 먹은 호주는, 아들 다섯에 딸이 끝으로 하나이다. 가운데 아들 둘은 해방과 남북 동란 때 남·북으로 갈려 군대 나갔다 행방불명이고 남은 아들 셋인데 큰아들이 늘그막에 가정이 없어져서 지금까지 서울 막내아들 집에 있다가 고향 작은아들 집에 와 닷새 만에 죽은 거였다. 심통 많은 작은며느리는 그래도 시아버지가 밤늦게 돌아가셔서 삼일장의 하루는 번 셈이라 춤을 출 지경이었다.

끝에 둔 딸은 돌아가신 분이 꽃 보듯 길러 가산 중의 하나를 떼어 주기까지 하였는데 아침에 친정오라비 집으로 와 한바탕 제 설움까지 쏟아 평평 울어 젖힌 다음, 천주교회에 가서 무슨 절차를 꼭 밟아야 자기 아버지가 천당 가셨다고 믿겠다는 거였다. 그러자 순전히 이 동네 상도계로 운영되는 장례며 발인 등등에 이물질이 끼인 셈이었다. 상두꾼 비위 거슬려 좋을 거 없다는 쪽, 망자(亡者) 좋고 상제 좋다는 거 뭘 말리느냐는 쪽으로 의논이 티격태격하였다.

그 여자는 이런 데엔 전혀 관심이 없었다. 노동력이 완전히 없어진 팔십 홀아비 시아버지를 2년이나 모셨을 뿐 아니라 빈털터리 마흔 다 된 남자한테 시집와 이제 빌딩까지 갖게 된 공덕을 어찌 시끌벅적하고 자질구레한 일들과 엇셈을 시키랴. 어림도 없었다. 이 동네 촌년들이 서울뜨기 어쩌고 하면서 막내며느리라는 것이 형님 집에 와 큰일 치르면서 손끝에 물 한 방울 묻힐 줄 모른다고 갖은 욕과 흉보는 것을 그 여자는 거울 속 들여다보듯 알았다. 그러나 헛바닥 한 번 차는 걸로 넘겨버렸다.

이번 상사도 자기네 앞으로 들어오는 부의금이 가장 많았다. 시아버지는 생전에 장례비용을 만들어두고 계셨기 때문에 지금 지출되는 돈도 그것으로 대충 꾸려가는 거였다. 게다가 욕심 사나운 동서가 떡고물깨나 묻혀서 따로 꿍칠 것이 확실하였다.

그 여자는 뒷방과 뒤뜰에 임시로 만든 부엌과 무쇠솥에서 끓는 국수 국물, 고기들, 그 옆에서 여러 가지 양념, 채소 따위를 써는 여자들 등속을, 화장기 없어 누르뎅뎅 떠보이는 얼굴로 상복과 어울리게 상제다운 티를 잃지 않으려 애쓰면서 한 바퀴 돌아보았다.

그 어디에도 맘 붙이고 발 디딜 패거리가 없었다. 이건 두말할 것 없이 출신과 학벌과 교양과 사는 푼수의 차이 때문이었다. 이 집안 며느리 중 대학물 먹은 사람은 그 여자뿐이었다. 큰며느린 옛날 옛적 일제시대의 소학교 출신이고 둘째 며느리는 무학이었다. 도대체 얘기가 통할 수 없었다.

그 여자는 기둥만 세워둔 대문 밖으로 나갔다. 한적한 시골의 동네 골목이었다. 일 년에 한두 번 삐끔삐끔 손님보다 더 생뚱스런 기분으로 드나든 곳이라 어느 한군데 정이 가는 모퉁이가 없었다. 그저 토박이들이 그들 나름의 빡빡한 인정, 규칙 등을 엮어서 사는 것으로 느껴질 뿐이었다.

그 여자가 서 있는 대문 기둥 사이로 많은 사람들이 들락거렸다. 눈인사 건넬 만큼 안면 있는 사람도 없었다. 도리어 시어머니 상사 때 입었던 광목 상복이 더럽고 구김 간 그대로 입고 선 낯선 여상 제를 힐끔거렸다.

집 안에서 가끔 형식적인 곡소리가 들리고, 그보다는 더 거침없는 말소리 웃음소리가 드높았다. 앓아누운 법 없이, 자손들 편하라고 장삿날 하루는 까뭉개주고 돌아가신 노인네라 사람들은 너나없이 호상맛을 톡톡히 내었다.

아무리 호상이라지만, 저렇게까지들 할 수 있나. 배우지 못한 촌것들!

그 여자는 속으로 욕했다.

앞으로 큰일 치른다면 동서나 시아주버니 장사나는 건데, 그 일 빼고는 꼭 시간 내어 여기 다시 올 필요는 없을 것이라는 계산을 하면서 경멸감 때문에 얼굴이 어둡게 일그러진 그 여자는 자신의 맘을 달랬다.

"누가 아니라우. 나가는 김에 와리바시 있지유우, 그것두 한 삼백 갠 더 사 오구유우, 이까(오징어)는 빛깔이 붉은 갈색이 돌수록 싱싱한 거유우, 도시 사람들은 속여먹어두 우리 같은 사람이야 어림없지유우, 차암 과일두 더 있어야겠더라아. 수박하구…."

시누이 목소리였다. 갑자기 목뒤가 당기는 느낌이 들었다. '시'자 들어간 건 아무래도 잘 지낼 수 없는 모양이었다.

"아니 올케! 왜 여기 꾸어다 논 보릿자루마냥 서 있수우? 이 집 며느리가 할 일이 천진데에!"

두서너 살 손위의 시누이가 그 여자와 비교하자면 십 년은 늙어 보였다. 그래서 그런지 언제나 톡톡히 어른 노릇 하려 들었다. 결혼한다고 할 때만 해도 자기 친구 아무개 아무개는 이만저만 좋은데 오빠가 괜히 다 놓치고 어쩐다고 들으란 듯이 지껄였었는데, 아직도 그 여자는 그때의 꼬부라진 감정을 풀지 않았다.

"그래, 갔다 와아. 올 땐 택시 타라. 짐이 많아서, 손님 없으면 나라두 같이 가겠다만, 금순이란 년은 어딜 갔는지 장 심부름도 못 시키겠으니…."

시누이는 제 나이의 친구처럼 보이는 어떤 여자의 등을 어루만

지며 말했다. 금순이란 서른 중간 고개를 넘긴 조카였다. 손님처럼 구는 올케가 미워 순간적으로 찝어낸 말이었다.

"야아, 너 안 왔으면 큰일 날 뻔했다아. 며느리가 있으면 뭘 해."

댓 발짝 앞서간 친구에게 소리쳤다.

그 여자는 속으로, 밴댕이 속 쓰는 외동딸의 심보를 발등으로 짓이기는 기분을 씹으며, 그러나 웃는 얼굴로,

"친군가 봐요?"

하였다.

"아이구, 오겠다는 것들이 하나둘이어야지. 내 친구들은 우리 어머니 아버지를 친부모님처럼 알았으니까."

시누이는 앞서 걸으며 묻지 않은 말까지 보탰다. 꼴에 시누이 라구.

이자 한 푼 없이 돈 빌려 가선 벌써 2년이 지났어. 지 오빠가 알거지였던 걸 모르나?

그 여자는 이를테면 돈이 붙게 생긴 인상이라고들 하였다. 냉동 기술자 자격증 달랑 들고 공장이랍시고 한다더니 빚만 지고 물러났을 때 결혼했는데, 그 후 돈이 사람을 따르던 거였다. 거기다 지금은 사는 지역의 어엿한 유지로 돈 내는 감투만 네댓 개를 썼고, 그 여자는 아이들 학교의 어머니 회장을 한다.

차일 밑에서는 빈틈없이 먹는 사람으로 난장 같고, 그런 틈에도 어디서는 목청 돋우어 떠들고, 의견 충돌이 나고, 2년 만에 만난 사람, 5년 만에 만난 사람, 10년 만에 만난 사람들이 그동안 떨어져

지낸 시절을 엮어대느라 부산하였다. 술에 취해 멍석 옆에 새우로 쓰러진 남자도 있었다. 부엌에선 일하는 동네 여자들이 저녁제에 쓸 제수 장만에 분주하였다. 안주인은 상복 치마 앞에 돈주머니를 내차고 깐깐하게 셈을 쳐서 돈을 내주곤 하였다.

한나절 되어, 흩어져 살던 조카들−망인의 손자 손녀들−이 대충 다 모여들었는데, 그 여자는 그 손아랫것들이 지금 어딜 가 보이지 않는지 궁금하였다. 아들 셋, 딸 하나에서 퍼진 자손이 열아홉이었고, 열아홉에서 퍼진 손이 둘만 낳자는 정부 방침이 있었음에도 벌써 스물이 넘었다.

그 여자의 조카딸 하나가 마당 끝에 달린 변소에서 옷도 미처 추스르지 못하고 나와 바쁘게 세놓아 먹으려고 붙어 낸 바깥 방으로 들어갔다. 그 여자는 궁금해서 방문을 열었다. 사촌들끼리, 거리에 삼촌, 이종·고종까지 끼어 화투판을 벌이고 있었다.

"자알들 한다. 해애."

여자는 농담조로 이렇게 말했다.

"작은어머니두 오세요."

"돈 많은 집 거 따먹게 와요!"

안에서 이런 대꾸들을 하면서도 맘들은 화투짝에 붙어 있었다. 그 여자는 화투는 질색이었다. 이 집안은 모였다 하면 삼촌, 조카 구별없이 화투를 치는 것조차 못마땅하였다. 그래도 심심하고 더구나 어디 궁둥이 붙일 만한 데가 없어 *끼어 볼까* 하는데 빌써 지녁제를 지낸다고 야단이었다.

제사를 모시는 자리에서 그 여자는 시누이의 친구라는 여자가 끼어 함께 절을 하는 걸 보았다. 갑자기 피가 거꾸로 도는 느낌이었다.

아니, 저 여자가 누군가!

그러나 제가 끝나고 손님과 상주들이 저녁 식사를 마칠 때까지 내색을 하지 않았다. 화투방 패거리들은 이내 그리로 모여 들어갔다. 그 여자는 부엌 문설주에 기대어, 혹은 안방에서 시누이의 친구를 노려보며 관찰하고, 문득 피를 거꾸로 돌게 한 원인이 무엇일까를 잡아내려 집요하게 애썼다. 그렇다! 맞다! 순간 그 여자의 눈앞이 붉어졌다. 그놈이 대체 어디 있을까. 이렇게 쌍스럽고 부도덕한 집안을 바로잡아 놓아야 한다.

그 여자는 노기로 눈앞이 흐려졌다. 남편을 찾아보니 마당에도 어디에도 없었다. 남자 손님들을 모신 사랑에도 보이지 않았다. 시누이 친구랑! 그렇지만 그 여자는 지금 부엌에서 꼭 며느리처럼 일하고 있지 않은가.

그 여자는 화투 치는 방으로 갔다. 거기 남편이 한몫 낄듯이 매부의 등 뒤에서 구경하고 있었다. 그 여자는 돌팔매처럼 뛰어들어가 화투판을 엎어버렸다.

"천하에 더러운 것들! 나쁜 놈! 개새끼!"

이렇게 내뱉으며 씨근덕거렸다.

"아니 왜 이래요?"

"이 여자가 돌았나아."

"누구한테 하는 욕입니까?"

그 여자는 남편을 노려보았다.

"밖에 저 여자! 저 여자 누구야! 이 더러운 놈아!"

그 여자가 악을 썼다. 내친 김에 이런 저질의 사람들로부터 받았다고 느끼는 모욕들과 소외감을 깡그리 되뱉어 내려는 기세였다.

"아아, 정옥이 언니, 고모 친구잖아."

"친구면 친구지, 지가 뭔데 남의 장사에 와서 절까지 하나아! 더러운 인간들!"

그 여자는 복받치는 울분과 불쾌감 때문에 덜덜 떨면서 과거를 과장해서, 요컨대 지금은 어떤 사이고 과거는 어땠느냐고 어깃장을 놓았다.

"아니, 작은어머니, 그래 남자가 외도한 것두 아니구, 또 외도 좀 하면 어때요? 결혼 전에 연애 한두 번 못 해요? 우리 삼촌이 그런 멍충이라야 좋겠어요?"

"왜 이러십니까. 우릴 너무 함부로 여기시는데 정말 기분 나쁩니다아!"

패거리들이 마치 이때를 기다리고 있었던 듯이 와르르 그 여자를 향해 불쾌한 감정들을 털어놓았다. 거기다 그 여자의 남편은 청천에 날벼락이라며 제발 망신 떨기 싫으면 죽치고 있으라고, 더 이상 말도 하기 싫다는 표정을 지었다.

그 여자는 재빨리, 자신이 결국 며느리-다른 집에서 들어온 성(性)이 다른 여자-라는 사실의 현실성을 뼈저리게 깨달았다.

출가외인

"이제 강원도네."

운전을 하는 남동생이 말했다.

"이제 겨우 강원도야?"

나는 퉁명스럽게 내뱉었다. 그리고 차창 바깥의, '안녕히 가십시오 경기도', '어서오십시오 강원도'라고 쓴 표지판의 글자를 읽었다.

'그러면 그렇지. 웬일인지 산야가 별 볼 일 없다 했더니.' 나는 지나쳐 온 서울과 경기도 땅에 소금이라도 뿌리는 기분으로 중얼거렸다.

돌아가신 아버지의 산소 앞이 해동하면서 무너지는 바람에 올 장마를 그냥저냥 넘길 수 있을까 걱정되어 보러 가는 중이었다. 축대를 쌓자면 꽤 돈이 든다고, 아버지의 살아 있는 자식들이 추렴을 하기로 했다.

오랜 가뭄이 들었건만 어렵사리 물을 댄 논에서는 모내기를 하였다. 이앙기로 모를 내는 데가 더 많았다. 들에 나가 먹는 밥 중에 모내기 밥만큼 맛좋은 게 또 있을까. 가마솥에 장작을 때서 지은 밥은 구수했고 논배미처럼 칼로 자른 누룽지는 얼마나 고소했던지! 벌써 수십 년 전의 추억이었다. 그때 농사일을 도와주던 병근이 아저씨는 지난해 무슨 암으로 죽었다는 얘길 들었다. 그리운 양

양. 내 고향땅, 인제를 지나 원통을 지나 설악산으로 접어들었다. 차창을 열고 산 냄새를 맡았다. 살아 있는 냄새다!

한계령을 지났다.

산과 바위와 나무들. 가본 사람들은 늙어 죽은 나무의 모습에서 조차 혼령을 느낄 수 있었으리라. 금강산은 이와 비할 바 없다니 얼마나 아름다울까.

"오색에서 잘까?"

동생이 가라앉은 목소리로 물었다.

"양양 가서 자자. 오색에 빈방이나 있겠니? 서울 사람들이 바글 거릴 텐데."

나는 씹어뱉었다.

어렸을 때, 우리는 양양 읍내에서 오색리까지 걸어서 소풍을 왔다. 아침에 떠나오면 오후 늦게 닿았다. 약수터 계곡 비좁은 산기슭으로 산짐승 우리 같은 집들이 있어, 우리는 그곳에서 오글오글 잠을 잤고 냇가에서 삭정이를 주워 밥을 해먹었다. 낮에는 선녀탕에 가서 멱을 감았었지. 그때의 수학여행이었다.

그런데 남아도는 돈을 가진 사람들이 쳐들어와서 남아도는 돈을 긁어모을 생각으로 오색을 이용하게 되었다. 나는 내 고향, 내 어린 시절의 환경을 빼앗긴 것이었다.

아버지는 이곳 산에서 어린 향나무 두 그루를 서울의 내게 가져 다주었다. 아버지를 보듯이 기르겠다고 내가 졸라서 사셔나준 것이었다. 오색 골짜기를 뒤져 오가피를 모아 술을 담가주었다. 그리고 오색의 표고와 취와 두릅과 느타리와 능이와 송이와 더덕, 도라지들.

날이 저물어서 우리는 다음 날 오전에 산소에 가보기로 하고 양양의 작은댁에 갔다. 사촌 동생이 남대천에서 은어를 잡아와서 튀김을 해주었다. 얼마 만에 먹어 보는 은어인가.

밤부터 비가 내렸다.

아침에도 내렸다.

나는 일찍 깨었다. 마당가의 감나무에서 감꽃이 떨어져 있었다. 저걸 실에 꿰어 목에 여러 겹 걸고 다니던 시절이 생각났다.

가족들 몰래 우산을 들고 집을 나왔다. 현산 공원과 군청 자리의 혼이 깃든 아름드리 느티나무. 저 느티나무는 모든 것을 알고 있으리라. 이 고장의 자연과 사람의 역사를.

늙으면 여기 와서 살아야겠어. 빨리 돈을 벌어서 옛날에 내가 살던 집을 사야지. 고향처럼 좋은 게 어딨어.

나는 우산을 쓰고 비에 젖은 정든 길과 건물과 나무들을 바라보며 이런 결심을 하였다.

남대천의 해당화. 꽃 향기도 좋지만 열매는 또 얼마나 맛있었던가. 엄지 손마디만 한 열매를 실에 꿰어 주렁주렁 목에 걸고 화려하게 읍내로 들어올 때의 기분을 아직 기억한다.

사촌 올케가 산나물로 아침 밥상을 마련해 주었다. 나는 취와 두릅을 먹으면서 서울에서 먹는 취와 두릅이 아주 형편없는 가짜라고 욕하였다. 마치 고아원에서 돌아온 아이나 다를 바 없는 태도였다.

"양양이 좋아. 최고야. 뒤뜰이 설악산이고 앞뜰이 동해안, 낙산 사인데 안 그렇니?"

동생이 어처구니없어하는 눈길로 나를 쳐다보았다.

우리는 곧장 아버지의 산소로 갔다. 산판 차들이 다녀서 찻길이 망가진 산속으로 들어갔다. 차가 몇 번 헛바퀴질을 해서 모두들 내렸다가 다시 타기도 하였다. 나는 차를 타고 가는 게, 풀과 나무와 흙과 돌과 공기에 죄송스러웠다.

비에 젖은 나무와 풀과 수많은 이름 모를 꽃들의 냄새가 어우러져 차라리 그냥 나도 그것의 하나가 되어 거기 멈춰 있고 싶었다.

아버지의 묘지는 길을 내려다보는 산마루에 있어서 멀리서도 보였다. 나는 차에서 내려 마구 달려갔다.

우리는 서로 사랑했다. 나는 아버지의 외로움과 절망과 죄책감들을 이해하였다. 그리고 그는 내가 자신의 그런 것들을 이해하고, 그것을 넘어서서 자기를 사랑하고 있다는 것을 알고 있었다.

그래! 나도 죽으면 여기 묻히리라. 아버지가 태어나서 어린 시절을 보냈던 곳, 아버지로 해서 내가 사람으로 태어났으니….

"누난 늙었다더니 잘 뛰네."

동생이 옆에 와서 말했다.

"얘, 난 죽으면 여기 와서 묻힐 거야!"

내가 소리쳤다.

"어이구 정신 있나? 누난 출가외인이야. 이씨 집안 사람이 아니라구! 나이를 거꾸로 먹었나?"

동생이 '남자'의 목소리로 당당하게 말했다. 나는 그만 정신이 아찔하였다.

나는 누구인가?

언니, 올케, 시누이

"언니! 아침부터 웬 통화를 그렇게 오래 해?"

수화기를 내려놓자마자 벨이 울려서 받았더니 영애가 이렇게 소리쳤다.

"한 시간이나 걸었다아!"

영애는 내가 왜 오래도록 통화를 했었는지, 그 이유를 말할 틈도 주지 않았다. 나는 소파에 파묻히듯 쓰러져서 수화기만 귀에 대고 있었다. 올케와 오랜 통화를 하는 동안 나는 거의 듣는 입장이었고 또 올케를 위로하려고 애썼는데, 그게 이렇게도 피곤한 일인 줄은 몰랐다.

"무슨 일 있니?"

나는 힘 빠진 목소리로 물었다.

"형부 나가셨지?"

"지금이 몇 신데 안 나갔겠어? 올케두 고모부 출근했느냐부터 묻더니 똑같네."

나는 투덜거렸다.

"그럼 올케하구 통화했던 말이야? 그 여잔 웬 말이 그렇게 많어? 하는 꼬라지마다…."

영애는 올케의 지금 처지를 전혀 알지도 못하면서 전생의 원수처럼 말했다.

"그래 무슨 일 있니?"

나는 정말 지쳐서 그만 전화를 끊고 잠을 자고 싶었다.

큰애가 고등학교 진학한 다음부터 새벽밥을 하게 되어서, 남들이 일과를 시작하는 오전을, 나는 잠자는 것으로 보내야 했다.

"그 인간이…."

영애는 이렇게 말을 하는가 싶더니 쿨쩍거리기 시작했다.

"얘, 영애야. 왜 그래? 우는 거야? 무슨 일 있구나?"

영애의 울음소리를 듣자마자 내 몸에서는 피로가 빠져나가고 되레 바짝 긴장이 되어서 쓰러진 몸도 일으켜 세워, 똑바로 앉았다.

"그 인간이… 나를… 내가… 언니… 나쁜 새끼야… 그 인간은 죽어야 정신 차릴 거야… 엉엉…."

영애는 이해할 수 없는 말을 마디마디 끊으며 내뱉더니 급기야는 엉엉 소리내어 울기 시작했다.

영애를 흥분하게 하고 흐느끼게 하는 '그 인간'은, 영애의 남편이고 나의 제부이며 내 아이들의 이모부인 병만이다.

병만이 술을 좋아하고 성격이 충동적이어서 영애가 괴로움을 남달리 겪는다는 건 이미 우리 친정 식구들이 다 알고 있는 사실이다.

"어제 안 들어왔니?"

나는 가라앉은 목소리로 물었다.

"들어오긴 들어왔어."

영애는 쿨쩍거리며 말했다.

코를 푸는 소리도 났다.

"그럼 됐지 뭘 울구 그러니? 애가 열 살짜리가 있으면 신혼 다툼할 시긴 지났잖니?"

나는 어른이어야 했으므로 무조건 이런 식으로라도 동생의 마음을 가라앉혀야 했다.

"언니!"

동생은 내 말이 끝나기 무섭게 소리쳤다. 내 귀가 다 멍멍해졌다.

"누군 뭐 모르나? 엉엉… 오늘 새벽 두 시에 들어와서… 엉엉… 내가… 왜 이렇게 늦게 들어오느냐구… 엉엉… 내가 싫다는 거야… 엉엉."

나는 한동안 영애의 울음소리만 들었다.

'따뜻하게 대해 주려무나.'

나는 속으로 이렇게 말했다. 언젠가, 내가 바람난 남편 때문에 울고불고 땅을 칠 때, 어머니가 내게 들려주던 말이 떠올랐다.

남자는 결국 '아이'란다. 여자가 더 속이 크니, 그저 감싸고 따뜻하게 다독거려주면 늘 어부처럼 부두로 돌아온다…고, 어머니는 말했다.

어머니가 이런 말을 했을 때, 나는 어머니의 '무능력'과 '무기력'에 화가 치밀어, 어머니를 할퀴고 쥐어뜯어주고 싶었었다.

"영애야."

나는 동생을 불렀다. 엉엉 우는 소린 그쳤지만, 아직도 흐느끼며 씩씩거렸다.

"병만 씨가 몇 살이니?"

"나보다 두 살 더 많지 뭐."

"서른일곱이구나…."

나는 혼잣말하듯 중얼거렸다.

그리고 나의 남편을 생각했다. 그는 사십대 중반이 되어 비로소 '철'이 난 사람이었다. 그는 나의 이런 판단에 불쾌해하겠지만 나는 그렇게 믿고 있다.

"영애야. 병만 씨한테 여자가 생겼니?"

나는 아주 차분한 목소리로 물었다.

"몰라."

"물어 보지 않았어?"

"내가 싫다는데… 뻔하지 뭐."

"매일 늦니?"

"지난 토요일엔 지 혼자 여행 갔다 왔다구…."

영애가 잠자는 듯하던 울음을 다시 터뜨렸다.

"애들은 학교 갔니?"

"아침두 안 먹구 갔어. 그게 다 누구 때문이야? 그 인간이 짓밟는 거잖아. 마누라 새끼는 인격두 없나? 지 하구 싶은 대루 해두 되는 거야? 나쁜 새끼. 차라리 죽기나 했으면 죽었다구나 하구 살지… 나쁜 놈."

"애. 말이라구 그렇게 마구 하지 말어."

"언니! 언니 일이 아니니까 한가하지? 나두 교훈 같은 거 왼종일 이라두 지껄일 수 있어! 하지만 당해 보라구!"

"영애야, 형부두 병만 씨 나이에 여자가 있었잖니. 그래두 지금은 내가 눈에 안 보이면 불안해한단다. 남자들이 한때 다 그렇게 하구 지나나 봐. 어떤 아내는 그런 사실을 알구 괴로워하구 어떤 아내는 모르구 행복하게 지나구… 그런 거 같애."

"어이구, 도사 다 되었네. 치이, 누구 속 뒤집혀 죽는 거 보구 싶나?"

"아침에 올케두 못살겠다구 하더라. 철이가 바람이 났단다."

"어이구 그래? 그거 잘되었네!"

영애가 소리쳤다. 영애는 쿨쩍이지도 않았다.

"앤 무슨 말을 그렇게 하니?"

"올케가 인물이 있어 능력이 있어? 속은 밴댕이 소가지 같은 게… 난 정말 그런 여자하구 왜 결혼했는지 아직두 이해가 안 간다니깐! 내가 지난주에 갔더니, 점심때가 되었는데두 밥 줄 생각을 않더라니깐!"

나는 갑자기 난감해졌다.

"철이 오빠 인물이면 여자가 두름으로 따를 거야 뻔하잖아?"

영애는 분풀이하듯 올케를 헐뜯기 시작했다. 나는 영애의, 대학 전임강사인 시누이를 떠올리며 아무 말도 하지 못했다.

피곤과 사치

정우는 파김치가 되어 집에 닿았다. 딱딱하게 굳어 보이는 남편이 문만 열어주고 돌아섰다.

"애, 넌 왜 맨날 늦니?"

세 살 된 정우의 딸이 쪼르르 달려나와 신발을 벗고 있는 어미에게 앵무새 목소리로 말했다. 지친 중에도 정우는 기가 막혀 눈을 부릅떠 아이를 겁주었다. 안방에서 텔레비전을 보고 있던 시어머니가 얼굴만 빠끔히 내보였다.

"다녀왔습니다."

정우는 마지못해 인사 겸 말했다.

"야근이 아직 안 끝났냐?"

시어머니가 귀찮다는 듯이 물었다.

정우는, 이틀 남았어요, 할까 하다가 아무 대꾸도 하지 않았다. 남편은 골난 표정으로 텔레비전도 보지 않고 소파에 앉아 신문을 들여다보고 있었다. 정우는 옷을 갈아입고 방바닥에 퍼질러 앉았다. 벗어 내던진 나무껍질 색깔의 스타킹을, 그 뱀허물 같은 것을 을씨년스럽게 분노를 담은 눈길로 한동안 바라보았다. 눈두덩에 바른 마스카라나 지우고 그냥 폭 꼬꾸라져서 잤으면 딱 좋을 성싶었다. 그러나 일어섰다. 더 앉아 있다간 아주 찌부러질 것 같아서였다.

싱크대 설거지 통에 저녁 먹은 그릇이 아무렇게나 담겨 있었다. 파출부는 오전 아홉 시에 와서 저녁 여섯 시에 갔다. 아침밥 차리는 것과 저녁 설거지는 정우의 차지였다. 먹지도 않은 저녁 설거지까지 하는데 울화통이 터졌다. 파출부 노임은 정우가 지불하면서 그랬다. 아이가, 얘, 넌 왜 맨날 늦니? 했던 것이 순전히 아이의 마음에서 나온 말이 아닌 것같이 생각되었다. 식구라곤 시어머니와 남편과 정우와 아이, 넷이었다. 결혼 전부터 다니던 잡지사를 계속 다니는 것에 합의하고 결혼했던 것이다. 그래서 아이는 시어머니와 파출부가 기른 셈이었다. 하지만 퇴근 후엔 정우가 맡았다. 밤에 몇 차례씩 깨어나고 그때마다 우유를 타서 먹이는 것도 정우 몫이었다. 그래서 잠을 설치고 출근하자면 화장도 먹지 않고 얼굴은 푸석해서 꼴이 아니었다. 아이가 아파서 울기라도 하는 밤이면 남편은 잠 못 잔다고 딴 방으로 나가서 잤다.

제 할머니가 노상 며느리를 얘, 너, 하니까 아이가 엄마한테 그러는 거야. 할머니뿐인가? 남편도 아내를 얘, 너, 하잖아. 동갑내기인데, 생일은 내가 두 달이나 빠른 걸….

물비누로 생선 담았던 유리접시를 닦다가 떨어뜨렸다. 접시는 그대로인데 밑에서 맞은 국사발이 반쪽으로 갈라졌다. 그릇 깨진 것보다 시어머니가 더 걸렸다. 시집올 때 정우가 해온 그릇들인데 정작 그릇 주인이 시어머니처럼 여겨졌던 것이다. 아니나 다를까,

"얘야, 조심해라. 그릇 깨지면 집안에 재수 없단다아!"

하고 방 안에서 시어머니가 소리쳤다.

정우는 속으로 투덜거렸다.

이제 쉰여덟인데, 며느리 늦는 날 설거지 좀 해두면 체면이 깎이나?

노 박사 속썩인 것이 문득 떠올랐다. 수필 하나 청탁했더니 마감 안 지키는 건 고사하고, 오늘내일 미루더니 마침내는 사무실로 오래서 원고는 안 주고,

'미세스 최. 원고 좀 써줘요. 내가 불란서 가재요리 살 테니까. 내 첫사랑 애인하구 미세스 최가 닮았어….'

육갑을 떨었다.

'…원고론 미세스 최 갖고.'

웃기는군. 정우는 노 박사를 욕했다. 주간한테 쪽수 못 맞춘다고 꾸중 듣고 선배 소설가한테 죽을 사정해서 땜질을 해뒀다. 오늘은 이 문제 하나로 왼종일 심장이 뛰고 터질 지경이었다.

개새끼. 정책자문위원이라는 게 그 모양이니….

욕하는 데 정신을 팔아서였는지, 설거지를 언제인가 싶게 끝냈다.

"명일동에 마흔다섯 평짜리가 괜찮다더라."

시어머니가 식탁에 와서 물을 따라 마시며 말했다.

"주말에 가 보죠 뭐."

정우는 무뚝뚝하게 말했다. 다음 달에 계를 타는 게 있고 월급이 올라서 융자 끼면 평수 늘려 가겠다고 했더니 하루 만에 알아본 것

이었다. 정우 내외는 월급 액수가 거의 비슷하였다. 그래도 정우는 용돈을 거의 쓰지 않았다. 화장품과 옷값, 점심값과 차비 정도가 전부였다. 그러나 정우의 남편은 정우가 쓰는 돈만큼 쓰면서 그 외에 술값, 담뱃값 보약값을 써서 실제로 정우보다 세 배 넘는 돈을 자기 자신만을 위해 썼다. 그리고 월급을 타면 시어머니에게 주어서, 정우는 결혼 5년째 되도록 남편의 월급봉투를 받아보지 못하였다.

낳아주고 길러주고 가르친 건 친정 부모인데, 막상 제 밥벌이하게 되자 결혼을 해서 열매는 시집에 들여놓는 셈이었다. 보통 땐 이런 현상이 아무렇지도 않다가, 오늘 같은 때면 한꺼번에 복받쳐 머리가 꽉 돌 지경이었다. 오늘은 아침부터 그랬다. 출근을 하려고 옷을 입는데 시어머니가 앞서 나가는 아들을 보고,

"애야, 너두 옷 좀 해 입으려무나."

하였다.

시어머니가 아들 보고 한 말이건만 정우의 가슴팍에 팍 꽂혔다. 그런데 한술 더 떠서,

"저게 지 옷만 해입지⋯ 여편네라는 게 뭐 관심이 있어야지요."

라고 남편이 빈정대었던 것이다.

"한두 살 먹었어? 내가 어떻게 옷 해입는 거까지 신경 써?"

정우는 참지 못하고 이렇게 내쏘았다.

"아이구우야아."

시어머니가 온갖 감정을 모아 이렇게 내뱉었다.

남편은 현관문을 내지르듯 닫고 먼저 나갔다.

정우는 순간적으로 설움이 치솟으며 눈시울이 뜨거워졌다.

"얘. 너두 참 어떻게 그렇게 자발스럽냐. 아침에 일 나가는 주인한테 잘 다녀오라는 소린 못할망정 찬물을 끼얹으니… 우리 애가 도무지 결혼하고 살이 내린 게… 어디 그래서야 남편이 기죽어 살겠냐?"

시어머니가 도끼눈을 뜨고 그러나 양반 뼈대 잃지 않으려고 위엄 갖춰 침을 놓았다.

아니, 누군 출근하지 않나? 남편이라는 게 아내 옷 한번 사준 적 있어? 난 뭐 편해서 살쪄나? 결혼하구 보약은커녕 영양제 한 알 안 먹고 살았다!

정우는 차마 따질 수 없어 속으로 이렇게 소리쳤다.

야근을 하고 나면 직원들이 다 같이 한잔들 하러 갔다. 결혼하지 않은 여기자들은 따라가는데 기혼녀는 빠졌다. 그들 무리에서 떨어져 혼자 돌아설 때 묘한 소외감이 느껴졌다.

정우는 내친 김에 세수까지 하려다가 소파에 앉아 있는 남편 옆에 주저앉았다.

"야아, 사과 좀 깎아 와라."

남편이 말했다. 정우는 그를 노려보았다.

"갖다 먹어!"

정우는 이렇게 씹어뱉듯 말했다. 시어머니는 며느리가 아들에게 반말 트고 지내는 것도 못마땅해하였다. 식구끼리 있을 땐 몰라도 남들 앞에서 그러지 말라고, 알아듣게 일렀어도 며느리의 반말 버릇은 고쳐지지 않았다.

정우의 남편이 아내를 모멸감 그득한 눈으로 바라보았다.

"너한테 사과를 얻어먹으려는 내가 병신이다 그래!"

남편이 이죽거렸다.

정우의 몸에 소름기가 파도처럼 밀리며 지나갔다.

이게 인간인가?

내가 이렇게 죽을 지경인데… 도대체 날 뭐루 취급하는 거야. 돈 벌어다 바치고 시중까지 들고… 야근하고 온 게 어디서 서방질하다 온 걸로 아나?

그래도 정우는 내가 참아야지, 생각하였다. 지금 죽을 지경이지만, 아직 팔다리를 꿈적거릴 수는 있으니까. 기어가서라도 사과를 가져다 깎아줄 수는 있으니까. 그거야 해줄 수 있겠지…. 정우는 이렇게 생각하였다. 그런데 문득 어떤 분노와도 같은 느낌이 무슨 빛처럼 정우의 가슴에 끼쳤다.

정우는 남편을 똑바로 쳐다보았다.

"물론 지금 내가 사과 깎아줄 수 있어. 하지만 몹시 지쳐서 세수도 하기 싫어. 그냥 쓰러졌으면 좋겠어. 사람이 과로로 죽을 수 있겠다는 생각이 들어. 그렇지만 넌 뭐야. 단지 아내에게 군림하고 싶은 거 아니야? 여자가 깎아다 바치는 사과가 먹고 싶은 거지. 정신적인 사치야. 난 육체적으로 지쳐 있어. 믹고 싶으면 깃다 먹으라구!"

정우는 내쏘고 일어섰다. 그의 남편은 당황해서 붉어진 얼굴을 하고 아내의 뒷모습을 쳐다보았다. 아직 아내의 말뜻을 제대로 이해하지 못한 채.

손녀와 며느리

할아버지가 오신다고 아이 둘이 좋아서 깡총거렸다. 고속버스 터미널에 도착하셔서 시아버지가 전화를 건 거였다. 나는 시아버지가 오신다는 전화를 받는 순간 마음이 굳고 공연히 죄지은 것 같은 기분인데 아이들은 마냥 기쁜 모양이었다. 큰딸은 왜 빨리 도착하지 않으시냐고 짜증까지 부렸다.

"버스를 타고 오실 텐데, 20분은 걸린다!"

나는 공연히 목청을 높여 아이의 호들갑에 쐐기를 박았다.

시집와서 8년이 되었건만 한집에 살지 않아 그런지 시(媤) 자가 앞에 붙는 사람들의 방문은 무조건 마음이 불편하다. 부덕(婦德)이 부족한 탓일까.

냉장고를 열고 한참이나 들여다보았다. 무슨 반찬을 해야 할까? 너무 잘 차리면 평소에 호화롭게 산다고 오해할 수도 있고, 평범하게 차리면 성의 없는 대접이라고 섭섭해할 텐데…. 친정 식구가 오면 이런 신경은 전혀 쓰이지 않는다. 무슨 까닭일까. 혈육이라 그런 걸까.

혈육이라면 시집 식구들과 나의 관계는 정말 애매하기 그지없는 것이다. 나는 남편과 헤어지면 아주 타인으로 변하지만, 내가 내 속으로 낳은 자식들은 그들과 혈육의 관계가 끊이지 않으리라.

어미와는 남인 사람들이 자식에겐 아비요, 할아버지요, 삼촌이요, 고모요… 그런 친족으로 이어진다.

"할아버지가 무얼 사오실까?"

큰딸이 작은딸에게 물었다. 일곱 살과 다섯 살인 자매다.

"난 초코파이가 좋아."

작은딸이 소리쳤다.

"그런데 엄마 친구들은 왜 다 갔어?"

작은딸이 내게 물었다.

학교 때 친구 둘이 왔다가 시아버지께서 오신다는 전화를 받자 도망치듯 가버렸던 것이다.

"고스톱 안 해?"

작은딸이 쫑알댔다.

"그런 소리 하지 마!"

내가 윽박질렀다.

"엄마는 할아버지가 오신다는데 기쁘지도 않나 봐."

큰딸이 뾰로통해서 말했다.

가슴이 찔끔했다.

"왜 안 기쁘냐. 반찬 하려니까 바빠서 그러지."

"시켜 먹으면 되잖아. 아빠 친구들 왔을 때처럼."

큰딸.

"엄마, 국숫집에 가. 그럼 힘들지 않잖아."

작은딸.

내가 전화통 앞에 앉아 아파트 상가 전화번호부를 뒤적이니까 아이들이 어미를 거든답시고 한마디씩 했다. 저래서 여자에겐 딸이 더 좋다고들 말하는 걸까?

나는 정육점에 로스구이 두 근을 주문하고, 오는 길에 상추와 대파 한 단을 가져다 달라고 부탁했다. 불고기를 양념해 재우자면 손도 많이 가고 시간도 드니 손쉬운 로스로 해야겠기 때문이었다. 슈퍼마켓에는 즉석 민어매운탕과 즉석 샐러드와 포도를 주문했다. 차게 한 맥주 두 병과 함께.

파출부 아줌마가 해놓고 간 밑반찬 몇 가지가 있으니 시아버지 저녁상 차림은 이것으로 끝난 셈이었다.

아들도 없는데 웬일로 오시는 걸까. 며느리가 어떻게 지내나 시찰 오시는 걸 테지.

남편은 두 달 예정으로 해외연수를 갔다. 이제 20일쯤 남았다.

나는 시아버지가 원한 며느릿감이 아니었다. 시아버지는 대학 다닌 여자에 대한 배척감이 강했다. 남의 집에서 오는 식구는 우선 친화력이 강해야 하는데 대학 출신의 여자들에겐 일차적으로 그런 성품이 부족하다는 인식을 갖고 있었다.

그런데 나는 며느리가 된 거였다.

슈퍼마켓과 정육점에 독촉 전화를 했다. 시아버지보다 먼저 배달원이 다녀가야 할 텐데 조바심이 났다.

다행히 두 군데 다 도착할 때가 되었노라고 했다. 성낼 수화기를 놓자마자 벨이 울렸다. 그들이 돌아가고 2분이나 되었을까? 시아버지가 오셨다. 아이 둘이 한꺼번에 가 매달렸다. 내 얼굴이 달아올랐다.

"오셨어요? 얘들아! 할아버지 옷 버리신다!"

아이들을 나무라고, 시아버지께 절을 했다. 아이들도 서투르게 절을 했다.

"그동안 별일 없었냐!"

시아버지가 부드러운 목소리로 물었다.

"네. 아이들이 있으니까요. 애비도 올 때가 거의 다 되었고요. 처음엔 두 달이 언제 가려나 걱정되더니…"

나는 목을 조아리고 비위를 맞추는 목소리로 말했다.

"엄마는요. 아빠가 없어서 더 편하대요."

큰딸이 마치 고자질하듯 쫑알거렸다.

"예끼, 녀석두, 그럴 리가 있나."

"할아버지 정말이어요. 오늘두 엄마 친구들이 왔는데 그렇게 말했는걸요."

큰딸이 다그쳐 말했다.

"고스톱해서 돈 많이 땄지?"

작은딸이 질세라 튀어나왔다.

나는 그만 까무러치기 직전이 되었다.

살려주세요!

　임신을 위한 우리 내외의 일상생활은 이미 생활이 아니었다. 마치 전쟁을 앞둔 '군사 작전' 같았다. 나는 그렇게도 좋아하는 고기류를 악착같이 먹지 않았다. 아들을 잉태하기 위한 섭생 전략에 충실하기 위해서였다. 어렵게 어렵게, 이런저런 방법을 쓴 끝에 아들을 낳았다는 수많은 성공 사례를 취합해서 고루 써보았던 것이다.

　알 만한 사람은 다 알듯이, 우리 집은 이미 세상 걱정을 모두 잊고 살 만큼 '성공'했다. 무릇 성공에는 노력에다 운도 따라야 하는 것인즉, 우리에겐 정말 운이 따랐다. 팔기도 귀찮아서 내버려두었던 고향의 잡목 야산이 난데없는 개발 바람에 금값이 되어 돌아왔고, 나는 두 번이나 아파트 당첨을 따냈던 것이다.

　구청 앞 네거리에 병원과 카페, 당구장 따위를 세 놓은 빌딩만으로 우리는 평생 지겨운 일을 하지 않고도 살아갈 수 있게 되었다. 그런데 어디 그것뿐이랴. 지금 살고 있는 오십이 평짜리 아파트, 그리고 상가의 점포도 두 개나 된다. 돈이라는 건 참 묘해서 굴려야 불어나고 불어나는 돈 주위로 또 돈이 몰리는 것이었다. 무슨 이치인지, 알다가도 모를 일이다.

　요즘, 나의 바깥양반은 걸어 다닌다. 논보다 건강과 생명이 더 소중하기 때문이다. 아침에는 헬스에 테니스, 그리고 필드로 나간다. 그래서 그런지 점점 젊어 보인다.

젊어지는 건 그 양반만은 아니다. 나도 속눈썹과 눈썹을 문신했고 에어로빅에 수영, 골프로 몸을 가꾸어, 옷을 입고 나서면 아직 노처녀로 보아주는 사람도 있다.

그러나 옥에도 티는 있다고, 나는 딸만 둘을 낳았다. 큰딸은 중학교 삼 학년, 둘째는 초등학교 사 학년이다. 처음에 우리는 국가시책도 그렇고 시류도 그러하니 딸 둘로 '만족'하자고 그렇게 뜻을 맞췄다. 남편은 장남도 아니고 외아들도 아니다. 거기에다 요새 자식 기르기가 얼마나 힘이 드냐. 자식이 곧 돈덩이나 다름없기 때문에 우리는 능력에 맞춰 둘만 갖기로 했다.

이제 남편 나이 마흔넷, 내 나이 서른아홉이다. 그의 친구 중엔 올해 3억을 들여 아들을 일류 학교에 집어넣은 사람도 있다. 일류 학교는 '실력'을 사기 위해서가 아니라 아들이 사업을 이어나갈 때, 학연을 이용할 수 있기 때문에 3억을 사업투자라고 했다.

결국 돈이 문제였다. 돈만 있으면 명예와 권력도 손에 넣을 수 있다는 걸 깨달았다. 국가시책이니 인구정책이니 시류니 해봤자, 딸이 아들 노릇 하는 세상이 오자면 아득할 것이고 우선 무엇보다도 내 마음에 '딸'은 우습게 보이니 어쩌랴. 같은 여자이면서도 말이다. 돈이 없을 땐 딸이 좋았는데, 돈이 생기고 보니까 딸이 하찮게 보인다. 딸, 그러니까 여자는 돈으로 살 수 있기 때문일까?

어느 날, 내가 아들을 낳아야겠다고 말했을 때, 남편은 아주 낮은 목소리로, 이제야 철이 드는군… 이라고 중얼거렸다. 그러나 그 낮은 중얼거림이 내겐 천둥번개 소리보다 더 크게 들려왔다.

그동안 한 번도 아들 타령을 하지 않던 남편이… 사람 속은 겪어보기 전엔 모른다는 말이, 역시 골백번 옳았다. 남편이 아들 내색을 못 했던 건 자식은 차별 없이 둘만 낳자던 자기의 철석같은 약속 때문이었다.

드디어 나는 임신에 성공했다.

그러나 딸들에겐 비밀에 부치기로 했다. 우리는 그저 때만 되면 양수 검사든 초음파 검사든, 아무튼 검사를 다 받아 아들이 확실했을 때 낳기로 했던 것이다.

딸은 더 이상 '필요치' 않았다. 필요치도 않은 딸을 낳으려고 열 달이나 배불러 지내고, 지긋지긋한 입덧 고생 참아야 하고, 게다가 그걸 기르며 죽어지내야 하다니… 생각해 보라. 내 나이 이제 서른 아홉, 이제부터 즐기며 살다가 죽어도 여한이 남을 판에….

산부인과에서 임신이라고 했을 때, 내 기분은 기쁨보다 야릇한 감정이 앞섰다. 그 느낌을 무엇이라 말해야 할까. 비장감? 두려움?

집에 돌아와 친정어머니께 임신 사실을 전화로 알렸다. 일흔 나이의 친정어머니는 다짜고짜로 '어이구, 네가 생각 잘했다. 꼭 아들 낳아서 이 어미 죄를 씻어주거라. 걸리는 거 없이 땅에 묻히게….' 하는 것이었다.

시집간 딸이 아들을 낳지 않으면 어머니의 죄란다. 친정어머니는 내가 둘째마저 딸을 낳았을 때 사위 앞에서 고개를 들지 못했다.

친정어머니는 어디서 들어 그리도 잘 알고 계신지 아들 알아내는 새로운 의학기술을 얘기했다. 물론 예전에도 내게 양수 검사해서 아들 낳으라는 얘길 하신 적이 있지만 늘 귓등으로 흘려버렸던 것이다.

나는 어머니와 그런 약속도 했다. 삼사 개월 지나면 검사해서 아들이면 낳고 딸이면 '지우겠다'고. '죄'를 싫어하는 어머니도 배 속에 든 딸을 지우개로 연필 글씨 지우듯 죽이는 일에는 아무 거리낌 없이 동의하였다.

그러나 정작 나의 이 비장한 임신을 딸들에겐 말할 수가 없었다. 웬일인지 딸들과 마주치면 입이 달라붙곤 했다.

하지만 나의 임신은 숨겨지지가 않았다. 나의 요란한 입덧은 냉장고만 열었다 닫으면 세상을 진동시킬 것 같은 냄새에 구역질이 치밀어 화장실로 달려가야 했다. 아무것도 먹지 못했다. 영문을 몰라 걱정하는 딸들에게 가정부가 비밀을 깨어놓았다. 나는 낯이 붉어졌다.

"엄마는 부끄럽지도 않아요? 다 늙어서 애를 낳게!"

나를 닮아 건방기가 하늘을 찌르는 큰딸이 내쏘았다. 민망하고 야속했지만 어른스럽게 참았다.

남편은 특별한 일이 아니면 일찍 돌아와서 값비싼 오렌지를 까서 먹여주곤 했다.

둘째가 걱정스런 표정으로 내게 와서 앉아 있을 때, 남편은

"희경아, 엄마가 남자 동생 낳으면 좋겠지? 누나들을 보호해줄 테니까 얼마나 좋으냐?"

라고 말했다. 희경이는 우울하고 겁먹은 낯으로 입을 다물고 있었다.

내가 태아 성별 검사를 받기 전까지, 나는 정말 특별한 날들을 살아갔다. 아이에 대한 기대와 두려움 때문에 여러 가지 뒤숭숭한 꿈을 꾸다가 황홀해서 깨어나는가 하면 섬뜩해서 깨어나기도 했다. 고추밭에 푸른 고추가 주렁주렁 달린 꿈, 엄청난 구렁이를 잡는 꿈, 썩은 생선을 잡는 꿈…

꿈에 매달리는 것은 헛된 일이었다.

꿈보다 더 확실한 일, 피할 수 없는 일이 일상이었다. 내 일상 중의 어느 하루, 검사를 받는 날이 되었다. 남편은 함께 가겠다고 했지만 나는 혼자 가고 싶었다. 그는 마치 내가 아들을 낳으러 가는 줄 아는지, 그 들뜬 모습이 마치 백치 같았다.

검사는 짧은 시간에 끝났다.

"딸입니다."

그게 전부였다.

이날, 내가 어떻게 소파수술을 받고 집에 왔는지 기억하기도 싫다. 어쨌든 나는 생겨난 생명을 긁어내고 돌아왔다. 가정부는 애 낳는 거보다 더 조리를 잘해야 한다며 비통한 가운데도 미역국을 끓였다. 그런 가정부에게 둘째가 따라다니며 물어서 사건의 전말을 이해한 모양이었다. 엄마가 아들을 낳으려다가 딸이 생겨서 수술하고 돌아왔다, 그래서 아프다, 아부에게노 말하지 말라.

나는 절망감 때문에 어찌나 입술을 깨물었던지 피멍이 들었다.

아들이 아니었다는 사실보다는 남들이 다 성공했다는 사례들이 내게는 적용되지 않았기 때문이었다.

그날, 남편이 돌아왔을 때, 나는 그이를 부여안고, 반드시! 꼭! 또다시! 임신해서 아들을 낳고야 말겠다고 선언했다.

남편은 내가 가엾은지, 아니면 그도 절망해서인지 내 어깨를 쓰다듬어 주었다.

이때, 방문이 소리없이 열리더니 울어서 눈이 퉁퉁 부은 둘째딸이 들어왔다. 아이는 아직 붙어 있는 우리 내외의 팔을 한꺼번에 잡고, 흐느끼는 목소리로 말했다.

"엄마 아빠, 난 딸이지만 살게 해주세요! 부탁이에요!"

아이의 목소리는 처절하다 못해 참혹했다.

나는 그 말이 무슨 말인지 금방 이해하지 못했지만 순간, 가슴이 철렁 내려앉았다.

태몽

"다시 한번 날짜를 짚어 봐요, 응?"

마누라가 하마처럼 다가와 앉더니 책을 들이밀었다. 임신·출산에 대한 여성용 백과사전이었다.

"먼저 아이하구 날짜가 확 틀려야 한다는데, 난 벌써 틀렸잖우, 그렇잖우? 당신 계산이 정확하다면 난 예정일을 일주일이나 넘긴 거란 말예요."

마누라는 거칠게 숨쉬면서 말했다. 그러고는 내 눈치를 살피더니 책장을 넘겼다. 출산 예정일 계산법이라고 쓰여 있는 데를 펼쳤다. 나는 마지못해 하며 계산했다. 3월 5일, 정확했다. 그런데 오늘은 12일. 그러니까 예정일을 넘긴 것이다. 첫 애와 둘째 애는 예정일을 거의 열흘씩이나 앞당겨 낳았고 둘은 다 딸이었다.

우리 부부는 처음에 아이를 '아들딸 구별 말고 둘만 가지기로' 굳게 약속했는데 그만 누가 먼저 희망해서였는지 아이 하나를 더 가져야겠다는 생각을 하기 시작했다. 아들이 하나는 있어야 되지 않겠냐는 간절한 바람 속에.

지난해 초여름의 어느 날 나는 용꿈을 꾸었다. 잠자리에서 아내에게 꿈 얘길 할까 말까 하다가, 좋은 꿈은 간직해야 한다는 얘기가 있는 것 같아 입을 봉하고 있는데 아내가 불쑥 임신이 된 것 같다고 말했다. 나는 문득 신의 계시나 받은 것 같은 묘한 기분에 휩싸였다. 맑고 푸른 동해에서 찬란한 용이 하늘로 치솟던 꿈의 장면이 가슴 뿌듯하게 떠올랐다. 조금은 두렵고 신비스러웠다.

"이번엔 낳자구!"

나는 힘을 주어 말했다.

아내는 입덧이 병적으로 심했고 낙태수술을 받겠다고 수도 없이 변덕을 부렸다.

"끝장을 낼려면 맘대루 하라고!"

나는 이렇게 으름장을 놓아 아내의 변덕에 쐐기를 박았다.

그 후부터 이날까지 아내는 거의 매일같이 아이의 성별에 대해 끝없는 공상과 희망과 실망을 되풀이했다.

"어젯밤 꿈에 빨간 고추를 잔뜩 땄어요. 파란 고추가 아들이라던데…."

"우리 고향 남대천에서 헤엄을 치다가 팔뚝만 한 물고기를 잡았다우, 큰 물고기는 아들이래요. 당신은 무슨 꿈 안 꾸었수?"

아내는 가엾을 지경이었다.

나는 장남이어서 우리의 두 번째 딸이 태어났을 때 우리 집안은 깊고 음울한 침묵 속에 잠겼었다. 어쩌면 아내는 그 침묵이 두려웠을 것이고 어쩌면 그 침묵에 복수하고 싶었을는지도 모른다.

나는 아내의 되풀이되는 꿈들과 그 꿈에 따라 이렇게 저렇게 희망과 절망이 엇갈리는 그 안쓰러운 상태를 위로해주기 위해, 끝까지 말하지 않기로 결심한 내 신비스럽고 황홀한 태몽-그 용꿈-에 대해 털어놓고 말았다.

"…그래요? 그럼 아들이에요. 이 앤 노는 것부터 틀리다구요. 아주 힘차고 점잖게 놀아요. 배가 먼젓번보다 엄청 더 불러 보이죠? 아들 배는 꼭 쌍둥이 배만큼 부르다는군요. 아들이 뭔지…."

아내는 히죽히죽, 나도 히죽히죽. 우리는 용꿈 때문에, 그리고 점잖게 노는 태아 때문에, 또한 다른 때보다 유난히 커 보이는 배 때문에 히죽거렸다.

이 무렵부터 아내는 딸아이들 옷을 살땐 언제나 사내 동생에게도 물려 입힐 수 있는 셔츠나 바지 종류로만 샀다. 그리고 아들 가진 집에 꿀릴까 봐 딸이라도 아들 못지않게 훌륭히 길러 내기 위해 교육적으로 좋다고 해서 사들인 장난감들 중에서 사내아이가 좋아할 자동차와 동물 모형 종류는 잘 닦아서 벽장 속에 간직했다.

"이제 누나가 될 텐데…."

"동생이 엄마 배에서 나오면 좋은 누나 될 거지?"

아내는 이런 식으로 딸들에게 동생에 대해 얘기해 주었다. 어리석어 보여 민망했지만 뭐라고 나무랄 수가 없었다.

"딸 삼 형제도 좋은 거야!"

나는 만약의 경우를 생각해서 아내에게 이렇게 짐짓 자신에 찬 음성으로 말해주었다. 내가 우리 집안 사내아이들의 이름자 항렬인 물가 수(洙) 자에 맞춰 스무 가지도 넘는 사내아이 이름을 지어 다닌다는 사실을 아내에게 말할 수는 없었다. 사무실에서 틈이 나면 나는 빈 종이에다 이름자들을 써보곤 했다.

광수(光洙), 영수(英洙), 태수(泰洙), 한수(限洙)….

"만약에 이번에도 딸을 낳는다면, 우리 네 모녀는 여성해방운동의 기수가 되어야겠어…."

아내는 침통하다못해 비장감마저 감도는 표정으로 이렇게 중얼거리기도 했다. 남성 위주의 사회와 인습에 대해 아내는 뼈아픈 적의를 느끼고 있는 게 분명했다. 비록 내가 남들처럼 애처가란 소릴 듣는 입장이라 하더라도 아내의 그 적의를 달랠 수는 없을 것 같았다.

해산달이 되었을 때 우리 부부의 조바심은 더욱 심해졌다. 아내는 두려움과 기대, 그 상반된 감정을 가지고 진통이 시작되기를 기다렸다.

그런 어느 날 나는 또 다시금 꿈을 꾸었다. 호숫가에 집채만 한 호랑이가 앉아 있는 꿈이었다. 일요일이어서 우리는 늦잠을 잤는데, 나는 아내가 잠이 깨길 기다렸다가 그 기분 좋은 호랑이 꿈 얘길 들려주었다.

우리는 히죽히죽 좋아했다. 아내는 누워서 배꼽을 손으로 만져보고 그 부분이 주발 뚜껑만큼 움푹 들어간다며 내게도 확인시켰다. 이것 또한 아들을 가진 임산부의 특징이었기 때문에.

아내는 시원한 맥주를 자주 찾았다. 담배 연기가 그렇게 좋을 수가 없다고도 했다. 담배를 피워 보고도 싶다고 말했다.

언젠가 누가 와서, 아들을 가졌을 때 유난히 술이 입에 당기더라는 말을 한 다음부터 아내는 시원한 맥주 타령을 했고, 급기야는 한술 더 떠서 담배 냄새가 그렇게 좋다는 것이었다. 나는 불행하게도 담배를 피우지 않았고 아내도 병적으로 담배 냄새를 싫어해서 어쩌다 골초 손님이 다녀가기라도 하면 한겨울에도 온갖 문이며 창을 다 열어젖히고 환기를 시키느라 법석을 떠는 처지였음에도 불구하고.

이 날 자정 무렵, 아내가 진통 기미를 보였다. 아내는 속옷을 갈아입었다. 아내는 출산 비용을 넣어둔 장롱 서랍을 내게 일러주었다. 두툼한 털코트 주머니에 의료보험카드와 진찰권을 챙겨 넣었다. 진통은 그 진폭이 세고 짧아졌다.

우리는 통금이 풀릴 때를 기다릴까 의논하다가 앰뷸런스를 부르기로 했다.

옆방 아이 엄마에게 집과 딸아이들을 부탁했다. 딸애 둘이 겁먹은 표정으로 오들오들 떨었다.

앰뷸런스는 장의차보다 더 을씨년스럽게 느껴졌다. 아내는 산실로 들어갔다. 이틀 밤째 기다리는 초산부의 20대 남편이 하얗게 탄 입술을 조금 벌려 뜨고 복도를 서성거렸다.

아내는 나를 오랫동안 초조하게 만드는 일이 없도록 했다.

간호원이 아이를 안고 나왔다.

"예쁘지요? 이렇게 예쁜 신생아는 보기 드물어요. 예쁜 딸 낳은 걸 축하해요."

간호사가 재잘재잘 지껄였다. 나는 도무지 그 말을 새겨들을 수
가 없었다.

딸과 아내

남편이 술을 마시고 새벽 세 시에 들어왔다. 퇴근 후 술집에서 무슨 일이 있었는지 탈진한 상태였다. 그는 옷도 잘 벗지 못하고 쓰러졌다. 출근해야 할 시간에 일어나지 못한 것도 당연했다.

딸들이 아빠가 몇 시에 들어왔느냐고 내게 물었다. 나는 응원병을 만난 것처럼 그가 실제로 들어온 시간보다 한 시간이나 더 늦춰 잡아 고자질했다.

딸들이 펄쩍 뛰었다.

아빠가 자신의 건강을 돌보지 않고 술을 마시면 되겠느냐는 것이 딸들의 걱정이었다.

그러나 나는 그의 건강보다 오십을 바라보는 나이에 절제도 할 줄 모른다고 남편의 사람됨을 악착같이 깎아내렸다. 너희들이 어렸을 때 아빠는 어떤 생활을 했는지 아느냐, 하루건너 한 번씩 늦게 들어왔고 엄마 아닌 다른 여자도 사귀었다. 생활비도 넉넉히 가져다주지 않았다. 아무개네 아빠 좀 보아라, 일주일에 세 번씩은 꼭 일찍 들어와서 네 친구의 공부를 돌봐준다더라. 엄마 친구 아무개 아줌마의 남편은 일찍 일어나 아침밥도 한단다…. 그런데 너희 아빠는 뭐냐. 엄마를 위해서 하는 일이 하나도 없다. 한마디로 이기주의자다….

나는 적개심을 부풀릴 대로 부풀렸다. 그래서 아이들이 나와 똑같은 분노를 갖도록, 그리하여 나의 확실한 '편'이 되도록, 아빠를 증오하도록.

그러나 아이들은 더 이상 아빠를 추궁하지 않았다. 그도 그럴 것이 아이들은 서둘러 학교 갈 준비를 해야 했고 곧 학교로 떠났기 때문이다.

남편은 오전 내내 끙끙 앓더니 동네 해장국집으로 나를 심부름 보냈다. 개성식 해장국을 한 그릇 먹어야 속이 풀리겠다는 것이었다.

독 품은 내 마음은 시간이 갈수록 더 지독해졌다.

인생의 황금기를 오직 '절약'만 하며 사느라 '즐기는 일' 한번 못 했고, 번드레한 옷 한 벌 입어 보지 못하고 마침내 마흔 중반에 접어든 나 자신이 억울하고 불쌍했다. 늘 남편과 자식, 시집 식구들 '시중'만 들며 살아왔던 것이다.

그런데 아직도 이런 꼴을 봐야 한다니.

저 지경으로 술을 마시려면 분명 제 주머니에서 돈을 냈을 것이다. 옆에 접대부도 끼고 앉아 주물렀겠지. 그저 주무르기만 했다면 왜 저렇게 기운을 못 차릴까. 무슨 숏타임이라는 것도 했겠지. 그러니까 기진맥진이지. 나는 한 달이 넘도록 부부 재미가 뭔지 모르고 사는데….

이렇게 살 바에야 이혼이 낫다. 지금처럼 나를 돌보지 않고 십 년만 악착같이 벌면 이만한 대접쯤은 받고 살 테니까.

입주 가정부면 어때. 압구정동에 가면 백만 원도 받는다는데, 음식만 잘하고 주인 마음에만 들면 한 달에 백만 원이 어디야. 일 년이면 천이백, 이 넌이면 이천사백…

하지만 새끼들 두고 난 못 나가.

죽어도 같이 죽어야지.

이것들 끼고 나가자면 입주 가정부는 어림도 없어.

외판을 하지 뭐. 정주영은 처음부터 재벌이었나? 이주일은 어떻구.

이 집을 팔면… 반은 내 몫이야.

당연하고 말고. 결혼할 때 맨주먹이던 남자가 순전히 내 덕으로 이나마 서른일곱 평 아파트에 살고 있는 거 아니냐. 가족법이 개정되었으니 얼마나 다행이야. 결혼해서 자기만 스스로 괄시하며 살아온 아내를 무위도식했다고 일 원 한 푼 안 주던 법이 그게 어디 법이야? 하지만 저 인간이 내 몫으로 절반을 갈라줄까?

그렇게 신사적으로 나올 인간이라면 이날이 되도록 이렇게 속상하게 할 리가 없지. 그래도 어떡하든 받아야 해. 난 아무 잘못도 없으니까.

딸들이 그나마 저렇게 커서 제 아비의 잘못을 비판할 수 있게 되었으니 얼마나 다행이야.

아마 죽어도 이 어미를 동정할 것이다. 나 한몸 안 먹고 안 입고 해서 한 푼이라도 절약해 집안을 꾸려온 이 어미의 인생을.

정말 갈라서자!

남편 있다고 남 뵈기엔 그럴싸하지만 속으로 끓는 내 인생은 어쩌랴.

사람은 속이 단단해야지.

여자가 이 나이에 이혼하고 혼자 산다면… 얼마나 어려움이 많으리.

하지만 더 이른 나이에 사별하고 과부로 사는 여자들을 생각하면 내 처지는 아무것도 아니야. 저런 인간에게 더 바라고 살아 봤자 속만 골병 들걸.

그래도 새끼가 둘이니 얼마나 다행이야. 딸들이라 같은 여자라고 어미 쓰린 속도 이해하고.

제 아비 닦달하는 것 좀 봐. 정말 당당하더군.

외판은 어떤 게 좋을까.

보험도 있고… 배달도 할 수 있고… 정 급하면 식당에 나가 일하지… 무슨 일인들 가릴까. 새끼들 가르치고 먹고살겠다는데 남부끄러울 게 뭐 있으랴.

남편은 왼종일 도끼눈을 뜨고 노려보는 나를 상대도 하지 않았다. 해장국 먹은 것도 토하더니 화장실에 줄을 대고 들락거렸다.

급기야 무슨 술탈 약까지 사오라고 심부름을 보냈다. 해 질 녘까지 속이 아파 어쩔 줄을 모르더니, 독 품은 손으로 끓여준 흰죽을 먹고 저녁 때부터 정신없이 자기 시작했다.

나는 싱크대에 서서 부엌 창으로 어두워지는 밖을 내다보다가 울컥 분하고 서러워서 잠깐 울었다.

그러나 아이들에겐 운 티를 내지 않고 같이 저녁을 먹었다. 제 아빠를 빼닮고 걸음걸이마저 같은 큰딸이 누워 잠자는 아비를 보고 낯을 찡그렸다. 나는 늦을세라 왼종일 저렇게 있었노라고 고자질을 했다. 그러다가 불쑥 이렇게 물었다.

"너희들은 아빠가 좋으니? 저런 남자하고 결혼할래?"

"누가 아빠 같은 남자하구 결혼해? 난 안 해! 절대루."

"그럼 아빠가 싫겠구나."

나는 짐짓 아무렇지도 않은 듯 이렇게 물었다.

"아빠를 어떻게 싫어해? 우리 아빤데!"

"그건 그래!"

딸 둘이 이렇게 주고받았다.

나는 새로운 절망으로 순식간에 떨어져버렸다.

나의 파수꾼

아이들은 열 시가 넘어서야 눈을 떴다. 큰애가 머리를 배추벌레처럼 들고 방 안을 둘러보았다. 그러더니 아무 말도 하지 않고 다시 이불 속으로 들어가 얼굴까지 파묻고 침묵했다.

나는 그 아이의 기분이 감지되어 가슴이 아리는 느낌이었으나 모르는 척하였다.

"또 잘 거니?"

한참 있다가 내가 물었다. 아이는 대답하지 않았다. 혹시 우는 것일까. 그럴는지도 모르지. 걸음걸이에서 밥 먹는 버릇까지 아비를 빼어 닮았으니까. 지금까지 가장 싫었던 일은 엄마한테 매 맞았던 것과 엄마 아빠가 싸우는 것이었다고 말하는 아이니까.

나는 머리맡에 아무렇게나 내던져져 있는 신문을 집어 들었다. TV 프로그램의 이 시간대는 모든 채널이 어린이 만화를 방영한다.

아침엔 무엇을 먹을까.

어제저녁엔 아이들을 데리고 중국 음식점에 가서 탕수육과 자장면을 먹었다. 오는 길에 햄과 식빵을 사왔다. 아침엔 그저 빵조각이나 굽고, 아이들이 좋아하는 햄과 코코아로 때울 생각이었다. 그런데 지금은 몸이 천만 근이나 나가는 쇠뭉치같이 느껴져서 꼼짝도 할 수가 없다. 간밤에 거의 잠을 자지 못한 까닭일까. 토요일

밤의 마지막 영화를 보고, 신문을 읽고, 그러고도 잠이 오지 않아 알아듣지도 못하는 AFKN을 보다가 겨우 잠이 들었다.

"어엄마아."

작은애가 발치에서 나를 불렀다. 칭얼거리는 목소리였다. 내가 제 옆에 없어서일 거였다. 애당초에 내 베개 끝을 잡고 잤던 것이 잠결에 사방으로 뒹굴어서 지금은 발치께로 가 있는 것이었다.

"이리 와."

"엄마, 아빠는?"

아이가 역시 배추벌레처럼 고개를 추켜들고 제 아비부터 찾았다. 저래서 여자에겐 아들이 필요한 걸까. 큰애의 반에 짝으로 앉은 사내아이의 엄마는 그 어린 아들을 마치 작은 연인 다루듯 하지 않던가. 딸 셋을 낳고 망설이길 7년, 그러다가 딸 넷 기르지, 하는 비장한 결심으로 낳은 아들이었다나.

작은애는 요사이 제 아비의 고추에 관심이 많아졌다. 변소에 가면 쪼르르 따라가 변기 맞은편에 서서 고추를 구경한다. 그때마다 아비는, '저리 가!' 하며 소리치지만 민망함이나 화보다는 귀여움이 더 짙은 목소리였다.

"아빠 회사 가셨어?"

작은애가 엉금엉금 기어서 내 옆으로 오며 물었다.

"이 바보야! 오늘이 일요일인데 회사 가냐?"

큰애가 이불 속에서 앙칼지고 원망에 잔 목소리로 빈산이나.

내 얼굴이 화악 달아올랐다. 울컥 속이 상했다. 저건 이다음에

커도 이 어미를 배반할 거다. 아주 어렸을 때 제 동생이 태어나기 전에도 아비와 친했었다. 아비는 아이가 넘어져 긁히기만 해도 약을 발라주었고 생선의 뼈를 발라 입에 넣어 주곤 하였다.

나는 일어나 TV를 켰다. 안데르센의 동화다. 제까짓 게 아무리 속을 부린다 해도 만화에 못 견딜 것이다. 저건 남편에게 맡기고 작은애는 내가 기를까. 공평하게 딸 하나씩을 나눠 기르면 되니까.

큰애가 이불을 살며시 걷고 얼굴을 내밀었다. 역시 만화에는 못 당하는군. 나는 속으로 만세를 불렀다. 아직은 어리니까. 사실 여덟 살이 무얼 알겠어. 왜 제 어미가 아비와 함께 살지 못하고 이혼을 하려는지 알게 뭐야. 그래도 나이가 들면, 저도 이해할 테지. 그러나 그렇게 되기까지 우리는 얼마나 서로에게 상처를 입힐 것인가. 요새는 사춘기도 빨라 초등학교 오 학년 때 월경을 시작하는 아이도 많다는데, 큰애 반의 어떤 여자아이는 젖망울이 서느라 아프다고 법석을 피는데 본인 스스로는 그 아픔이 무슨 의미인지 전혀 이해하지 못한다고 하지 않던가.

"가까이서 테레비 보지 마!"

내가 어느 결에 일어나 앉은 아이에게 명령했다. 아이는 마지못해 궁둥이로 미적대어 뒤로 물러섰다.

"엄마, 아빠 어디 갔어?"

작은애가 다시 물었다.

"넌 아빠가 보고 싶니?"

내가 낮은 목소리로 물었다. 이렇게 묻는데 가슴이 꿈트르르 움직이며 콧날이 시큰거렸다. 우리는 엊그제 밤에, 더 이상 서로를 괴롭히지 말고 갈라서자고 의견을 모았다. 나는 돈이 되는대로 작은 아파트 하나 사서 나가겠다고 하였다. 남편은 아이들이 아직 어리니 양육비 부담만 하고 어미가 기르라고 했다.

그리고 그는 토요일, 그러니까 어제 집에 돌아오지 않은 거였다. 나는 이미 그가 토요일 아침, 밥도 먹지 않고 집을 나갈 때 그가 돌아오지 않으리라는 걸 알고 있었다.

우리는 돈 때문에 싸웠다. 싸우는 까닭이 언제나 돈에 있었다. 우리는 결혼 초부터 맏이인 그의 책임이라 해서 부모의 생활비와 동생의 학비를 대어 왔었다. 9년째 계속되는데 아직도 몇 년이 더 걸릴 거였다. 그러고도 시부모 생활을 책임져야 한다.

나는 이제 지쳤다.

얼굴은 나이보다 늙고, 옷도 싸구려뿐이다. 친정에서 공부시키고 길러 놓았는데, 남의 집에 와서 이게 무슨 고생인가. 자식들을 위해서라면 몰라도 난 이제 정말 신물이 난다. 차라리 혼자 살면, 누구 원망도 하지 않고 속 편할 것 같다.

이제까지 살아온 게 너무 억울하다.

정말 억울해.

여자로 태어난 게 죄란 말인가?

도대체 여자 없이 이루어지는 일이 무엇 하나 있는가!

나는 화를 돋우었다. 홧김에 무슨 일이라도 할 수 있게끔.

"엄마, 배고파."

작은애가 엉겨붙었다. 옹근 네 살짜리인데 동생이 없어서인지 어리광을 버리지 못한다.

"그래. 밥 먹자."

나는 일부러 명랑한 소리로 말했다. 그러나 목소리는 굳어서 울려 나왔다. 큰애가 기지개를 켜며 TV를 껐다.

"안 보니?"

내가 물었다.

"다 끝났단 말야. 심심해."

"뭐가 심심하니. 지금까지 만화 재미있게 보고서."

"그래두 심심하단 말야!"

아이가 소리쳤다.

"배고파, 엄마."

작은애가 칭얼댔다.

나는 일어났다.

"무얼 먹을까? 빵하구 햄 구워 먹을까? 코코아 타서."

"그래 엄마!"

작은애는 손뼉을 치며 소리쳤다.

큰애는 몸을 비틀었다. 제 방으로 가더니 동화책 한 권을 꺼내 들고 마루로 나왔다. 의자에 파묻혀 발까지 올려놓고 책을 읽기 시작하였다. 나는 그런 아이를 착잡한 감정으로 잠시 바라보았다.

부엌으로 가는데 벽거울에 내 모습이 비쳤다. 입고 잔 면치마가 구겨질 대로 구겨졌고 파마머리는 마구 뒤엉켜 있었다. 표정은 황

량해서, 차마 저게 내 모습이라고 선뜻 인정하기가 두려울 지경이었다.

우리 여자 셋은 빵을 구워 햄과 먹었다. 내 입은 쓰고 까슬거려 아무것도 받아들이려 하지 않았다.

아침 겸 점심으로 이렇게 메마른 음식을 먹게 하고 나는 다시 방으로 들어와 누웠다. 맥이 없고 기운도 없고 가라앉아서 달리 어떻게 할 수 없었다. 이렇게 얼마가 지나면 다시 기운을 차릴 수 있을 거야. 일자리를 구해야지. 친구들한텐 뭐라고 말할까. 친정에는 알리지 말까? 남편이 해외출장 중이라고, 한 2년쯤, 사이사이에 잠깐씩 다녀갔다고 소문내면 누가 알까. 아무래도 이혼했다는 건 안 알리는 게 좋겠어. 그래야겠어.

애들 둘이 방으로 들어왔다. 큰애가 작은애가 코코아를 엎질렀다고 일렀다.

"엄마, 나 맹꽁딸꽁 해줘."

작은애가 내 발등에 앉아서 졸랐다.

"나두."

큰애가 내 무릎을 잡으며 말했다. 기분이 풀어진 건가? 난 아이를 보았다.

"엄마가 다리가 둘뿐인데 어떻게 너희 둘을 한꺼번에 맹꽁딸꽁 시켜주니?"

내가 부드럽게 말했나.

"그것 봐! 그러니까 두 사람이 있어야지!"

큰애가 소리쳤다. 순간, 우리 모녀-그러니까 나이 차이가 30년이나 나는 우리- 사이에 이상한 느낌이 전류로 맞부딪치는 게 느껴졌다.

다시 감춘 꼬리

오래도록 망설이고, 주저하고, 수없이 많은 저울대에 달아보고 했던 그 일을 나는 마침내 해치우기로 작정했다.

동쪽으로 난 옹색한 창가에 기대어 밖을 내다보다가 불현듯 이렇게 마음이 정해졌던 것이다.

이대로, 이런 상태로 계속 산다는 건 생(生)을 소모하는 것이고, 인간이 짓는 죄악 중 가장 큰 게 바로 '소모의 죄'라는 생각이 떠올랐기 때문이었다. 비겁한 인간이 되기보다 차라리 절망을 택하자고, 나는 비장한 각오를 했다.

그래서 집을 나섰다. 햇살은 따사롭고, 겨울 기운은 마구 밀려나고 있었다. 나는 여의도로 가는 차 속에서 차창 밖의 거리를 구경하면서, 지금의 내 처지가 바로 저 밀려가는 겨울과 같지 않을까 하고 생각했다. 밀려간다. 그 말의 의미는 무엇인가. 패배라는 뜻일까. 절망이나 좌절이라는 뜻일까. 아니면 그저 자연의 한 현상일 뿐일까.

나는 손가락 하나를 입에 넣고 깨물고 있는 나 자신을 발견했다. 내가 낳은 어린아이가 우울하거나 불만스러울 때 그런 모습을 하곤 했었다. 내 인생에서 나의 유년(幼年)이란 까마득한 옛날이지 않는가. 그런데도 유년의 버릇이 남아 있다니!

나는 한 사람의 성격을 만드는 의식-무의식의 헤아릴 길 없는 망(網)을 보는 것 같아 그만 아연해졌다.

그러나 나는 이내 지금 내가 하고자 하는 일이란 겨울에 속하는 것이 아니라 봄의 일이라고 생각을 바꾸었다. 그렇다. 시작인 것이다. 새롭게 시작하자. 시작이란 언제나 무엇의 끝이 않겠는가.

내가 비록 중년의 나이에 이르는 두 아이의 어미이며 한 남자의 아내라 할지라도 그것이 내 운명의 마지막 굴레, 혹은 마지막 둥지가 아닐 수도 있다.

그래, 다시 시작하는 것이다. 봄처럼.

내가 칠 년 전에 결혼이 나를 시작하게 한다고 믿었듯이, 지금의 이혼이 나를 시작하게 할 것이니까.

내 기분은 차분하고 쓸쓸했다. 그러나 친근한 감정처럼 느껴졌다. 내가 소녀 시절에 늘 외톨이인 걸 좋아했듯이, 다시 외톨이로 돌아가자. 이것은 내 희망이 아니며 내 의지도 아니며 운명이 이렇게 내게 시키는 것이리라.

우리가 함께 있어 서로의 생을 방해한다면 헤어짐으로써 도와주는 게 훨씬 도덕적일 것이다.

내가 이런 생각을 하는 동안 차는 여의도에 닿았고, 나는 상담소 앞에서 내렸다.

가슴이 떨렸다. 아무래도 태연스러울 수는 없었다. 성격 차이라고 말하면 내 기분을 알아줄까? 나는 조금씩 초조하고 불안하고 두려워지기 시작했다. 건물 그늘로 인해 정문 앞은 을씨년스레 추웠다. 나는 두터운 유리문을 밀었다. 그러나 열리지 않았다. 갑자기 곤두박질치는 느낌이 들었다. 돌계단을 내려갔다. 옆에 작은 문이 있었다. 그곳으로 갔다. 문이 열렸다. 마흔 줄에 들어 보이는 여자 둘이 나를 바라보았다. 교육 받은 흔적과 부유한 생활의 기운이 얼굴과 차림새에 드러나 있는 여자들이었다.

당황한 나는, 이내 그들이 접수를 보는 자원봉사자들이라는 걸 알 수 있었다.

"상담하실려구요?"

여자 중에 하나가 물었다.

"아, 아니요."

나는 머리까지 흔들며 부인했다.

다른 여자가 손목시계와 나를 번갈아보며 말했다. 그때 방금 내가 들어온 문으로 모녀처럼 보이는 두 여자가 들어왔고 그들은 자원봉사자들 앞에 가서 접수 절차를 밟았다. 주소와 이름을 쓰고 지장을 찍고 번호표를 받았고 4층 대기실로 가라는 말을 듣고 그들은 계단을 오르기 시작했다.

그 사이, 나는 태연스러움을 꾸미려 애쓰며 접수실 여기저기를 구경했다. 한쪽 벽에 유리 진열장이 있고 거기에 가격표를 써 놓은 책과 도자기 찻잔이 있었다. 책은 영어판과 한국어판 두 가지였다.

"이 책은 아무나 살 수 있나요."

나는 다시 나를 구경하는 접수내의 여자들에게 물었다.

"그럼요. 가격도 싸요. 그거 하나 사서 읽으면 가정법률 계통엔 더 알 게 없을 정도가 될 거예요."

"그래요? 아주 좋은 책이군요."

그리하여 나는 그 책을 샀다. 그리고 그 자리에서 목차를 대충 훑어보았다.

"정말 억울한 여자들이 많을 거예요. 이런 상담소라도 있으니까 얼마나 좋아요? 여자는 너무 억울해요!"

나는 어느 결에 흥분해서 떠들었고 여자들은 마치 그런 나를 제자를 바라보는 선생님 같은 미소를 띠고 보아주었다.

이제 나는 그곳에 더 이상 있을 필요도 있을 수도 없게 되었다. 그들에게 인사하고 나왔다. 건물 그늘의 반대편 길거리는 햇살에 맨몸뚱이를 드러내고 있었다.

나는 그늘 속에 잠시 서서 길거리의 햇살을 바라보았다. 저 햇살…. 한마디로 꼬집어지지 않는 느낌이 가슴에서 일어나고 있었다. 그러나 나는 그 느낌의 정체를 알아낼 수가 없었다. 길거리로 나가 집 쪽으로 가는 버스를 탔다.

내 기분은 올 때와는 딴판으로 변해 있었다.

태평스레 길거리의 풍경을 구경했다. 버스에서 내려 시장에 들렀다. 달래와 쑥을 샀다. 저녁 반찬을 해야겠다고 생각해서였다.

저녁에 남편이 돌아왔다.

우리는 거의 두어 달 동안이나 서로 숨이 막히는 느낌에 시달리며 지내고 있는 처지였다. 우리는 그것을 성격 차이라서 도저히 극복하기 어렵다고, 나는 그에게 선언을 해두었던 것이었다.

"당신 지금 밥 먹을래요?"

내가 상을 차릴까 하다가 방 안으로 들어가며 물었다.

남편이 무엇을 보고 있었다. 나는 재빨리 그의 씁쓸한 표정을 보았다.

"어떤 여자가 그런 걸 팔러 다니더라구. 그래서 한 권 샀지요. 뭐."

나는 대수롭지 않게 말해버렸다. 그리고 붉어진 얼굴을 감추기 위해 성급히 부엌으로 도망쳤다.

그 여자에게 일어난 일

나는 이틀 만에 취직이 되었다. 만약 하루라도 늦었다면 나는 참지 못하고 뛰쳐나갔을 것이다. 그러나 다행히 취직이 된 것이었다. 한사코 동두천이나 부천 쪽의 맥줏집 아니면 식당으로 가라던 중개소 여자도 내 주장을 꺾지는 못해서 결국 화곡동의 어느 회사 사장네 집 가정부로 가게 되었다.

나를 데리러 온 사장 부인은 내 나이 또래이거나 한두 살 아래가 아니면 위일 것으로 보였다.

"경험이 많으세요?"

사장 부인은 택시 속에서 물었다.

"아파트에서는 살아 봤지만 단독주택은 처음인걸요."

나는 솔직하게 말했다. 스무 살을 넘어서부터 나는 주택에서 살아 보질 못했으니까.

"결혼은 하셨어요?"

"하면 뭘 해요. 실패한 걸요."

"왜요?"

"팔자죠. 팔자가 기박해서요."

나는 거침없이 대답했다. 집을 나와서 벌써 수도 없이 되풀이해 온 대화이기 때문이었다.

"우리 집은 편해요. 식구두 아이 둘에, 아빠는 아침에 나갔다 늘 늦구요."

편해야 남의 집이 섰시.

나는 속으로 말했다. 그러나 이 여자에게 잘 보여야 하리라. 얼마를 살는지는 모르지만. 반년은 있어야 하지 않겠는가. 이 여자는 나를 어떻게 생각하고 있을까. 팔자 사나워 남의 집으로 떠도는 중년 여자로 볼 테지. 시어머니가 외며느리로 나를 뽑았을 때, 첫째 장점이 내 통통하게 살찐 얼굴이었다고 한다. 돈이 붙게 생긴 관상이라는 것이었다. 관상 덕인지 결혼 후 남편은 장사가 잘되었다. 그러나 그는 돈 벌고 장사 불리는 데만 미쳐 지냈다.

월부 외판사원들이 문을 열어주는 나를 보고, 주인 아주머니 계시냐고 묻는 것도 사실은 살찐 얼굴과 모양낼 줄 모르는 내 성질 때문이었으나 시어머니는 반대로 이런 나를 추켜세웠다.

추켜세우면 뭐해, 지금은 딸네 집에 가 있는 걸. 아들 며느리 싸움박질이 지겨워 나간다고 가버린 것이다.

택시는 새로 개발된 주택지대의 한적한 골목에 섰다.

"낮에는 절간 같다구요."

여자가 대문 앞에서 말했다.

낮털이 강도 들기 십상이구면.

빈집을 지키던 가정부가 피살되었다던 신문기사가 불현듯 떠오르며 소름이 오싹 끼쳤다.

"누구세요."

인터폰에서 아이 목소리가 들렸다.

"엄마다!"

마당이라곤 시멘트칠을 한 좁은 골목 같고 집만 2층으로 덩그라니 커 보였다. 현관문을 열자 아이들이 우르르 몰려나왔다.

"동네 아이들을 불러다 놓구 나갔었어요. 집 볼 사람이 없어서 큰 문제라구요. 애 아빠가 아파트를 질색을 해서요."

집 안은 아이들이 법석을 떨어놓아서인지 지저분하기 이를 데 없었다. 어디서부터 손을 댈까. 무엇부터 치우기 시작해야 하나, 이제 빗자루를 들고 빨래를 하고 주인 눈치를 살피는 게, 그래야 하는 게 내 인생인가. 기가 막히고 너무 허망했다.

"아줌마, 아줌마 이리 와보세요."

여자는 아이들이 냉장고 문을 제대로 닫지 않은 것, 과자를 양탄자에 부숴놓은 것, 피아노 뚜껑을 열어놓은 것 등등을 욕하고 난 뒤에 내게 말했다.

"여기를 쓰세요. 치우지 않아서 그런데 쓸 만해요. 지금은 보일러를 잠갔거든요. 열어놓으면 불도 들구요."

여자가 내 방이라고 말한 부엌 옆방은 쌀자루가 두 개 포개져 있고, 접대용 커다란 상이 옆으로 세워져 있으며, 방바닥에 신문과 잡지들이 아무렇게나 뒹구는 그런 곳이었다.

"괜찮은데요. 쓸구 닦지요."

나는 쉰 목소리로 말했다.

난 너보단 부자다.

나는 속으로 말했다. 그건 사실이니까. 서초동에서 우리의 금은
방은 제일 큰 가게다. 우리는 슈퍼살롱을 탄다.

나는 문기둥에 기대서서 이런 생각을 했다. 그러나 지금 나는 혼
자다. 내 인생은 새롭게 시작되어야 한다. 내 과거는 무쪽처럼 잘
려나갔다. 나에겐 과거가 없다. 현재와 미래뿐이다.

방에 작은 옷가방을 들여놓고 싱크대로 갔다. 아침과 점심을 먹
은 그릇들이 정말 산더미같이 쌓여 있었다. 기름이 말라붙은 접시,
생선 껍질이 타 붙은 프라이팬. 고무장갑은 물이 샌다.

새것을 달라고 할까 하다 입을 떼기가 성가셔 맨손을 물에 넣
었다.

아이들은 무얼 할까.

큰녀석은 학교에 갔다 왔을 거다. 지금쯤 피아노를 치러 갔겠지.
수요일은 레슨을 받는 날이다. 어미가 없어진 걸 어떻게 여길까.
생각하지 말아야지. 다시는 만날 생각 않기로 하고 집을 나오지 않
았던가. 친정에서 난리가 났을까. 남편이야 전화 한 통 걸어 보지
않았겠지만 아이들이 여기저기 수소문을 할 거다. 몇 번이나 친정
으로 갔었으니까.

그날, 나는 너무 화가 치밀어 하루 외박하는 데 10만 원씩 내라
고 했다. 남편은 그러마고 약속하고 사흘씩 열한 시쯤 들어오더니
외박이 시작되었다. 닷새에 50만 원이었다.

처음엔 딴 여자가 생겼을지도 모른다고 의심했다. 그러나 증거
도 잡을 수 없었고 남편도 딱 잡아뗐다. 여자가 생긴 건 아니고 도

처의 접대부들이 그의 여자인 것 같았다. 그는 언제나 남자가 바깥에서 하는 일을 지나치게 간섭하지 말라고 되레 나를 윽박질렀다. 그럼 나는 무엇인가.

"아줌마. 오늘은 좀 일이 많네요, 파출부 오지 않은 지 사흘째나 되어서요."

여자는 내가 설거지를 끝낸 걸 눈치채고 나와서 이렇게 말했다.

"우린 세탁기를 안 써요. 옷두 상하구 때도 잘 안 가서요. 힘은 들겠지만 개운한 맛은 있을 거예요."

나는 집 안으로 들어와 그 여자와 눈을 마주쳐 본 적이 한 번도 없었다. 여자는 나를 일하는 기계처럼 여기는 게 분명했다. 나도 그랬던가! 우리 집에 오는 파출부에게 나도 저러했던가?

빨랫거리는 커다란 대야에 수북이 쌓이고도 넘쳐서 바닥에 떨어져 있기도 했다. 내가 온 다음, 주인 여자가 이것저것 찾다가 올려놓은 게 분명했다. 나도 그랬으니까. 토요일과 일요일에 쉬고 월요일에 파출부가 오면 방마다 다니며 벗어놓은 양말, 베갯잇을 벗겨 내놓았으니까.

빨래를 절반도 비비지 않았는데 어깨죽지가 결리고 허리가 끊어져 나가는 것 같았다. 그래도 참고 참아서 모두 비벼놓고 헹구었다. 분말세제를 풀 때 덩어리가 하나 들어가더니 헹구는 데 시간이 걸렸다. 두세 번은 더 헹구어야 하겠건만 주인 여자도 보지 않고 해서 그냥 세탁기 탈수조에 넣었다.

언젠가 한번은 파출부가 빨래를 짜는데 세탁기 배수구로 거품이 버글버글 나와서 질겁을 한 적이 있었다. 얼굴을 붉히고, 아무리 남의 일이라고 하더라도 그럴 수 있느냐, 중성세제가 피부에 얼마나 나쁜 줄 아느냐 이렇게 나무란 것이 떠올랐다.

빨래는 줄에 널고 건조대에 가득 널어도 널 데가 모자랐다.

여자는 저녁 시간이 늦었다고 종종거렸다.

"참 아줌마, 우린 싱겁게 먹어요."

여자가 주의를 주었다.

아이 하나가 밖에 나가서 흙더미에 뒹굴다 들어왔다. 어디에 묻힐 흙이 있었던가. 여자는 아이를 꾸짖고는 홀랑 벗겨 빨래를 한 아름 내놓았다.

"어머머 아줌마. 조미료를 그렇게 많이 치시면 어떡해요? 몸에 나쁘다구요. 가능하면 안 먹을려구 그러는데."

국냄비에 조미료 치는 걸 보다가 여자가 질겁을 하며 조미료 병을 빼앗았다.

저녁은 주인 식구들이 다 먹고 난 다음 혼자서 먹었다. 배는 고픈데 모래 씹는 느낌이었다.

"아줌마. 오래오래 같이 지냅시다. 남의 집 여기저기 다니는 것보다야 한집에 정붙이는 게 낫지 뭐예요."

"그렇지요."

나는 열 시가 넘은 후에야 내 방이라는 데로 들어갔다. 조금 전에 주인 남자가 들어왔는데 인사를 시킨 끝에 여자가 방으로 따라오며 말했다.

쌀자루와 상과 묶은 신문들을 가장자리에 밀어 놓고 나는 덩그마니 누웠다. 도배한 지 오래인 낡은 벽지. 여기가 내 공간인가. 내 인생은 무엇인가. 걱정거리도 없고 고민도 없고 희망도 없다. 그저 주인의 맘에 들게 일해 주면 그만인.

신문을 보고 무허가 소개소로 찾아가 가정부 자리를 구하고, 이틀 동안 기다릴 때도 이렇게 어수선하고 막막하지는 않았었다.

나는 돌아가야 한다. 돌아가서 남편과 싸우고 그를 미워하고 기다려 보자. 아이들의 어머니 자리도⋯.

다음 날 아침, 아침 설거지를 끝내고 주인 여자에게 돌아가겠다고 말했다. 여자는 질겁을 했다.

소개소에 소개빌 5만 원이나 줬어요!

그건 내가 갚아 드리겠어요.

나는 소개비 5만 원을 그 여자에게 주었다. 그리고 골목 같은 마당을 나왔다. 여자는 잘 가라는 인사도 하지 않았다.

개발지의 주택가 골목은 넓게 큰길로 뚫려 있었다. 나는 그 길을 뜨겁게 차오르는 마음을 억누르며 달리듯이 내려갔다.

3부

그들에게 일어난 일

1

"피곤해, 피곤해 죽겠어."

남편이 축 늘어진 표정으로 어깨에 메고 있던 낚시 가방을 벗어 내밀며 투덜대듯 말했다.

"아니 실컷 놀다 와서 미안하니깐…."

아내가 볼 부은 소리로 대꾸했다. 그리고 그 여자는 비켜서서 남편이 부엌문으로 들어가게 했다.

"아빠가 왔는데두 쿨쿨 자네. 고얀 녀석이네."

남편이 잠든 갓난아이를 들여다보며 말했다. 이제 한 달 하고 사흘이 지난 첫아들이다.

"입을 벌리구 자네. 이러면 쓰나."

남편이 중얼거리며 벌어진 입술을 다물리려고 했다. 그는, 코딱지가 꼈잖아, 그러니까 아이가 입으로 숨을 쉬는 거라구… 하면서 콧구멍에, 그것보다 몇 배는 굵어 보이는 자기의 새끼손가락을 집어넣으려 했다.

"여보! 더러운 손으로 만지지 말아요!"

아내가 등 뒤에 와서 소리쳤다. 그리고 남편을 밀쳐냈다.

"더럽다니?"

"나갔다 와서 안 씻었잖우!"

"그런가?"

남편은 자기 손을 펴서 새삼스레 들여다보는 시늉을 하며, 정작 마음은 성깔이 오른 아내의 긴장한 옆얼굴에 가 있었다. 문득 그 모습이 자극적으로 느껴졌기 때문이다.

"마누라야. 바지 좀 벗겨 줄래?"

그는 두 다리를 번쩍 추켜올렸다가 천천히 내려놓으면서 말했다.

"싫어요, 뻔뻔스럽긴, 난 준규가 밤새 안 자서 잠 한숨 못 잔 사람인데, 자긴 뭐 실컷 놀다가 와선…."

"놀다니? 그런 소리 마. 놀러 갔다 온 게 아니야. 일하구 온 거라구."

아내는 돌아온 남편이 반가워 한껏 투정을 부리는 것 같았다. 그런 게 느껴져서 그는 누운 채 발로 아내의 허리를 집게처럼 해서 잡아당겼다.

"싫어요. 왜 이래요?"

아내는 그러나 말과는 달리 웃는 얼굴로 가볍게 딸려 왔다.

그는 아내의 얼굴에 입을 맞추었다.

"어제 어디서 잤어요?"

"여관에서 잤지, 어디서 자? 잘 데가 있나?"

"누구랑?"

"김 과장이랑."

"환갑집에서 안 자구?"

"어떻게 환갑집에서 자나. 이 맹추 같은 마누라야, 시골 환갑잔 칫집에 친척 모여드는 거 몰라?"

"그래두."

"그래두는 무슨 그래두야. 자, 바지나 벗기라구."

그는 누운 채 바지 혁대를 끌러놓았다.

"주인집 목욕탕에서 목욕 좀 하면 안 될까?"

그가 말했다.

"구질구질하게 왜 신세 져요. 부엌에서 하면 되지."

"좁잖아."

"좁은 게 부엌뿐이유? 셋방살이가 그래서 서럽다는 거지."

"알았어, 알았어. 세수나 하지."

그는 속옷만 입고 부엌으로 나가 세수를 하고 발을 씻었다. 그러다가 머리도 감았다. 여관에서 감기는 했지만 차 속에서 먼지를 뒤집어쓴 것 같아서 내친김에 감아버렸다.

그의 아내는 바지와 점퍼를 들고 나가서 털어가지고 들어왔다.

"속옷 좀 줘."

"당신 서랍에 있는데."

"아이, 그러지 말구 당신이 줘."

"난 아이 둘을 기른다니깐."

"그러니까 남자늘이 마누라하고 사는 거라구."

그는 머리에 묻은 물기를 수건으로 털어내듯이 닦았다.

"준규한테 튀잖아요!"

"그런가?"

"저렇게 정신이 없다니까."

그는 아내가 내준 팬티와 러닝으로 갈아입었다.

2

그는 정신이 아찔했다. 너무 터무니없는데, 정말 빠져나갈 구멍이 없는 거였다. 자신이 아무리 살펴보아도 역시 그가 회사의 신용조합에서 사온 백양 메리야스가 아닌 거였다.

그야말로 귀신이 곡을 할 노릇이었다.

처음에 아내는 성이 나서 부르르 떨더니 나중에는 울고 짜고 야단이었다. 배신을 당했다느니, 믿는 도끼에 발등을 찍혔다느니 했다. 그리고 아내는 더 이상 속이는 건 불쾌하니 다 사실대로 말하라고 억지를 썼다.

"사실대루 말했잖아. 경비과장 부친 회갑에 갔다가 나와서 낚시터에 갔다가 입질이 안 좋아 여관에 가서 한잔하구 잤다구…."

"그래두 속여요? 당신두 이걸 보면서. 이건 당신 팬티가 아니죠? 인정하죠? 당신은 쌍방울 메리야스가 없지요? 난 당신을 티끌만큼도 속인 적이 없어요. 어디서 여자 끼구 자구 와선…. 간밤에 눈을 한숨도 못 붙이겠더라니…."

아내는 주절거리며 훌쩍거렸다.

"글쎄, 난 누명을 써두 좋은데, 결백하다구. 내가 뭐가 불만이라

158

서 그래 오입을 하겠어? 김 과장한테 물어봐. 전화번호 알지? 알아 보라구."

그는 아내에게 으름장도 놓아 보고 하소연도 했다. 그러나 아내는 억울하고 분하다는 거였다.

그는 다시 한 번 어제 하루에 있었던 일을 돌이켜 보았다.

의심을 둘 만한 거라곤 여관방에 들어가 김 과장과 교대로 목욕을 한 부분이었다. 그러나 두 사람은 한꺼번에 몽땅 옷을 벗고 목욕을 하지는 않았다. 김 과장이 먼저 목욕을 했는데 팬티는 각자 입고 들어가서 벗었다가 입고 나오는 식이었다. 그러니 무슨 귀신 잡는 재주로 팬티를 바꿔 입을 것인가. 참으로 기가 막힐 노릇이었다. 여자 입장에선 마땅히 의심할 충분한 증거가 있는 셈이었다.

그들 부부는 잠시 이성을 회복해서, 그동안 어느 친척 남자가 와서 옷을 바꿔 입은 적이 없는가를 따져 보았다. 그러나 단칸 셋방이라 초등학교 다니는 조카 녀석 이외엔 잠을 자고 간 처남이나 동생이 없었다.

그래도 그들은 어리석은 바보들처럼 남자 방문객을 하나하나 기억해서, 그들이 속옷을 바꿔 입을 가능성에 대해 이리저리 검토하고 가정하고 상상했다.

아내는 결코 그런 일이 있을 수 없고 있을 리가 없다는 주장이었고 남편은 급한 김에 당신이 잠깐 집을 비운 적이 없느냐고 물었다. 집을 맡기고 시장을 갔다거나… 그리디기 그는 혹시 당신의 옛날 애인이… 하면서 너스레를 떨어 보았다. 아내는 펄펄 뛰었다.

결혼하자마자 세 들어 살던 혜원 유치원 아랫집의 그 주인 남자를 생각해 보라는 거였다.

그 집 남자가 속옷을 뒤집어 입고 와서 그걸로 오입한 게 탄로가 났던 사실을 떠올려 냈다. 그때 주인집 내외는 밤새도록 싸웠었는데 다음 날 아내가 사건 발단의 자초지종을 들어다가 남편에게 얘기해 주었었다. 이 사건 때문에 아내는 남편의 팬티에 대해 특별히 예민한지도 몰랐다.

그때 그는 그 얘기 뒤에 보태어서 남편이 외도를 했는가 어떤가에 대해 알아보는 가장 좋은 방법으로 '바지 감별법'을 아내에게 교육하기도 했었다.

남편들이 외박을 할 땐 꼭 두 가지 이유가 있는데 하나는 고스톱으로 밤을 새울 경우와 그야말로 외도를 할 경우라는 거였다. 고스톱을 하면서 밤을 새웠을 땐 바지 뒷가랑이가 쪼글쪼글 구겨져 있고 외도를 했을 땐 말짱하다고 했다. 그러면서 그는 쪼글쪼글해지는 원인이 밤새도록 쪼그리고 앉아 있었기 때문이며, 말짱한 건 벗어서 걸어두었기 때문이라고 가르쳐 주었다.

더욱이 그는, 자기는 결코 그런 일이 없을 거라고 아내에게 강조했다. 왜냐하면 그런 일은 결국 힘을 탕진해버리는 것이며 가정의 화목에 금을 내는 일이기 때문이라고 주장했었다.

아내는 바로 이때의 남편 모습을 떠올리면서, 1년도 채 못 가 그 '자기 주장'을 짓뭉개는 남편의 불성실한 태도에 몸서리를 쳤다.

3

다음 날, 출근해서 그는 김 과장과 식당에서 차를 마셨다. '팬티 소동'에 대해 상의를 해볼까 말까 망설였다. 한편으론 창피한 생각도 들어서였다.

"왜 얼굴이 누렇게 떴어?"

김 과장이 지나가는 말로 물었다.

그는 대꾸를 하지 못하고 얼굴만 붉혔다. 그러다가 마침내는 모든 걸 말해버렸다.

"입장이 난처하겠어. 어딘가에 오해나 착각이 숨어 있을 거야. 우리는 결백하잖아? 최 형 혼자 잤었다면 의심도 하겠지만 우리가 같이 있었는데, 내가 증인을 서 주지, 맘 푹 놓으라구. 잘못한 게 없으니까!"

김 과장이 이렇게 위로하고 격려했다.

"여자라는 게 우리들 남자하곤 좀 틀린 거 같더라고요. 아주 집요하더군요."

그가 자신 없는 말투로 말했다.

"최 형이 보기보다 심약한 모양인데 뭐 그깟 일 가지구 야코 죽어서… 걱정 마. 저녁에 집에 가는 길에 고기나 한 근 사들구 가서 하하 웃구 싹 잊어버리자구 해봐."

"그럴까요?"

그는 억지로 웃으며 어이없다는 말투로 대꾸했다.

"다음 주말에 가족 동반해서 낚시나 갈까? 텐트 가지고 가서 야영을 하는 거야, 즉석 생선 튀김을 하면 입에서 슬슬 녹아. 애들이 그걸 뼈째 씹어 먹는다구."

김 과장이 말했다.

"저흰 아이가 너무 어리잖아요. 이제 일 개월 조금 넘었는데 괜찮을까요?"

"아, 그렇구나. 아직 신혼이지. 그러니 사랑 싸움을 하지. 우리처럼 한 10년 경력이 붙으면 그런 정도야 묻혀 지나치게 되는데…."

"사랑 싸움은요."

그는 민망해서 말했다.

그러나 그는 퇴근길에 김 과장의 조언대로 정육점에 들러서 돼지 족발 한 벌을 사들고 들어갔다. 모유를 먹이는 아내를 위해서였다. 죄지은 게 없음에도 불구하고 맘 한구석이 팬스레 켕기는 기분이었다.

아내는 골목의 구멍가게 앞에서 준규를 안고 그를 기다리고 있다가 반갑게 웃었다.

"뭐예요?"

"고기야."

"어머, 내가 사다 해놓았는데."

"웬일루?"

"맥주나 두 병 사 가지구 가요. 시원한 걸루."

"그으래?"

그는 의아해서 정신을 차리지 못할 지경이었다. 아내는 그의 팔을 잡고 가게 안으로 들어갔다. 그는 맥주 두 병을 샀다. 아내는 다소 들떠 있는 것 같았다.

그는 준규를 받아 안고 주인집 대문 바로 옆으로 난 문간방인, 그들의 셋방으로 들어갔다. 웬일인지 방 안이 말끔하게 보였다.

"시장하시죠?"

"조금"

"빨리 차릴게요. 다 준비되었어요."

아내가 흥분한 목소리로 말하며 저녁상을 차렸다. 그는 옷을 갈아입고 잘 노는 아이를 들여다보고 부엌에 나가 세수를 했다. 그가 세수를 끝내기도 전에 저녁밥상이 방에 놓여졌다. 두부찌개 냄새가 정답게 코로 스며들었다.

두 사람은 곧 마주 앉았다. 아내가 술을 잔에 가득 채웠다.

"주인집에 파출부가 바뀌었잖아요?"

아내가 웃으며 말했다.

"낮에 안집 아줌마가 와서 혹시 못 보던 팬티가 없느냐네요."

"……."

"파출부가 중늙은이인데 맘이 좋다구요. 며칠 전에 우리 빨래를 걷어다 개켜서 가져왔더니…."

"주인아저씨 팬티구나!"

그는 소리치고 잠시 아내를 쳐다보았다. 그리고 그들은 한참이나 소리 내어 웃었다.

남의 떡, 내 떡

진숙이 늦잠을 자서 남편은 냉수 한 모금 못 마시고 출근을 했다.

어젯밤에 일찍 잤는데도 늦잠이라니, 이상해서 창을 열어 보았다. 시계는 여덟 신데 밖은 땅거미 짙은 늦저녁 같았다. 거기다 차디찬 바람이 불고 재티 같은 눈발이 흩날렸다.

방학의 마지막 주말이건만 아이들은 여전히 늦잠 버릇을 고치지 못해서 여태 잤다. 진숙은 아이들을 두드려 깨우면서, 당장 일어나지 않으면 야외 나가기로 한 약속을 취소하겠다고 으름장을 놓았다. 내일모레 개학인데 이런 나쁜 버릇을 고치지 않으면 어떻게 학교에 다니겠느냐고 하면서.

남편이 집에 오기로 한 오후 두 시가 되었는데, 남편 대신 전화가 왔다.

회사에 급한 업무가 떨어져 담당 이사 부장이 퇴근하지 않고 있다는 것이었다. 저녁은 함께 먹을 수 있으니 갈 만한 데 생각해 두고 있으면 대여섯 시에 가겠다고.

벌써 외출복을 입고 윷을 챙긴다, 만화책을 챙긴다 하는 아이들에게 진숙이 전화 내용을 설명해 주었다. 그러자 아이들은 입을 빼물고 실망과 원망을 감추지 않았다.

"얘들아, 너희들도 생각해 봐라. 퇴근 못 하고 일하는 아빠는 기분이 좋겠니? 아빠 마음은 너희들보다 더 안타까울 테니 입 빼물지 말구… 저녁때 외식 시켜준대, 어디 가고 싶은지 생각해 봐."

이렇게 아이들을 달랬다.

진숙은 자그마한 여행가방을 열고 집어넣었던 세면도구와 잠옷 따위를 꺼내 제자리에 갖다 두었다.

"언니, 저기 봐. 차 위에 실은 게 스키지? 저 차에두 실었는데. 같이 가나 봐…"

아이들은 창에 매달려 바깥을 내려다보며 떠들었다.

아파트는 저게 탈이야!

진숙은 보지 않아도 뻔한 광경을 눈에 그리며 생각하였다. 정말 그게 탈이었다. 주말만 되면 가족들이 떠나는 것이었다. 무슨 산장이나 별장 아니면 유원지의 콘도 온천 등지로….

진숙은 가까이 사는 친구 덕재에게 전화를 걸었다. 일이 이렇게 되었는데 어디 가서 같이 저녁을 먹자고, 덕재도 잘 되었다는 듯이 좋아하였다.

둘은 저녁을 싸고 오붓하게 먹을 수 있는 장소를 두루 떠올리며 얘기하였다. 벽제의 갈비, 통일로 쪽의 매운탕, 이천의 돼지훈제, 송추의 유원지….

그러나 그런 곳은 모두 멀어서 밤길에 차 몰고 나갔다 오긴 좋지 않다고 의견을 모았다.

"조선무네 어떨까? 걔네가 왜 아카데미 하우스 쪽에 실잖아. 거기 가서 불러내 같이 먹지 뭐. 유원진데 먹을 거 많을 거야. 걔가 요새 무슨 소설책 냈잖니. 한 권씩 얻어 오자. 남편 때문에 속상해하더니 여성문제 소설을 쓰구 지랄했더라, 킬킬킬."

하지만 덕재는, 이렇게 같이 소설가 친구 조선무네 동네로 가기로 작정을 해놓고는 뚱딴지같이,

"어머머, 내 정신 좀 봐. 오늘이 시숙 생일이라구 개포동에서 다 모이기로 했는데. 어머머, 지금 가봐야겠다야. 파출부가 하겠지만 막내 동서가 늑장 부리면 좋아하겠니? 가서 눈 딱 감고 식모 살아야 집안이 편안해진단다."

남편이 차를 몰고 집에 와서, 일단 식구들이 차를 탈 때까지 그들은 저녁 먹을 데를 정하지 못했다. 그러나 지겨운 강남은 떠나기로 하고 차를 몰아 한강과 터널을 지나갔다.

"아카데미 하우스 어딘지 알어? 거기 소설가 친구 사는데 그쪽 가볼까? 뭣하면 당신 아카데미 하우스에서 저녁 한 끼 사줘. 거기가 요새 호텔 돼서 뷔페도 한다더라. 싸겠지 뭐, 특급호텔 같을라구."

그 동네에 사는 소설가 친구네는 전화를 받지 않았다. 외식인 모양이었다. 할 수 없이 네 식구가 뷔페를 먹었다. 본전 생각나지 않게 실컷 가져다 먹었다.

생각보다 풍경이 좋고, 값이 싸서 기분이 좋았다. 그러나 밥을 먹고 곧장 돌아가려니 서운하였다.

다시 소설가네 집에 전화를 걸었다. 집 근처에 나가 칼국수를 먹고 금방 들어왔다고 하였다.

진숙은 위치를 물어 소설가네로 갔다. 종아리가 올챙이같이 생

겨 조선무라고 불리우는 친구였다.

조선무의 남편이 문을 열어주었다. 안경을 낀 날카롭게 생긴 남자였다. 결혼식에서 보고 처음 보는데 마흔이 넘어서인지 이지적인 분위기가 딱 몸에 밴 듯하였다.

말수가 적고 차분하고, 냉정해 보이는 남자.

진숙의 남편과는 외모부터 달랐다. 살집이 있고 편안해 보이고 근심걱정 없고 우둔한 인상, 진숙은 조선무가 거품을 물고 흥보던 안경에 대해 무조건 호감이 갔다.

저런 남자라면 분위기 있게 살 수 있을지 몰라.

진숙은 이런 생각을 하였다.

남편은, 술에 술 탄 듯 물에 물 탄 듯 아무런 매력이 없었다.

게다가 자기를 너무 밝히는 것 같아서 귀찮고 답답하였다. 자신도 남들 아내처럼 외도 따위로 고민해 보았으면 차라리 생활에 변화가 있어 좋을 것 같았다. 남편은 시계추였다. 회사와 집과 아내밖에 몰랐다.

진숙이네와 조선무네는 마주앙 한 병을 나눠 마시고 헤어졌다. 그동안의 대화는 진숙의 남편과 조선무 둘이서만 하다시피 했다.

며칠 후 조선무에게서 전화가 왔다. 전화는 종종 하지만 멀리 떨어져 살아 몇 년에 한 번 만나는 사이였다.

"난 느네 집 갔다온 뒤로 말도 잘 안 하고 지낸다."

진숙이가 볼 부은 소리로 말했다.

"왜 그러니? 난 너희 남편 같은 남자랑 살고 싶어! 정말이야. 얼마나 따뜻한 남자니. 인정이 넘치는 사람이잖아. 사람을 아낄 줄 알고… 다정한 사람… 난 느네 남편이 좋아!"

조선무가 하소연하듯 말했다.

"어머머, 그런 소리 마라. 내가 왜 우리 남편하고 말 안 하는데, 너희 남편은 매력적이더라. 이지적으로 생겼잖니. 사람이 차게 보이고 난 너희 남편 같은 남자가 좋아!"

진숙이 소리쳤다. 그리고 두 여자는 약속이나 한듯이 으하하하 웃어댔다.

한참이나 그렇게.

여우와 늑대

"정말 아무 일 없었어?"

마누라가 무슨 생각이 떠올랐는지 갑작스레 몸을 바짝 갖다 붙이며 물었다.

나는 돌아누웠다.

마누라는 숨도 쉬지 않는 것처럼 고요하게 있었다. 무슨 증거를 잡았단 말인가? 대체 그런 일이 증거고 뭐고 남을 게 없지 않은가? '내 눈으로 직접 보았노라'고 증언해 줄 사람이 있는 것도 아니고.

"당신두 물어볼래?"

한참 만에 마누라가 이렇게 다시 물었다.

"뭐어르을?"

나는 일부러 잠이 쏟아져 죽을 지경이라는 목소리로 물었다.

"정말 아무 일 없었어? 이렇게 말이야."

"왜? 그건 무슨 말이야?"

"그럼 당신은 나를 전혀 의심하지 않는 거야?"

"당신은 여자잖아!"

"여자?"

마누라는 깔깔대고 웃더니 정색을 했다.

"여자두 사람이구 동물적 본능을 가지고 있어. 성욕두 느끼고 호기심도 강하고 유혹에 빠져버리고 싶은 충동도 느껴…"

마누라가 사뭇 진지하게 말했다. 나는 비로소 마누라 쪽으로 정색을 하고 돌아누웠다. 그리고 새삼스레 여자로서의 마누라 얼굴을 들여다보았다.

"난 뭐, 당신이 외국 나가 있는 동안, 더욱이 하루 이틀도 아니고 세 달이나 나가 있으면서 아무 일도 없어야 한다고 주장하거나 강요하고 싶지는 않아. 매춘부는 사람 사는 덴 어디든지 있으니까."

"그래서?"

"그냥 사실대로 얘기해 보라는 거지 뭐."

"그러니까 잤느냐 안 잤느냐, 그거 말이지?"

나는 피식 웃음이 나오는 걸 참을 수가 없었다.

"그게 그렇게 궁금해? 알아서 무얼 하겠다는 거야?"

나는 대수롭잖다는 투로 가볍게, 되도록이면 가볍게 말했다.

"우린 애당초 동갑 친구니까 죽는 날까지 친구로 사는 거야. 서로 모든 걸 이해하고, 남자와 여자의 차이도 인정하면서 이해의 폭을 넓히는 게 얼마나 좋아. 좋은 친구 같은 부부가 가장 이상적인 부부라는데."

"그거야 그렇지."

"그러니까 다 말해 보라구."

"뭘?"

"솔직히 고백하고 나면 당신도 후련해질 거 아니야? 난 절대로 화 안 내, 성욕은 자연스런 현상이구, 풀어내야 하는 거 아냐? 국적

하구 횟수하구만 말해, 나두 당신한테 고백할 게 있으니까."

"고백?"

"나한테 무슨 일이 일어났는지 모르잖아? 문밖에만 나가면 남자들은 수두룩하니까."

나는 마누라를 보지 않았다. 그 여자의 표정을 본다는 게 은근히 두렵기까지 했다. 과연 여자란 요물이구나. 그나저나 이를 어쩐다? 솔직히 고백해? 마누라한텐 무조건 오리발 내미는 게 최상이라고 하던데. 뭐 알고도 속고 싶어 한다고?

저녁 내내 책상 정리를 했었다. 서랍들과 편지 엽서 따위들. 무슨 스크랩 뭉치들, 아무렇게나 쌓아둔 잡지와 책들을 먼지 털듯 뒤졌던 것이었다.

그때 마누라가, 당신 뭐 해? 왜 그래? 하면서 들어왔었다. 나는 문득, 아 나에겐 저 여자가 있었지, 하는 사실을 깨달았던 것이었다. 마누라는 더 이상 캐어 묻지도 않고, 또 뭐 거들어 주려고 하지도 않고 나가버렸다. 나는 한숨을 내쉬고 책들 위에 걸터앉아 담배를 피웠다.

캐서린의 명함은 어디에서도 나타나지 않았다. 네 시간 동안 비행기를 함께 탔고 또 이틀이나 싸구려 모텔에서 소꿉놀이같이 지냈던 열아홉 살의 아가씨. 새털처럼 부드럽고 매끄럽던 황금색 머리털.

우리는 이제 죽는 날까지 다시는 만날 수 없는 깃일까? 단지 추억만으로, 나는 허망하고 허망해서 울고 싶을 지경이었다.

마누라는 무엇을 눈치챘을까.

캐서린에 대해서는 도저히 알 수 없을 테고, 함께 40불짜리 오입을 한 사촌 동서가 고자질을 했나? 그럴 리가 없지.

"당신은 정말 어떻게 지냈어?"

나는 시간도 벌고, 의구심으로부터 벗어나기 위해서 슬그머니 이렇게 물었다.

"비밀이야."

마누라가 새초롬하니 말했다.

"놈씨가 생겼구나."

"모르지. 그럴지두."

그럴까? 한강에 배 지나가기라니까. 아무렴 여자가 그럴 수가? 하기야 무슨 일이 있었대두 도리가 없잖은가?

"얘기해줄까?"

나는 슬쩍 이렇게 말해 보았다.

"좋아!"

마누라가 건방지게 대꾸했다.

나는 LA의 순 한국의 영동식 룸살롱에 갔던 얘길 했다. 접대부들이 전부 E대를 나왔노라고 하더라는 말도 했다. 그런데 잘 나가다가 2백 불 내라고 해서, '꿈은 사라지고' 말았노라고 말했다.

"좀 더 재미있는 얘기!"

마누라가 입을 삐죽 내밀며 충동질을 했다.

캐서린은 안 된다. 죽었다 깨도 오리발이다. 그래야 한다.

나는 팁을 주면 팁의 액수만큼 춤추는 여자의 몸 어디어디를 만질 수 있는 바에 대해 얘기해 주었다. 그러나 나는 징그러워서 눈을 돌렸노라고.

마누라는 깔깔대고 웃었다.

사촌 동서는 잘도 만지더라고, 그 녀석은 생긴 것처럼 비위짱이 좋다고, 그러니 장사꾼이 될 수 있는 거라고.

"그래 아무 일 없었단 말야? 석 달 동안?"

"무슨 소리야? 군대 3년도 수절하는데, 장가를 내가 몇 살에 갔나 생각해 봐. 그럼 당신 만나기 전엔 내가, 피 끓던 청년이 어떻게 지냈겠나. 남편을 의지박약으로 생각하지 말어. 당신 자존심과 관계있으니까."

"글쎄, 그럼 얼마나 좋겠습니까?"

마누라가 비장한 말투로 이렇게 말했다. 갑자기 가슴이 서늘해졌다. 도둑이 제 발 저린 건 막을 수 없단 말인가?

"당신의 캐서린."

마누라가 말하면서 일어나더니 화장대 서랍에서 영문 편지를 꺼내 왔다.

내가 집 주소를 가르쳐 주었던가?

오뉴월 솜버선

우리 집에선 그를 '씨나리오 박'이라고 불렀다. 그것은 내가 붙인 이름이었다. 처음엔 우리 집에서 누구든지 그를 정체불명의 사나이라고 생각했었다. 그는 이미 서른 살이 넘은 지 여러 해 되었을 성싶었는데 이사를 온 세간살이라는 게 사뭇 웃기는 것이었다. 여름 한철이나 지낼 수 있을 홑껍데기 이부자리와 자그마한 트렁크, 그리고 책이며 종이뭉치가 한데 뭉뚱그려진 꾸러미 하나가 전부였다.

그가 이사를 오던 날은 토요일 오후였다. 나는 강의가 없는 날이라서 집에 틀어박혀 있었다. 어디 나갈 데가 없을까 하고 좀이 쑤시는 엉덩이를 달래지도 못하면서. 내가 처음 본 그의 인상은 좀 얼뜨기 같은, 그런 것이었다. 고무적인 표현을 쓰자면 나이답잖게 순수한 인상을 주었다고나 할까?

이러한 인상에다가, 그의 생활이라는 게 도무지 이해할 수 없는 것이었다. 하루 종일 집에 틀어박혀 있거나, 새벽같이 나가거나, 해 다 저물녘에 나가 다음 날에 들어오거나 좌우간 이런 식으로 그는 괴상망측해서 나에겐 더없는 흥미거리였다.

그런데 그는 내 눈에 잘 띄어주질 않았다. 낮 시간에 그가 집에 있다 해도 나는 학교에 가야 했고, 일요일이나 토요일에 내가 집에 있긴 해도 그가 두문불출이면 그만이기 때문이었다. 그가 우리 가족의 눈에 띄일 때는 그리 많지 않아서 전화를 받으러 들어오거나 안채에 있는 화장실을 갈 경우뿐이었다.

그가 전화를 받으러 우리들의 마루방으로 들어오면 나는 공연히 그의 앞을 얼씬거렸다. 무슨 급한 일로 전화를 써야 할 것처럼. 아니면 그가 우리 전화를 사용하는 게 못마땅하다는 눈치를 보이려 하는 듯이. 그러나 이러한 내 부정적인 관심의 표현은 전혀 무의미했다. 그는 내 태도에 무관심했기 때문이다.

내가 그를 씨나리오 박이라고 부르기 시작한 것은 그의 통화 내용을 훔쳐 듣고 나서였다. 어느 영화사에서 전화가 걸려 왔는데 원고 독촉 같았다.

때때로 나는 숨어서 그를 구경하기도 했다. 특히 화장실로 갈 때의 그의 모습은 정말 구경할 만했다. 아무렇게나 꿰어 입은 듯한 옷매무새며 손가락으로 긁적긁적 쓸어넘긴 숱 많은 머리털이며, 그리고 분명 오래도록 물기가 가지 않았을 꾀죄죄한 얼굴과 바지 허리띠 속으로 찔러 넣은 손의 모습 따위가 그러했다. 그러다가 나는 그가 고모와 우연히 마주치는 걸 보았고, 고모에게 보내진 빛나는 관심을 놓치지 않았다. 그는 고개를 숙이고 그의 앞을 지나가는 고모를 보자 갑자기 얼굴을 붉히더니 그 자리에 우뚝 서서 5초쯤 있다가 뒤돌아 고모를 보는 것이었다. 고모는 물빛 모시 치맛자락 사이로 하얀 버선 끝을 보이며 사라시고 있었다.

고모는 마흔이 내일모레인 미망인이다. 그녀는 지난해부터 우리 집에 와 있는데 늘 한복을 입고 지낸다. 나는 왜 그녀를 보면 말할 수 없이 답답해질까. 고요하다고밖에는 달리 설명할 길 없는 그녀의 단 하나뿐인 표정 때문일는지. 어쩌면 변함없이 틀어 올린 그녀의 생머리 스타일 때문은 아닐지. 어쨌든 나는 그녀를 이해할 수가 없었다. 하기야 열아홉의 내가 어떻게 마흔이 되도록 살아온, 그것도 미망인의 가슴을 이해할 수 있으랴.

그렇지만 나는 그녀의 얼굴에서 고요함을 벗겨내고 싶어 했다. 그것이 가능하다면, 어떤 방법을 써서든지 그렇게 하고 싶었다. 고모에 대한 씨나리오 박의 관심을 훔쳐본 다음부터 나는 조금씩 달뜨기 시작했다. 이 달뜨기 시작한 감정은 시간이 갈수록 독을 올려서, 마침내 한 마리 독사가 되었다.

그날 있었던 일을, 그리고 고모의 무서운 변모를, 거기다 씨나리오 박의 갑작스런 이사를 나는 어떻게 설명해야 할까. 그 사건은 생채기가 되어 아직 아물지도 않은 채 내 가슴에 남아 있기 때문이다.

그날, 우리는 우연히 마루방에서 마주쳤다. 고모는 의자에 앉아 있었고 씨나리오 박은 전화를 걸러 들어왔던 모양이었고 나는 그들보다 늦게 그곳에 쳐들어갔었다. 그가 고모를 보고 있었다. 얘기를 하고 있었다.

"저는 아직 본 적이 없습니다. 아름다움입니다. 한국 여성의⋯."

그는 고모의 자태에 대해 거의 황홀해하고 있는 게 분명했다. 나는 문턱에 기대서 있다가 갑자기 뛰어들었다.

"웃기는군요. 콩트 같은 일이죠. 고모가 한여름에 버선을 신는 건 다리가 한쪽이 짧아서 그런 거예요!"

나는 계속 지껄였다. 고모가 밖으로 나갔다. 이날 씨나리오 박은 이사를 했다. 그리고 고모는 원피스를 입고 절뚝이면서 집 안의 여기저기를 다니고 있었다.

편지

벌써 5월이 되었다. 그러나 아직도 달력은 3월의 것이 걸려 있다. 머릿속으로는 하루하루 날짜가 가는 것을 무섭게 기억하면서 벽에 걸린 달력을 넘기지 않는다는 게 무슨 의미가 있을까.

아마 우리는 오월의 어느 날 결혼식을 올리게 되었을 것이었다. 우리가 다시 만나지 않고 이 한 달을 그대로 보낸다면, 우리는 영원히 만날 수 없을 것이다. 어젯밤에는 밤새도록 그 꿈 하나 때문에 시달린 것 같다. 그는 외지고 낯선 곳에 나를 두고 혼자서 버스를 타고 가버렸다. 거리는 이상스러운 푸른 야광빛을 띠고 있었고, 눈에 띄는 사람들과 차들은 모두 나와 등을 돌리고 있었다.

나는 요즈음 수도자에 대해 생각한다. 잘은 모르지만, 천주교 수녀님들 중에는 높은 담벽 속에서 평생을 보내는, 그런 종류의 수도 생활이 있다고 들었다.

어머니는, 약혼 예물을 돌려보냈을 것이다. 어쩌면 아직 그렇게까지는 하지 않았을는지도 모른다. 그러나 그런 사무적인 일이 내 마음을 정리할 수는 없다.

두 번째 여행에서 돌아오면서, 우리는 제가끔 우리의 불행하고 서글픈 미래에 대해 예감하고 있었다 할지라도….

그날, 그는 택시를 잡아주고는 아무 말 없이 돌아섰다. 그는 시든 푸성귀처럼 기운이 없어 보였다. 나는 차라리 해방된 기분이었다. 마치 우리의 관계가 이렇게 해서 끝나기를 오래전부터 기다리고 있기나 했던 것처럼 말이다.

결혼은 못 한다!

내 이야길 다 듣고 나더니 어머니는 단호히 잘라 말했다.

그리고 우리는 아무 말도 하지 않았다. 아버지나 동생들도 내 파혼을 자연스럽게 받아들이는 모양이었다. 마땅히 그래야 한다는 투였다. 처음엔 나도 그들과 마찬가지였다. 그러나 일주일도 못 가서, 내 차분하고 냉정하던 마음은 걷잡을 수 없이 출렁대기 시작했다.

가령, 내가 중요하게 여기던 사랑이라는 게 남자의 성기능과 맞먹는, 정말 그것밖에 되지 못한단 말인가 하는 생각이 나를 처참하게 짓밟기 시작하는 것이었다.

그 후 합정동에서는 한 번도 전화가 오지 않았다고 했다. 어머니는 그렇게 말하지만 나를 편하게 하기 위해서, 우리 가족의 결심을 실천하기 위해서 거짓말을 했을는지도 모른다.

회사에는 사직서를 우편으로 부쳤고, 사무적인 처리는 동생이 맡았다. 벌써 나는 보름이 넘게 외출을 하지 않았다.

반신불수가 되어 하반신을 쓰지 못하는 배우자와 평생을 사는 여자도 있다고 들었다. 불능하다는 조건 때문에 십여 년이 넘도록 사랑해 온 남자와 헤어진다는 게 과언 옳은 일일까.

며칠 전, 어머니는 내 눈치를 살피면서 김 서방과 헤어진 게 그렇게 가슴 아프냐고 물었다. 살다가도 헤어지는데 그저 약혼쯤 했었기로서니 뭐가 그렇게 안타까울 일이냐고 야단과 위안을 반쯤 섞어 말했다.

일이 다 잘 되려고, 알맞게 여행을 가서 남자가 불능인 걸 알게 된 게 얼마나 천행이냐고도 했다. 여자의 순결에 대해 병적으로 고집하던 어머니의 입에서 거침없이 튀어나온 말이었다.

요즈음 정신과에 다닌다더라. 입원을 했다던가?

어머니는 자리에서 일어서며 대수롭잖게 경멸하는 말투로 내뱉었다.

그가 정신병원에 입원했다고?

나와 헤어진 충격 때문에….

사람 때문에 생긴 병은 사람으로 나아야 된단다. 정신 차려라.

몇 군데 중신이 들어온다는 얘길 하고 싶어 어머니는 안달이었다. 아직 내가 다른 남자와 결혼할 마음이 전혀 없다는 걸 알고부터 어머니는 그랬다.

그 밤 그는 세 차례 그것을 시도했다. 우리는 곧 결혼할 사이이니까 아무 염려하지 말라고 아버지처럼 나를 위로하면서.

그러나 그는 한 번도 성공하지 못했다. 나는 처음엔 무슨 일이 일어나고 있는지 아무것도 몰랐다. 그러나 그가 내 몸에서 재처럼 흩어져 내릴 때, 그의 괴로운 몸짓과 숨소리로 한꺼번에 알아차렸다. 아주 본능적인 감각으로 알아낸 것이었다.

그는 마치 패잔병 같았다. 어쩌면 죄인 같기도 했다. 나는 한때 성이 추악한 것이라고 생각한 적이 있었다. 어린 소녀 시절이긴 했지만, 내가 생각하는 사랑은 적어도 성과는 전혀 상관이 없는 것이었고 그럼으로써 아름다운 것이었다.

그런 내가 단지 불능하다는 이유로 남자와 헤어져야 하다니, 아무래도 스스로가 납득되지 않는다.

달력을 뗄까, 그래서 다시 자연스럽게 살아갈까. 지금은 몇 시나 되었을까. 집 안은 절간처럼 조용하다. 낮이 되면 언제나 이렇게 절간같이 된다. 어머니는 시내로 나갔고 나는 혼자서 집을 지킨다.

벨이 울렸다. 우유일 것이다. 문턱에 두고 가버리겠지. 그러나 벨이 계속 울린다. 나는 벨소리 때문에 일어났다. 우체부다. 그는 도장을 가져오란다.

우체부는 도장을 찍고 편지를 주고 가버렸다.

편지는, 아주 낯익은 글씨, 합정동 그 사람 것이었다. 가슴이 곤두박질을 했다. 나는 곧 봉투를 뜯어 편지를 읽었다.

…그때 나는 아직 어려서 아무것도 몰랐소. 그 가정부는 나보다 아주 나이가 많았었는데 내가 어떻게 그 여자의 유혹에 말려들었는지 알 수 없소. 내가 그 여자가 시키는 대로 하려 할 때 어머니가 방문을 열었던 것이오. 우리는 둘 다 벌거벗은 채였소.

…친절한 정신과 의사는 당신을 한 번 만나고 싶다고 하오. 어린 시절의 충격이 얼마나 깊은 마음의 생채기를 만드는지 나는 징밀 놀랐소. 당신도 기뻐해 주리라 믿소. 편지 받는 대로 전화해 주길

바라오….

　나는 혼자서 편지를 가슴에 파묻고 껑충껑충 뛰었다. 우선 급한 게 전화 거는 일이라는 것조차 잊어버리고.

생선 파는 여자

　월급날이 되면 우리 부부는 엄숙해진다. 남편은 월급봉투를, 짐짓 무관심한 듯이 건네주곤 딴전을 피운다. 신문을 들여다보거나 텔레비전 채널을 이러저리 돌리거나 잠든 아이의 얼굴을 손끝으로 만져보곤 한다. 그러나 그의 관심은 입이 부어터진 여편네에게 있으리라는 걸 나는 잘 안다.

　"이달에두 안 올랐수?"

　"……."

　"차라리 다니지 말구려. 리어카를 끄는 게 낫겠어!"

　"……."

　"아니 그 재벌 회장, 일 년 수입이 몇백억이라던데…."

　"……."

　남편은 죽을상이 되어 있다.

　그는 야위었고 즐기던 술을 줄였고 담배도 끊었다. 그는 지하철을 타고 다닌다. 그는 가해자가 아니다. 그러나 나는 무엇을 위해, 무슨 명분이 있어 피해를 받고 살아야 하나.

　해가 바뀌고 몇 달이 지나도록 월급이 오르지 않았다. 반찬값은 한 달이 다르게 오른다. 오르지 않은 게 없나. 올라도 껑충껑충 오른다. 물가 인상에 대한 마비 현상이 생기는 것 같다. 아마 굶어 죽을 지경이나 되어야 깍하고 소리 칠는지도 모르겠다.

우리 부부는 심각하게, 절약하지 않고는 살아갈 수 없다고 비장한 각오를 한다. 반찬투정 하지 말고 옷 해입겠다고 바가지 긁지 말라고 서로 다짐을 받으면서.

비록 우리가 어느 재벌 회사의 회장이 공식적으로 번 일 년 수입이 몇백억이었다는 데 분개하고, 그 재벌 산하 어느 회사는 부실해서 급료 지급이 지연되는 게 보통이라는 걸 알면서도 우리 부부는 그저 '절약하자'고 다짐하는 것이다.

내가 생선가게에 가서, 좌판 진열대를 몇 번이나 끝에서 끝으로 오르내리는 버릇이 생긴 것도 절약 때문이리라. 값싸고 양이 많고, 그리고 맨 나중이 맛 좋은 것이다.

그날도 나는 그런 생선을 찾기 위해 생선가게 앞에서 서성거렸다.

탄력을 잃은 고등어, 얼음이 녹아 후줄근해진 냉동 임연수어, 아가미 쪽이 노오랗게 절어든 갈치, 갓난아이 발보다 작은 꼴뚜기 더미.

좌판 주인마다 내가 앞을 멈칫멈칫 지나칠 때면, 이거 사가요, 저거 사가요 붙잡았다.

"자아, 물 좋은 조기가 한 무더기에 천 원! 성질이 급해서 막 팔아요! 막 팔아! 본전두 안 받구 팔아!"

조기? 나는 귀가 번쩍했다. 남편이 좋아하는 생선이어서였다.

"이게 천 원이에요?"

나는 생전 처음 시장에 나온 여자처럼 촌스럽게 물었다. 나는 벌써 수년째 이 동네에 살고 있고, 여기 생선전을 벌이고 있는 열댓 명의 여자들도 수년 동안 보아와, 인사는 없어도 안면은 있는 사이나 다름없었다.

조기는 컸다. 무더기의 마리 수를 세어 보니, 밑으로는 크기가 작아졌지만 다섯 마리나 되었다. 명절이 다가오면 손바닥만 한 한 마리에 천 원이 넘을 것이 이게 웬 호박이랴 싶었다.

그러나 너무 크고 많아서인지 의심스러웠다. 나는 냉동해서, 그 신선도를 짐작할 수 없는 조기를 바보처럼 오래 들여다보았다.

"왜? 너무 싸니까 이상해서?"

생선 장사는 좀 비웃는 말투로 이죽거렸다. 그녀의 태도는 손님에 대한 예의나 친절은 눈곱만큼도 없어 보였다.

"막 팔아요. 막 팔아! 조기 한 무더기에 천 워언! 천 워언!"

그 여자가 내 코앞에서, 무더기로 나눠 놓은 조기를 불필요하게 만지면서 외쳤다. 그 여자는 꼭 '이 병신아. 이래도 못 사냐?' 하는 것 같은 태도로 나를 보았다.

"정말 물 좋아요?"

내가 물었다. 그 여자는 나를 경멸하는 눈초리로 잠깐 바라보고는, 다른 손님에게 장작개비 같은 냉동 동태를 팔았다.

"이거 주세요."

나는 말했다. 여사는 성의 없이 조기를 통나무 도마 쪽으로 거칠게 던져서 아무렇게나 비닐봉투에 넣어 주었다.

웬일인지 마음 한구석이 꺼림칙했다. 나는 콩나물국을 끓일까 무 된장국을 끓일까 망설이다가 돈이 적게 드는 콩나물 쪽을 사서 집으로 왔다. 조기를 만졌던 손가락에서 퀴퀴한 냄새가 났다. 우선 수돗가에 가서 조기를 펼쳐 놓았다. 조기는 형편없이 오래된 게 분명했다. 이미 한물간 것을 냉동한 게 확실했다. 아가미에선 쩐내가 났다. 생선가게 앞에서 공연히 꺼림칙하던 마음이 불붙기 시작했다. 나는 배반당한 사람의 분노를 느끼면서 시장으로 갔다.

왜 사람을 속이는 거요? 동네 장사하는 사람이 이래서 되겠어요? 사람을 어떻게 보는 거예요. 이렇게 썩은 생선이나 먹는 걸로 보여요?

나는 빠른 걸음으로 가면서, 양심 없고 염치 없는 생선 장사를 나무랄 여러 가지 말들을 생각했다. 점잖게, 그저 배운 사람답게 말해서, 그 여자가 어디까지나 인품에 눌려 군말 없이, 남이 볼세라 얼른 생선을 물려주도록⋯.

하지만 생선전이 가까워질수록 나의 기세는 자꾸만 주눅이 들어가는 것이었다.

그른 것은 바로잡아야 한다. 정당한 권리는 주장하고 행사해야 한다. 이유 없이 핍박받아서는 안 된다. 우리 마음속에 있는 노예 근성을 없애고 건강한 시민 정신을 길러야 한다. 나쁜 것은 나쁘다고, 싫은 것은 싫다고 얘기해야 한다.

나는 늘 내 짧은 사회학 지식을 가지고 사회정의니 공동의식이니 하는 말이나 생각을 하기를 좋아했다.

분노를 느끼며 생선가게로 가면서도 나는 어쭙잖게 이런 생각을 떠올려서 나 자신을 위로하고 자기과신에 사로잡히려 했다.

"아니, 뭘 바꾼단 말여? 이게 물이 나쁘다구? 아니 그래 이런 게 물이 나쁘면 어떤 게 물이 좋티야. 나 생선 장사 해먹다가 별놈의 여자 다 보겠네. 못 바꿔줘! 이런 걸 바꿔주다간 장사 다 하게?"

조기를 돌려준 내게 그 여자는 악을 썼다. 한창 저녁장을 볼 때라서 가게 앞은 붐볐다. 여자들이 나를 쳐다보았다. 생선 파는 여자는 계속해서 내 행동이 틀려먹었다고 큰소리로 떠들어댔다.

그러나 나는 점잖게, 인품을 가지고 그 여자의 진열대 위에 놓은 생선들을 보았다. 동태나 꼴뚜기, 고등어뿐이어서 어떤 것도 맘에 들지 않았다.

"바꿔갈 게 없는데 돈으로 주세요."

나는 억지로 웃으면서 말했다.

"돈으루? 난 못 줘. 내일이나 모레 와서 사가! 오늘 장사하구 안 하는 년 아니니깐. 원 별 여자 다 보겠네."

주위의 시선이 따가워서 더 서 있을 수가 없었다.

"정말 못 내주겠어요?"

"죽어두 못 내줘!"

"그럼 내가 내주도록 할 테니까 기다려요!"

나는 이 층으로 올라가 시장 사무실을 물었다. 사무실은 삼 층 외진 데에 있었다. 허술한 나무 문짝 기둥 옆에 소비자보호센디라는 간판이 붙어 있었다. 아주 보잘것없이 초췌한 간판이었다. 문을 밀고 들어갔다. 사무실에는 서너 명의 남자가 앉아 있었다. 색(色)깨나 밝힐 성싶은, 사십대의 붉은 셔츠를 양복 속에 입은 남자가 비닐 소파에 앉아 있다가 웃으며 반겼다. 다른 청년들은 내게도 낯이 익었다. 그들은 곡괭이나 쇠스랑을 들고 다니며 함부로 와서 물건을 파는 아낙네의 물건 그릇을 뒤집어엎고, 휴일에 장사를 하는 뜨내기 장돌뱅이들을 위협하고, 인도를 차지한 장사꾼들을 겁주는, 말하자면 경비원들이었다. 그들의 그런 무자비한 경비에 대해 나는 볼 때마다 속으로 이를 갈았던 것이다.

"또 그년들이구만! 그년들을 어떻게 다스려야 잘 다스리지?"

내 얘기가 이제 겨우 생선을 바꾸러 왔는데… 에 이르렀을 때, 그중 높은 자리 사람 같아 보이는 붉은 셔츠가 언성을 드높였다. 듣기엔 나를 욕하는 것 같아 낯이 뜨거워졌다.

"야. 가서 먹살을 잡아 와! 장사를 못 해먹게 해야지, 쌍년들이. 아주머니뿐이 아닙니다. 하루에도 열두 번두 넘어요. 쌈 났다 하면 칼쟁이들이라구요. 돈 받아드릴 테니 진정하시구 여기 좀 앉아 계세요. 야! 어제 그년이야. 살쾡이 같은 년!"

붉은 셔츠는 경비원과 내게 번갈아 가며 얘기했다. 젊은이 하나가 밖으로 나갔다. 나는 점잖게 상도덕에 대한 얘기와 상인 스스로 자존심을 가질 수 있는 직업의식에 대해 얘기하고 싶어 입이 근질거렸다.

곧 문 앞이 시끄러워졌다.

"소비자만 최고야? 소비자만 최고야?"

여자가 얼굴이 하얗게 질려서 소리치며 들어왔다.

"돈 내드려!"

"못 줘!"

"내주라니깐, 이 XX년아!"

"소비자만 최고야? 장사꾼은 죽어지내야 돼?"

여자는 악을 썼다. 그러나 그녀는 힘으로 나오려는 남자들 때문에 허리에 두른 돈주머니에서 천 원짜리 한 장을 꺼내 놓았다.

"너 앞으루 시장에 올 수 있나 봐라!"

그 여자가 허옇게 눈을 뜨고 협박을 했다. 나는 기다렸다는 듯이 그 여자에게 다가가 감히 누구에게 협박이야, 협박하면 어떻게 되는 줄 아느냐고 으름장을 놓았다. 그 여자는 마치 독 안에 든 생쥐 꼴이었고, 장 시간이라고 하면서 빨리 내려가야 한다고 어릿광대처럼 굴었다.

여자가 내려가고 나도 내려가려 하자 사내가 좀 있다 가라고 입맛 쓴 얼굴로 말했다. '무식한 년들이라 개지랄할 테니깐….' 붉은 셔츠가 느물느물 말했다. 나는 갑자기 묘한 기분에 빠졌다. 나 자신이 비열하게 느껴졌다. 경비원이나 나나 다를 게 뭔가 하는 생각이 나를 궁지로 몰리게 했다.

적선을 즐기는 그 여자

가난한 사람들에 대한 그 여자의 관심이 어느 정도인가는 몇 가지 보기만 들어도 누구나 고개를 끄덕일 것이다.

지난번 일요일, 가족이 한탄강 유원지에 갔을 때만 해도 그랬다. 올 들어 가장 뜨거웠던 불볕더위의 하루였다던 그날. 그 여자는 고기를 구워 먹고, 된장국으로 느끼한 속을 가시고, 커피도 끓여 먹었으며, 아이들과 유람선도 탔었다. 그런데 굴뚝에서 나온 것 같은 모습의 넝마주이가 휴일을 풍요롭게 즐기는 많은 사람들의 쓰레기 뭉치에서 병이나 알미늄 깡통, 은박지 접시 따위를 뒤지다가 마침내 자기들 쪽으로 왔을 때, 그 여자는 기다렸다는 듯이, 아니 때를 놓칠세라 서둘러 참외 한 개를 깎아 넝마주이에게 주었던 것이다. 얼음이 다 녹아버린 휴대용 얼음상자에 차가운 깡통 맥주와 음료수가 두어 병 들어 있는 걸 그 여자는 잘 알고 있었으며 또한 넝마주이의 땟국 흐르는 땀 밴 모습으로는 시원한 물이 필요하리라는 생각이 들었으나 그건 돌아갈 때까지 아이들 것으로 놓아두어야 했으므로 참외를 주었던 것이다.

넝마주이는 그 여자가 나무젓가락에 찍어준 참외를 더러운 손으로 잡고, 손잡이는 빼버렸다. 그리고 우적우적 삽시간에 씹어 먹고 인사하고 다른 데로 갔다.

그가 그렇게 하는 동안 그 여자는 내내 넝마주이를 측은하기 그
지없어 하는 눈으로 바라보았다.

"…누구는 고기 구워 먹고 노래 부르고 텐트 그늘에서 쉬는데
누구는 땡볕에 쓰레기 치우러 다니구… 이래서 되겠니?"

그 여자는 참을 수 없어 이렇게 소리치듯 말하였다.

"그럼 쓰레기는 누가 치워?"

아홉 살 난 그 여자의 딸이 카메라를 만지며 괜스레 볼멘소리로
중얼거렸다. 아이는 사진 찍는 법을 배운다고, 초점도 맞추지 않고
필름을 한 통이나 버리고 있었으나 그 여자는 딸이 경험으로 성숙
해지길 바랐으므로 그냥 두었다.

집에 돌아올 때, 그 여자는 가져간 된장거리 채소들 남은 것, 한
주먹 되게 남은 안심 주물럭, 비닐봉지가 종이 한 장으로 뜯겨버린
먹다 만 과자 따위를 아낌없이 버렸다. 지저분하고 귀찮았기 때문
이다. 그러고는 홀가분하고 깨끗하게 일어섰다.

가난한 사람들에 대한 그 여자의 관심은 딸의 반에서 우유 급식
을 받지 못하는 아이 하나에게 그걸 먹게 하려는 시도로도 나타났
다. 스승의 날을 며칠 앞당겨, 그 여자는 흰 봉투에 빳빳한 만 원짜
리 다섯 장을 넣고 학교에 갔었다. 물론 스승의 날에 맞춰서 마련
한 '학부형의 정성'이었다. 그것을 미리 앞당긴 것은, 그날 돈을 가
져가면 어중이떠중이들 숲에 끼어 낯이 덜 날까 봐 앞서기로 한 거
였다. 그날 그 여자는 딸이 성적도 좋고 성격도 좋다는 말을 담임
교사로부터 듣고 아주 기분이 개운하였다. 마침 2교시가 끝난 때

라 아이들이 우유를 마시고 있었다. 그래서 문득 급식 건을 입 밖에 내었는데, 아쉽게도 대상 아이가 없었다.

그러나 그 여자는 새로운 경험과 즐거움을 맛 들여서, 자주 그렇게 경험하고 즐기고 싶었다.

그러니까 고아원 방문 계획은 그런 새로운 재미의 발전한 단계인 셈이었다. 월간 여성잡지를 뒤적이다가 뛰어난 여성상을 받은 여자의 기사를 읽었는데, 그 여자를 상 받게 한 일이 가난한 산동네의 아이들을 맡아주는 거였다.

천사 탁아소를 운영한다는 건데, 마침 그 위치가 그 여자의 집에서 멀지 않은 산동네여서 적혀져 있는 번호로 전화를 걸었다. 그랬더니 잡지에 나온 여자와 통화하게 되었고, 헌옷을 모아다 주는 데까지 얘기를 끌어내었다.

헌옷은 정말 버리자니 그렇고 두자면 짜증나는 짐이었다. 그래서 그 여자는 알고 지내는 이웃을 찾아다니며 헌옷을 모은다고 알리고, 헌옷이 마침내 어떻게 쓰이는가에 대해 말하였다. 이웃들은 하나같이 헌옷이 처치 곤란이라고 입을 모았으며 또 '참 좋은 일' 한다고 칭찬도 꼭 덧붙였다. 그리고 여자의 '좋은 일'은 곧장 맨션에 퍼졌다. 어떤 이웃은 파출부에게 할 일을 지시하고 에어로빅 가는 길에 들러, 금년 크리스마스에 위문 가자고, 아이들 데리고 그런 데 위문 가면 정말 좋은 교육 될 거라고, 그까짓 거 아이가 몇 명이나 되는지, 과자 봉투는 자기가 맡겠다고 하였다.

그 여자는 일단 고맙다고, 연락하겠다고 말해서 이웃을 돌려보냈다. 문득, 저런 극성한테 이 재미를 빼앗기는 거 아닐까? 하는 언짢은 예감이 스쳤기 때문이었다.

어떤 이웃은 지난 연말에 들어온 선물에 이런 구질구질한 게 다 있더라고 얼굴을 실룩거리며 값싼 치약·비누·로션 따위를 한 상자 가져다 놓고 갔다.

그 여자는 이웃들이 각종 종이봉투에 미어지도록 담아온 '남는 것', '헌것' 따위들이 자신의 응접실 구석을 채워가자 갑자기 욕지기가 났다. 그 여자가 차지하고 싶은 재미는 결코 이런 구질스런 부담까지 지는 건 절대로 아니었다.

그만 받겠다고 할까? 이번은 마감되었다고 게시판에 써붙일까?

그 여자는 이런 생각을 하면서, 술안주거리와 아이들 도시락 반찬거리를 사러 시장으로 갔다. 집 근처엔 작은 구멍가게들뿐이라 택시를 타고 댓 정거장 떨어진 큰 시장으로 갔다, 슈퍼마켓과 수입 상품 코너가 따로 여러 개 있어서 자주 오는 곳이었다.

우선 통에 든 땅콩과 해바라기 씨앗, 치즈와 피클, 햄과 소시지, 식용유와 간장을 샀다. 식품은 외제를 먹어야 한다는 게 건강을 지키는 그 여자의 비결이었다.

십만 원짜리 자기앞 수표를 주고 거스름을 받았다. 자투레긴 빼드렸어요. 여자가 2백 원 깎아준 걸 이렇게 말하였다. 그 여자는 배달을 한 시간 후에 하도록 이르고 나왔다.

건물 앞에 할머니가 머위를 껍질 벗겨 팔고 있었다. 그 여자는 문득 시골 외가에서 먹어 본 머위볶음을 떠올리고 한 다발 샀다.

오백 원 한 다발이 우스웠다.

"할머니, 좀 더 넣으세요."

여자가 짜증스레 말했다. 할머니가 두세 가닥을 더 집어넣었다.

"그게 뭐예요! 겨우 그거 더 넣으세요?"

여자가 이렇게 불평을 하자, 할머니가 구릿빛으로 그을린 주름진 얼굴을 추켜들고,

"이거 봐, 애기 엄마! 여기 이 자리에 한 시간만 앉아 있어 볼래? 세상맛 좀 알 테니까!"

하고 소리쳐 말했다. 여자는 기가 질려 도망치듯 걷는데,

"콜라값은 한 푼 못 깎는 것들이…."

하는 할머니의 말소리가 그 여자의 귀에 총알처럼 꽂혔다.

봉사를 즐기는 김 여사

"여보, 나 오늘 좀 늦을 거예요."

해장국 끓여내는 데 도가 튼 김 여사가 자신이 끓여준 북엇국을 사발로 들이켜는 남편 앞에서 콧소리 섞인 목소리로 말했다. 남편은 아내의 말뜻을 알아듣지 못한 얼굴로 뻔히 아내를 쳐다보다가 덜 익은 동치미 국물을 떠먹었다.

"오늘 원호 병원에 가는 날이라구요. 환자들 위문 가는데, 연말이라 위문품을 나눠줄 거거든요. 오전에 주머니 만들구 오후에 들렀다가 저녁 먹기루 했거든요. 망년회지 뭐."

김 여사가 엉기는 말투로 지껄이는데 남편은 가소로운 낯으로 힐끗 쳐다보았다. 그는, 여편네라는 게 바깥바람을 자주 쏘이는 게 좋지 않은데, 라고 생각하였다. 그러나 아주 나쁘지만은 않았다. 어떻게 길을 텄는지 봉사 다니면서 낯색도 밝아졌고 바가지도 긁지 않는 것이었다.

"애들만 둘 거야?"

남편이 말했다. 그는 물로 입가심을 해서 삼켰다.

"다 컸는데 어때우? 젖먹이 두고 나오는 여자두 있습디다. 여자라구 집에만 있을 게 아니라구요. 세상을 알아야지요. 나부터도 사회활동을 하니까 몸이 다 가볍구 보람을 느껴요. 세상에 불쌍한 사람들이 너무 많다구요. 너무 너무 불쌍해.”

김 여사는 여기까지 얘기하다가 뇌성마비 아이들, 양로원, 고아원 따위가 머릿속에 떠올라 입을 그만 다물었다. 요새는 산부인과도 많고 피임 도구도 발달했는데, 미혼모가 버리는 아이가 그렇게 많다는 게 이해가 가지 않았다.

“저녁만 먹구 곧장 들어오라구!”

남편이 출근길에 명령하였다.

“당신이나 일찍 들어오구려, 맨날 늦으면서.”

김 여사는 현관에서 투정부리며 눈까지 하얗게 흘겼다.

남편이 나간 다음, 김 여사는 상상도 하지 못한 쾌감이 가슴속에 번지는 걸 느꼈다. 저녁만 먹구 곧장 들어오라구! 남편한테 이런 말을 듣다니. 세상에, 들어오는 거 신경 쓰는 건 여자만 하는 게 아니로군. 그야 그렇겠지, 남녀평등인 시대인데.

김 여사는 고소하고 즐거웠다. 이 즐거움을 사방에 자랑하고 싶어졌다. 그러나 시간이 없었다. 자원봉사를 다니기 시작하면서 옷도 사들였고, 화장도 구색 갖춰 하기 시작했다. 옷을 한 벌 사니까 구두와 가방을 자연히 사게 되었고, 머리 만지러 미장원에 다니게 된 것이다. 한두 푼 아끼려고 남편 양말 목 늘어난 것만 신던 여자가 지금은 옷에 맞춰 스타킹 색깔도 바꾸었다. 남편이 월급 잘 타다 주니까. 계 탄 것 한 모퉁이 헐어 쓰면 어때…. 이윽고 김 여사는 반 년 만에 이웃이 놀라도록 멋을 부리게 되었다.

그는 여학교 때 반장 후보에 오른 적이 있던 것을 반장을 맡은

적 있다고 했으며, 중퇴한 대학은 졸업이라고 우겼다.

파출부가 오자마자,

"아줌마, 알아서 해. 나 오늘 사회봉사하러 가는 날이야."

하고 줄달음쳐 집을 나섰다. 미장원에 들렀다 나가면 택시를 타
도 약속 시간까지 가지 못할 지경이었다.

김 여사는 꼭 이십 분 지각이었다. 들어서는 그에게 누군가가 귀
부인 행차라고 비아냥거렸다. 그런데도 김 여사는 제 기분에 들떠
서 싱글벙글 받아주었다. 위문품 주머니는 하나에 삼천 원 꼴로 채
워 넣었다. 사탕, 과자, 빵, 우유, 감귤 따위를 넣었다.

점심은 여분의 빵과 우유로 때웠다. 저녁을 호텔에 예약해 두었
기 때문이다. 회원들은 차라리 굶는 게 낫다고 떠들었다. 뷔페는
무조건 들락거리며 퍼다 먹어야 한다고, 그게 세련된 것이라고.

그들 일행이 병원에 도착하자, 미리 대기하고 있던 간호과장과
원무과장 등 허여멀건 얼굴을 한 몇 사람이 굽신거리며 맞이했다.
회장이 그들과 절차 따위를 의논하는 동안 회원들은 병원을 여기
저기 기웃거렸다. 그들의 태도는 종(種)이 다른 동물들같이 병원의
사람들과 겉돌았다. 푸른 작업복을 입은 잡일꾼들은 봉사대원들
이 가져온 위문품 상자를 날랐다.

전직 교사 출신인 회장이, 위문품을 그냥 던지고 가는 것보다 회
원들이 일일이 나눠주는 게 더 '아름답겠다'고 말했다.

그들은 일 층과 이 층으로 조를 나눠서 병실을 다녔다. 김 여사
는 이 층이었다. 수십 년 가까이 된 어떤 정치적인 사건 때 총 맞은

상처가 전혀 아물지 않고 다리가 조금씩 썩어 들어가서 자르고 자르다가 뿌리만 조금 남은 환자. 척추를 다쳐 전신이 마비되어 송장처럼 누워 지내는 너무 잘생긴 청년 환자. 암환자, 결핵환자, 신장염 환자… 환자… 환자…. 그들은 삼천 원짜리 주머니를 나눠주고 자기들보다 어린 환자에겐 머리도 쓰다듬어주며 '희망을 가져라.' '용기를 잃지 말아라.' '하느님을 믿어라.' 등등의 얘기를 떨리고 정감 흐르는 말로 해주었다. 어떤 심성 여린 회원은 쿨쩍쿨쩍 울면서 눈화장이 지워질까 봐 휴지로 조심스럽게 눈물을 찍어내기까지 하였다. 어떤 회원은 몸이 썩어 들어가는 환자 앞에선 끔찍해 숨어 버렸다.

회장이 섞여 있는 조에선 병원의 사진사가 봉사하는 광경을 찍었다. 병원 입구 벽보판에 붙일 뿐 아니라 병원 신문에 보도할 것이라고, 나중에 회장이 흥분해서 벌건 얼굴로 설명하였다.

위문품을 나눠주고, 회원들은 병원 간판 앞에서 기념사진을 찍었다. 병원 원장과 간부들이 함께 끼여서 기념을 남겼다.

그들은 타고 온 차에 올라서 병원을 떠났다.

어떤 회원은 휴우, 한숨을 내쉬었다.

"인생은 고해라니까요."

누가 말했다.

"난 구역질이 날 것 같더라구. 그래가지구두 사는 게 본인한테 좋을까요?"

"요샌 위문품 가져오는 데도 드물다는데 세상이 야박해졌나 봐요."

"난 보람을 느껴요. 사람은 사랑을 베풀어야 한다구 어떤 시인이 그랬던 것 같아요."

"그런데 환자들은 우릴 반기는 것 같지 않더라구. 선물이 초라해서 그럴까요?"

"자기들 신세가 그런데 누굴 반길 여유나 있겠어요? 마지못해 숨쉬고 사는 걸 텐데요."

"아무튼 금년의 봉사활동은 유종의 미를 잘 거둔 거라구요. 회원 여러분은 자부심을 가지십시오. 우린 사회에 봉사하고 지내는 여성들입니다. 집에서 빨래나 하고 밥이나 하는 기계가 아니라구요. 여성의 종속적 삶의 방식을 청산합시다…."

회장이 즉석 연설을 해서, 회원들이 구구한 감상을 정리하였다. 종속이라…. 김 여사는 그 낱말을 붙잡았다. 지난번에도 회장이 종속 어쩌고 해서 신경이 쓰여 집에 가서 사전까지 찾아보았건만 이내 잊어버린 것이었다. 김 여사에겐 그 말이 아주 유식하게 느껴져, 자신도 자주 그 낱말을 들먹이고 싶었다.

"회장님, 그거 결정하셨어요?"

총무가 말했다. 회원들이 뭐야, 뭔데? 하고 궁금해하였다.

"아이, 총무님두, 별걸 다 기억하시네. 글쎄 난 정계에까지 진출할 생각은 없거든요. 여성은 여성의 '아름다움'을 최대한으로 살려서 '어머니 같은' '아름다운 봉사'를 하면 된다고 생각하는데…."

지금 회장이 내숭을 떤다는 것은 그의 어색한 표정으로 여지없이 드러났다.

"여당 쪽에서 들어오라니 안심은 되는데…."

"그럼요. 선거에서 여당이 져본 적이 있나요? 그냥 들어오랄 때 들어가세요. 나중에 국회에 나가게 되면 그때두 우리 만나주시구요."

총무가 말했다.

그들이 회장의 국회 진출까지 들먹이며 마구 떠들 때, 차가 호텔에 닿았다.

"어머머, 삼천 원짜리 봉사하구 우린 뷔페 먹구 죄 안 받을까?"

어떤 회원이 나직이 속삭였다.

"왜 이렇게 촌스러울까. 그러니까 남녀평등이 안 된다니까. 불우 이웃 성금 모금도 다 호텔에서 밥 먹으며 걷는다구요. 고아 돕는 무슨 회니 하는 거 일류 호텔에서 해요. 그거 몰라요?"

밍크 목도리를 두른 회원 하나가 눈망울을 마구 굴리며 말했다.

또 다른 힘

나머지 두 소년범까지 기소 처분하고 나서 김 검사는 오후 일을 모두 마쳤다. 기지개를 켜고 담배를 피워 물었다. 왼쪽 골이 지끈지끈 쑤셨다. 이 편두통의 증세는 지난달부터 거의 매일같이 그를 괴롭히고 있다. 약을 먹어도 잠깐뿐이고, 이젠 그 잠깐의 효력도 없어져버렸다. 그는 기다랗게 타 내린 담뱃재를 재떨이에 떨어뜨렸다. 지나치게 긴 담뱃재는 대여섯 개의 꽁초들 위에 모양 그대로 내려앉았다. 그는 무심히 그 2센티미터는 됨직한 재의 몸을 바라보았다.

그러다가 그는 자신도 모르게 재떨이로 고개를 가까이 가져갔다. 재는 이상했다. 그것은 살아 있는 것처럼 보였다. 틀림이 없었다. 눈도 가졌고 심장도 가졌고 혼마저 가진 생명체로 느껴졌다.

그는 가슴이 서늘해지는 걸 얼핏 느꼈다. 음산한 느낌이었으나 별로 대단치 않게, 그 느낌을 모르는 체해 버렸다. 그러나 그는 불쾌했다. 그는 순간적으로 사라져버린 담배맛 때문에 곧바로 반 이상 남은 담배를 비벼 꺼버렸다. 재는 꽁초에 짓이겨 모양이 없어졌다.

그는 잠시 멍청해졌다. 이제 무엇을 헤야 할는지 도대체 생각이 나지 않아서였다. 그러자 그는 목덜미가 뻣뻣하게 당긴다는 걸 알아냈다. 손으로 목을 여러 번 두들겨 주었다. 그리고 목을 휘둘러 가벼운 운동을 했다.

그는 퇴근 준비를 하고 나서, 사무실 문을 열려다 말고 다시 책상 앞으로 다가갔다. 수화기를 들고 다이얼을 돌렸다. 발신음이 여섯 번이나 울려서야 그쪽 수화기가 들려지는 소리가 났다.

"왜 이렇게 늦게 받지요?"

아내의 음성을 듣자마자 그는 따져 물었다. 그의 음성은 첫소리가 나면서도 칼로 토막쳐 낸 듯 말마디가 분명했다.

"둘째가 또….."

아내는 겁이 잔뜩 난 음성으로 조그맣게 떨면서 말했다.

"또 아파요?"

"네. 오후부터 다시 열이 오르고 발진이 심해지지 뭐예요. 온몸에."

"의사한텐 보였소?"

"전화만 걸었어요."

"가보지 않고 전화만 해서 됩니까?"

"지금 가려던 참이었어요."

"좀 잘 봐달라고 해요. 의사라는 게 뭘 하나 제대로 고치지 못하고….."

"같은 소리만 되풀이하잖아요."

"알겠어요! 난 오늘 동창 모임이 있으니 좀 늦을 겁니다."

그는 아내의 대꾸도 듣지 않고 수화기를 내려놓았다. 의사에 대해 그는 분개하기 시작했다. 도무지 무능력하고 무책임해 병을 보일 수가 없는 게 의사들이라고 욕을 했다. 의학 공부를 하지 않은 게 원통할 지경이었다. 그는 자기가 동원할 수 있는 욕을 다 끌어모아 의사들을 경멸하며, 기다란 복도를 지나 엘리베이터를 지나쳐 다섯 층의 계단을 밟아 내려왔다.

밖은 아직 한낮이었고 뜨겁기는 여전했다. 하순이긴 하지만 명색이 아직 5월인데 복더위를 뺨치는 날씨가 요 며칠 계속되고 있었다.

빈 택시 하나가 그의 신호를 무시한 채 그냥 달아나버렸다.

택시 정류장에는 러시아워의 승객들이 줄을 지어 서 있었다. 그는 줄의 마지막에 가서 1분쯤 서 있다가 그냥 걸어서 가기로 작정했다.

그가 약속 장소에 도착한 것은 만나기로 한 시간보다 30분이나 지나서였다.

모인 사람들은 김 검사의 지각을 놀라워했다. 수없이 계속되어 온 모임이지만 시간을 어긴 것은 이번이 처음이기 때문이었다. 그는 학교 때부터 시간약속을 잘 지키기로 정평이 나 있는 터였다.

"날씨만 이변인 게 아니로군 그래."

들어서는 그를 향해 박 대리가 농을 던졌다. 박은 법률을 전공했으면서 은행에 들어가 대리가 되어 있는 친구다.

"안색이 안 좋은데."

"일이 많은 모양이야."

몇이 더 말을 걸었다.

"거 뭐 슬슬 하라구. 웬만한 건 풀어주구. 다 사람 살자는 세상인데 팍팍하게 하지 말구, 안 그래? 김 형."

그는 말하는 친구를 향해 쓰디쓰게 웃었다.

"저 친구야 집어넣는 게 직업이 아닌가."

다른 친구가 말했다.

"그러지 않아두 죽을 지경일세. 애들이 번갈아 가며 계속 병갈이를 하니…"

그는 얼굴을 찡그렸다.

이미 술판은 궤도에 올랐다. 그는 열심히 술잔을 비워 냈다. 술은 기분 나쁘게 쓰고 입 안에서 거부 반응을 일으켰다. 그래도 그는 계속 마셨다.

그는 지능지수가 140인 수재다. 고시에 합격하던 해, 그는 최연소였고 최고 득점이었다. 그는 그가 속한 그룹에선 언제나 최고였고, 그가 하는 일은 늘 정확했다. 그는 모범학생으로 유년과 소년기를 보냈다.

그의 정확성은 때때로 비정해 보일 지경이었다. 그의 첫 번째 아내에 대한 처사도 나무랄 수는 없지만, '나무라지 않을 수 없는' 그런 성질의 것이었다. 그의 정확성이라는 게 대체로 그런 투다. 가령 그에게 붙여진 별명을 보아도 알 수 있다. 차돌박이니 오뉴월 추상이니 식칼이니 하는 따위가.

그에게 넘겨진 사건이 불구속 처리되는 일은 거의 없다. 그는 잡아넣기 명수로 알려져 있고, 그에게 걸리면 용·빼는 재주도 별수 없다는 소문이 돌 만큼 그는 범인에 대해 냉혹한 편이다.

그도 그럴 것이, 죄를 짓는 것이 나쁘고 벌을 받아 마땅하다는 게 그의 생각이다.

그의 첫 번째 아내는 매력적인 여자였다. 둘은 대학 시절에 만나 몇 년 동안 연애를 했고, 때가 되어 결혼을 했다. 그가 그녀와 이혼을 하기로 결심을 내린 건 결혼한 지 석 달 만이었다. 김 마담이 보낸 화려한 무늬의 넥타이가 문제의 발단이었다. 김 마담은 김 검사뿐 아니라 그 집 단골 고객에게 연말 선물로 넥타이를 보냈다.

그의 아내는, 남편이 선물을 자랑하며 넥타이를 매자 그 선물의 출처를 묻고 그가 김 마담에 대해 얘기했을 때 몹시 화를 냈다. 그녀는 남편에게서 넥타이를 빼앗으려 했다. 남편은 지지 않았다. 둘은 넥타이를 잡고 실랑이를 벌였다. 그러다가 마침내 여자 쪽에서 이겼다. 남편은 그 싸움에서 흥미를 잃었기 때문이었다. 넥타이를 차지한 아내는 남편 앞에서 넥타이를 토막내기 시작했다. 그녀는 살기를 띤 눈으로 가위질을 하였던 것이다….

남편은 그날로 집에 돌아오지 않았고 그가 사흘 후에 돌아왔을 땐 이혼장이 들려 있었다. 아내는 물론 반성했고 후회했고 통곡했지만 남편은 완강했다. 그는 냉혹했다.

그는 몇 달 후 지금의 아내와 재혼을 했다. 아이 둘이 번갈아 가며 아프기 시작해서 그러지 않아도 우울해 보이는 얼굴의 아내를 더욱 찡그리며 지내게 한 것은, 그가 유능한 검사로 불리기 시작한 것과 때를 같이했다. 그것은 아주 우연한 일치였다.

만 2년 된 딸과 10개월 된 아들아이가 병치레로 날을 보내서 집에 가도 그는 즐겁지가 않았다. 늘 짜증이 났고 중매로 결혼한 부부 사이는 애정이 없는 것이나 다름 없었다.

두 사람은 고정된 부부 사이의 예의와 질서, 그리고 명령 계통에 어긋남이 없도록 서로 노력하는 관계에 지나지 않았다.

1차가 끝났을 때, 바쁜 일이 있다는 최가와 맹가만 빠지고 나머지는 다시 2차로 갔다. 2차는 맥줏집으로 정해졌다.

맥줏집에서 김 검사는 폭음을 했다. 대부분 샐러리맨인 그들은 금요일이라는 이유만으로도 마냥 기세가 등등했다.

"검사 집어치우라구!"

무슨 말 끝엔가 박 대리가 소리쳤다. 그의 혀는 형편없이 꼬부라져 있었다.

"그거 안 해두 먹고살 순 있잖아."

박이 다시 꼬부라진 소릴 냈다.

그는 듣고만 있었다.

그들 맞은편에선 두 패로 나뉘어 한쪽은 와이담을 나눴고, 다른 한쪽에선 호스티스를 희롱하고 있는 중이었다.

"자네 집구석에서 우환이 떠나지 않는 게 다 자네 탓이라구!"

박이 짐짓 눈을 부라리며 소리 질렀다.

"야아, 느그덜 잘하면 쌈박질 나겠다야아."

"박 가야, 너 들어가지 못해 환장했구나."

앞자리의 두엇이 농지거리로 끼어들었다.

"이봐, 박 형. 집에 가서 후회하려고 그래? 말 함부로 한 거."

김 검사는 싸늘한 목소리로 말했다. 그는 자기의 비운 잔을 박에게 넘겼다. 술이 머리 끝까지 올랐음에도 그는 박의 술잔에 알맞은 분량을 차분하게 따랐다.

"이 쌍놈아! 내가 다 네놈 위해서 하는 소리다! 이 개같은 놈아! 소문이 어떻게 도는지 아냐? 네놈이 사람 잘 잡아넣는 걸로 유사 이래 처음이라더라. 이놈아!"

박은 정말 취한 것 같았다. 그는 말을 게워 놓은 것이었다.

김 검사는 싸늘하고 쓰게 미소지었다.

"나는 마지막까지 정확하게 살 거야. 이제까지 그랬어. 무력한 감상에 빠지는 걸 경멸하니까. 난 감정으로 일을 처리해 본 적은 없다!"

그가 말했다. 아주 단호하게.

열한 시가 넘자, 홀 여기저기의 테이블이 비고 붉은 등도 꺼졌다. 그들은 대부분 흐물거렸다.

김 검사는 박을 그의 집까지 태워다 주고 자기 집으로 갔다. 그가 대문을 들어서자 응접실의 괘종시계가 열두 시를 알렸다.

그는 잠자리에 들기 전, 잠든 아이들의 얼굴을 보았다. 열 달 된 생명체는 고통스럽게 얼굴을 찡그리고 잠들어 있었다. 아이의 얼굴과 팔에 좁쌀만 한 크기의 두드러기가 심하게 돋아나 있었다. 그는 비참한 기분에 빠졌다. 뭐가 뭔지 알 수가 없었다. 그는 샤워를 하고 주무시라는 아내의 권고도 들은 척 만 척이었다.

아무렇게나 옷을 벗어 던지고 이불 속에 들어갔으나, 잠이 보채여서는 아니었다. 그의 정신은 갈수록 맑아졌다.

그는 문득 소년범들을 생각했다. 추호의 망설임도 없이 기소처분을 내린 소년범들이 갑자기 떠오른 까닭에 대해서 그는 알지못했다.

어머니께 점심을 대접하지 못한 소년이 어느 부유한 가족의 점심 보따리 속에서 빵과 음료수 한 병을 훔친 것에 대해 그는 분개했던 것이다. 소년은 어느 자그마한 기업체의 봉제부 견습공이었고, 한 달 급료는 2천 4백 원이었다.

소년이 취직한 아들을 보러 상경한 노모(老母)를 위해 창경원으로 갔다가 우연히, 무심결에 도둑질을 했다.

김 검사는 '도둑질'에 대해 단죄하기를 서슴지 않았다.

철원에서 중학교 3학년을 다니다가 집안 형편이 여의치 않아 가출한 소년이 왕십리 맥주홀에 취직을 했다. 소년은 돈을 벌어 학비를 마련하면 다시 고향으로 갈 막연한 희망을 가지고 있었다. 맥주홀에서의 일은 야비하고 치사했다. 그런데도 한 달이 지나고 두 달이 되어도 급료를 받지 못했다. 소년은 집에 가고 싶어, 서울이 싫어, 젊은 지배인이 잠든 사이 그의 양복저고리에서 2천 3백 원을 훔쳐 달아나다가 붙잡혔다.

소년은 짐승처럼 울었지만 그는 단죄하기를 주저하지 않았다.

그는 새벽 두 시가 훨씬 지나서야 겨우 어설픈 잠에 빠졌다.

이로부터 얼마 후, 그는 조금씩 달라져 가기 시작했다. 그는 몇 건의 사건들을 불기소 처분했다.

이런 일은 날이 갈수록 더했고, 그는 사건에 대해, 그리고 사건에 얽혀 있는 삶에 대해, 인생에 대해 측은한 감정을 가지기 시작했다.

이런 변화에 대해, 처음엔 스스로 자괴(自愧)의 감정에 빠지기도 했지만 그는 계속 변화 쪽으로 기울어졌다.

더욱이 이상한 것은 그의 편두통과 뒷목줄기가 당기는 증세가 없어진 점이다.

이러던 어느 날 밤, 그의 아내가 묘한 고백을 했다. 아내는 남편의 눈치를 살피며 조심스럽게 이야기를 꺼냈다.

"당신 용서해 주시겠죠? 꼭이에요, 네? 정말 약속해요. 화 안 내시겠다고. 양품점 하는 경희가 뚝섬 쪽에 용한 점쟁이가 있다고 자꾸 가보자는 거예요. 아이들 병이 그치지 않으니 한번 물어보라잖아요. 점쟁이가 뭐랬는지 알아요? 당신 화내시지 마세요. 저어, 당신보구 착한 일을 많이 하시래요. 그러면 아이들이 복 받는다지 뭐예요…."

그는 아내의 말이 조심스럽게 끝나자마자 쿡, 하고 웃었다. 그냥 쿡, 한 번 웃었다. 그리고 아내의 얼굴을 들여다보았다.

갑자기 아내가 소중하게 여겨졌다. 그는 새로운 열정을 가지고 아내를 끌어안았다….

그는 자기 자신에 대해 생각했다. 140의 지능 지수와 탁월한 법률 지식, 한 직업에 충실한 태도에 대해.

그는 자기가 가진 모든 것에 대해 복받치는 자만심을 가지고 있었고, 실상 그것은 억지에 지나지 않다는 걸 어렴풋이 깨닫기 시작했다.

그는 그의 능력이나 권위와 지식이 전혀 미칠 수 없는 '불확실하지만 확실한 어떤 힘'에 자기를 내맡기리라고 생각했다. 그 힘의 정체가 두뇌와 지식으로는 도저히 규명해 낼 수는 없다 할지라도 반드시 존재하는 것처럼 여겨져서….

두고 보자 대머리 잭

"아직 안 일어났니?"

엄마가 소리쳤다.

"몇 신데?"

영희는 오뚝이처럼 일어나 앉으며 말했다. 그 바람에 옆에서 잠자던 동생 영애도 부스스 눈을 떴다.

"엄마 몇 시야?"

영애가 이불을 걷어내는 엄마에게 어리광 부리는 말투로 물었다.

"몰라! 늦었단 말야!"

시계를 보고 영희가 팔딱팔딱 뛰면서 베개를 내던졌다.

"왜 이렇게 늦게 일어났어? 시계 안 맞춰 놨니?"

"저게 눌렀잖아! 이리 와. 너! 책임져! 난 주번이란 말야. 어떡해!"

영희는 시험이 끝나서 빌려온 만화책을 읽다가 늦게 잠들었다. 잠자리에 들면서 시계를 일곱 시에 맞춰 놓았다. 그런데 영애가 잠결에 눌러버린 것이었다. 영애는 시계가 오래도록 울려도 언니가 일어나지 않아 시끄럽다고 꼭 눌러버렸다.

영희는 한바탕 소란을 피우고 세수만 겨우 하고 집을 나갔다. 화가 나서 도시락도 가져가지 않았다.

"도시락 가져가라."

엄마가 주머니를 들고 현관에서 말할 때,

"사발면 사먹을 거야!"

소리쳤던 것이다.

아침에 진을 빼서 영희는 오전 내내 정신이 없었다. 더욱이 물 한 모금 안 마신 빈속이었다.

점심시간에 천 원짜리 한 장을 들고 매점에 갔다. 용돈 받을 때까지 열흘은 남아서 비상금으로 간직한 돈이었다. 영희는 우유와 크림빵 하나를 샀다. 거스름돈을 받고 돌아서는데 어떤 오빠와 눈이 마주쳤다. 그는 3학년으로 보였다. 오빠가 바짝 다가왔다. 손을 내밀었다. 이런 얘길 많이 들어 보았지만 이렇게 당하다니. 영희는 마구 떨려서 거스름돈을 오빠의 손에 전부 내주고 달아났다.

"말하지 마!"

영희는 교실에 가서도 날라리 오빠의 이 말소리가 귀에 쟁쟁거려서 빵맛도 느끼지 못하였다.

다섯 번째 시간은 담임인 대머리 잭의 수학시간이었다. 영희는 숙제를 미처 끝내지 못해 부리나케 문제를 풀었다. 대머리 잭은 숙제 검사를 빼먹지 않는 선생님이었다.

"최영희!"

책을 펴 들고 설명을 하던 대머리 잭이 소리쳤다. 영희는 알아듣지 못하였다.

"이 분단! 셋째 줄! 왼쪽!"

대머리 잭이 소리쳤다. 그 바람에 영희도 흠칫 고개를 들었다. 옆의 친구가 툭 쳤다.

"너! 최영희, 뭐 하시는 거야?"

대머리 잭이 빈정거리는 말투로 말했다. 영희 친구들은 대머리 잭의 빈정거리는 말투에 질색했다.

"에이, 또 지랄하네."

영희는 고개를 숙이고 저도 모르게 이렇게 중얼거렸다. 영희 앞으로 다가오던 대머리 잭이 그 중얼거림을 알아들었다.

"오라, 너였구나. 욕을 잘하네."

대머리 잭이 중얼거렸다.

"일어섯!"

그가 호령했다.

붉어졌던 영희의 얼굴이 하얗게 질렸다.

대머리 잭은 서슬이 퍼랬다. 영희네 반 아이들은 담임이 무엇 때문에 이렇게 화가 났는지 이해할 수가 없었다.

영희는 겁에 질려서 고개를 숙이고 대머리 잭의 교탁 옆에 섰다.

"네가 여학생이야? 어디서 그따위 욕을 배웠어!"

대머리 잭이 영희의 뺨을 때렸다. 그는 쫙 편 손바닥을 부채질하듯이 영희의 뺨을 때렸다. 그 모습을 보고 있던 아이들 속에서 놀라고 안타까워하는 비명 소리가 가늘게 들려왔다.

"내 서랍에 욕을 써넣은 게 너지!"

대머리 잭이 뺨을 때리며 소리쳤다.

영희는 수치심과 두려움 때문에 입이 열리지 않았다.

"빨리 말해! 바른대로 불어!"

"잘못했어요. 선생님. 용서해 주세요."

영희가 울면서 말했다. 영희는 우선 이 두려운 순간에서 벗어나고 싶었다. 그래서 무조건 잘못했다, 용서해 달라 말한 것이다.

"다시 한번 그따위 짓을 했다간 용서하지 않겠어!"

대머리 잭이 소리쳤다.

그리고 그는 영희에게 들어가 앉으라고 하였다.

대머리 잭은 지난 토요일 오후, 반 아이들이 모두 돌아가고 난 다음 자신의 책상을 정리하려다가 여러 번 접힌 이상한 쪽지 몇 개를 발견하였다. 그는 쪽지를 쓰레기통에 버리려다가 문득 호기심이 들어 펴 보았다.

햇볕에 구울까 대머리에 구울까.

떴다떴다 XXX 보인다 대머리.

쪽지에는 이런 글씨가 쓰여 있었다.

대머리 잭의 손이 부들부들 떨렸다. 그는 우선 남학생도 아닌 여학생 교실에서 이런 쪽지가 나왔다는 게 놀랍고 화가 났다.

이날 수업이 끝났을 때 미정이와 명혜가 영희에게 왔다.

"영희야 미안해."

명혜가 말했다. 영희는 아직도 조금 부어보이는 뺨을 손으로 가리며 쳐다보았다.

"왜?"

"우리가 잘못했어. 정말 미안하다, 영희야."

미정이가 영희의 등에 손을 얹으며 말했다.

영희는 알 수 없어서 눈을 휘둥그레 뜨고 두 친구를 번갈아 보았다. 다른 아이들이 이들 주위로 모여들었다.

"사실은… 우리가… 그렇게 했단다…."

명혜가 낮은 소리로 말했다.

"지난 토요일에 우리가 주번이었잖아. 심심해서 쪽지에 욕을 써서…."

미정이가 사정을 설명하였다. 그 얘길 듣던 아이들이 고개를 끄덕이며 그래서 대머리 잭이 그렇게 지독하게 화를 내었구나, 수군거렸다.

"네가 우리가 한 짓을 뒤집어쓰고 맞을 때… 정말 괴로웠어. 일어나서 우리가 했다구 말해야 했는데… 선생님이 너무 화가 나셨기 때문에… 미안해 영희야. 용서해 줄래? 우리가 지금 선생님한테 가서 사실을 밝힐게, 미안해."

명혜가 이렇게 말하자 갑자기 영희가 흐느껴 울기 시작했다.

"미안해. 용서해 줘."

명혜와 미정이가 말했다. 그리고 그들도 울먹이고 눈물을 흘렸다.

영희가 고개를 끄덕거렸다.

"울지 말아라. 그만 울어."

친구가 말했다.

그러나 영희는 자신도 걷잡을 수 없는, 또한 까닭도 모르게 눈물이 하염없이 솟구쳐서 울지 않을 수 없었다.

이날 밤, 영희는 대머리 잭처럼 머리가 허옇게 벗겨지고 반들거리는 괴물한테 쫓기는 꿈을 꾸었다. 솥뚜껑 같은 손을 추켜들고 어기적어기적 다가오는 모습이 꼭 시커먼 비구름마냥 덮쳐 오는 느낌이었다. 괴물이 손 하나만 내려찍어도 영희는 손아귀에 으스러질 것만 같았다.

영희는 죽을힘을 다해 도망치려고 애썼다. 그러나 발이 잘 움직여지지 않았다. 그래서 마구 몸부림치고 신음을 내뱉었다. 잠결에 놀라 깬 영애가,

"언니! 언니! 왜 이래!"

하고 영희를 흔들었다. 그러나 영희는 깨어나지 않고 죽은 듯이 고요히 잠을 잤다.

아침에 눈을 뜨자마자 영희는 가위눌리던 꿈이 생각나, 아직도 놀란 얼굴로 한동안 멍하니 앉아 있었다.

"언니 밤에 왜 그랬어? 꿈꿨지?"

영애가 물었지만 영희는 대답하지 않았다. 그저 학교에 가기 싫었으며, 대머리 잭을 봐야 한다는 것이 소름 끼쳤다. 하지만 하는 수 없이 집을 나섰다. 정말 이렇게까지 학교에 가기 싫은 건 여태 처음 있는 일이었다.

대머리 잭은 학교에서 제일 인기 없는 선생님이었다. 그는 화가 나면 학생들을 때리는데, 보통 주먹 쥔 손을 날려서 주먹을 맞은 아이가 두어 발짝씩 날아갈 정도였다. 그래서 이마가 벗겨진 걸 빗대어 '대머리 잭'이라는 별명을 붙였다.

대머리 잭은 월요일 오후에 명혜와 미정이로부터 사건의 진상을 듣고 곧장 영희에게 지나쳤다고 생각하였다. 그러나 그는 곧 이런 모든 것을 잊어버렸다.

영희는 대머리 잭을 쳐다볼 수가 없었다. 그의 목소리만 들어도 그날 수업 시간에 불려나가 마구 뺨을 맞던 생각, 네가 여학생이냐던 모욕적인 말투들이 떠올라서 소름이 끼칠 지경이었다.

"대머리 잭이 사과했니? 사과했지?"

친구들이 영희에게 물어보았다.

"아니, 사과하지 않았어."

영희가 대답했다.

"어머, 나쁘다. 사과하지 않다니. 너무했어…."

친구가 말했다. 이것은 모든 아이들의 생각이었다.

며칠이 지났다.

종례를 하고 돌아가려는데 대머리 잭이 영희를 불렀다. 영희는 빈 교실에 대머리 잭과 단둘이 남아 있기가 싫었으나 어쩔 수가 없었다.

"나한테 무슨 불만 있니?"

대머리 잭이 영희와 단둘이 있게 되자 이렇게 물었다.

영희는 고개를 숙인 채 아랫입술을 깨물었다.

"요즘 불만이 가득한 얼굴인데… 나한테 할 말 있으면 해봐!"

대머리 잭이 무뚝뚝하게 말했다. 그의 말투는 언제나 이랬다.

"말로 할 수 없다면… 좋아, 요구 조건을 글로 써와! 알았지?"

"……"

"나하구 앞으로 잘 지내려면 써오라구!"

대머리 잭이 말했다.

'불만이 있느냐?'

'요구 조건이 있으면 말하라구?'

영희는 대머리 잭의 이런 말들을 어지럽게 떠올리며 걷다가 하마터면 전신주에 부딪칠 뻔하였다.

영희의 어머니는 영희에게 어디 아프냐, 학교에서 기분 나쁜 일이 있었느냐, 무슨 걱정거리 있으면 엄마한테 말하라고 자꾸만 채근했다.

그러나 영희는 자신의 기분을 어머니에게 설명할 수가 없었다. 다만, '앞으로 잘 지내려면'이라는 대머리 잭의 말이 걸렸다. '잘 지내려면'이라구? 영희는 기분이 나빴다. 선생님이면 학생한테 협박

해도 좋단 말인가?

하지만 무엇이든지 요구 조건을 써가야 할 것만 같았다. 그러나 책상 앞에 앉으면 쓸 것이 아무것도 떠오르지 않았다.

더욱이 영희는 대머리 잭과 '잘 지내고' 싶지가 않았다. 빨리 1학년이 지나가고 담임이 바뀌기만 바랐다. 달리 방법이 없었다.

영희는 남아 있는 달들을 손가락으로 꼽아 보았다.

며칠이 지났다.

대머리 잭이 영희를 교무실로 불렀다.

"요구 조건 써왔으면 내놔!"

"안 썼어요."

"왜 안 써?"

"쓸 말이 없어서요."

"그래?"

대머리 잭이 야릇한 웃음을 띠며 영희를 훑어보았다. 영희는 어지럼증을 느꼈다.

"반항기로군!"

대머리 잭이 비웃듯이 내뱉었다. 그는 담배에 불을 붙여 입에 물고 연기를 뱉어 냈다.

영희는 속으로 이렇게 말했다.

'선생님이 먼저 사과하세요.'

4부

해숙 씨의 사랑 이야기
직장인의 연가 1

고개를 들면 그 남자가 보였다. 아주 이상스런 일이었다. 그는 거의 반 년 동안이나 그 자리에 있었기 때문이다. 그런데 우리가 우연히 식당에서 함께 식사를 한 다음부터, 고개를 들면 그 남자가 보이거나 느껴지는 증세가 나타났다.

우리가 함께 구내식당에서 점심을 먹었던 게 언제였던가. 바로 어제 일인 것도 같고, 아득히 먼 옛날 같기도 하다. 그러나 정신을 바로 차려서 생각해 보면, 정확히 일주일이 지났을 뿐이다.

그날 그는 내 앞의 빈자리에 와 앉았다. 내가 혼자 지내길 좋아하는 성격이라는 건 7년 동안 회사 사람들에게 다 알려져 있어서, 이젠 그게 사실로 고정되었다. 그리고 아무도 내게 관심을 보여주지 않았다. 나는 스물일곱 살의 나이 찬 처녀였고 회사에는 해마다 정말이지 싱싱한 아가씨들이 들어왔다. 내 옆자리의 미스 박도 작년에 영문학과를 졸업하고 들어온 발랄한 스물네 살이다. 양호실의 스물아홉 살 미스 강과, 교환실의 스물여덟 살 미스 문이 없었다면, 또한 그들이 둘 다 나와 같은 고등학교 출신이 아니었다면 나는 아마 지금쯤은 이 회사를 다니지 않았을 것이었다. 물론 노처녀 미스 강과 미스 문이 나를 위로하는 건 사실이지만, 난 그녀들과 달랐다. 달라져야 한다고 생각했고 달라지기 위해 지금까지 노력해왔다.

양호실 미스 강의 천박한 남자관계는 정말 나로선 놀랍기만 했으나 미스 강은 늘 팽팽해 보였고 사교적이고 열등감도 없는 것 같았다. 공공연히 연애를 실컷 해보고 골라잡아 시집을 가겠다고 말했다. 남자들은 미스 강을 돌아서서 흉보았지만, 그녀가 나타나면 갑자기 흥겨워하는 것 같았다.

나는 주산의 유단자였고, 내가 다닌 상업학교의 교장 선생님 추천으로 이 회사에 특채로 뽑혔다. 내가 입사했을 때만 하더라도 여사원은 대졸자를 뽑지 않았다. 나는 입사 이후 일본어를 배웠고 한문도 다시 공부했다. 나와 함께 입사했던 고졸 남자사원들은 거의가 야간대학을 다녔으나 나는 동생들 학비를 보태야 했기 때문에 그럴 수가 없었다.

내 옆자리의 미스 박은 겸손하고 상냥했다. 첫날부터 친근하게 나를 언니라고 부르면서 무엇이든지 물어서 하려고 했다. 그런데 나는 미스 박을 좋아할 수가 없었다. 왜 좋아지지가 않을까.

남자들은 절대로 나를 함부로 대하지 않았다. 미스 박에게도 마찬가지였다. 그런데 나와 미스 박에 대한 똑같은 정중함이 언제나 엄청나게 다른 것처럼 느껴졌다. 이런 미묘한 느낌은 나를 침울하고 서글프고 한편으로 화나게 만들었으나, 나는 그런 내색을 하지 않기 위해 안간힘을 다했다.

올해로 접어들면서 집에서는 내 결혼 문제를 말하기 시작했다. 내가 공부시킨 남동생이 취직을 했기 때문이고 여동생도 벌써 연애를 한 지 오래되어서, 빨리 혼례식을 치르자고 남자 쪽에서 서두

른다는 것이었다. 이런 분위기는 나를 불쾌하게 만들었다. 내 눈치를 보는 가엾은 어머니께, 나는 혼자 살겠노라고 싸늘하게 잘라 말해서 어머니의 얼어붙는 마음을 감지하곤 했다.

그러나 내 말과는 달리 나는 날이 갈수록 조급해졌다. 올해도 아무런 일 없이 그냥 지나간다면, 웬일인지 서른 살을 훌쩍 넘길 것만 같은 터무니없는 불길한 예감이 들곤 하는 것이었다. 그렇다고 여기저기서 들어오는 중매쟁이들의 혼처에 훌쩍 한평생을 내던질 수는 없었다. 어쩌다가 심심풀이로 선보는 데에 나가 보면, 한결같이 남자들이 내 약점부터 캐려 드는 것처럼 느껴져 기분만 상해 들어오기 일쑤였다.

이런 때에 그 남자가 내게 친절을 보여 주었다. 그는 차분하고, 지성적인 분위기를 가진 남자였다. 처음엔 그렇게 생각하지 않았는데 날이 갈수록 정이 드는 형이었다. 만약 그가 내게 청혼을 한다면… 나는 문득문득 나도 모르는 사이에 이런 상상을 하기 시작했다.

나는 고전적인 아내가 되고 싶었다.

나는 우아하고 품위 있고 감정을 속으로 삭이는, 그런 아내가 되고 싶었다. 한 남자의 아내이고 누이이고 어머니이고 친구인, 그런 반려로 평생을 살고 싶었다. 그 남자가 내게 청혼을 해준다면 나는 그가 불치의 병을 앓더라도, 그가 부양가족이 많은 집의 맏아들이라 할지라도 그의 선택에 감사하고 싶었다.

내가 그 남자에 대해 알고 있는 것이라곤, 그가 우리 회사의 직원이라는 것과 대학을 다녔다는 것과 나보다 한 살이 더 많다는 것

뿐이다. 이것 이외에 더 알아서 무엇을 할 것인가. 결혼 조건으로는 '사랑', 그것 하나만이 존재한다고, 나는 나 자신에게 최면을 걸었던 것이다. 더욱이 나는 내 값어치가 바로 그 고전적인 정신이라고 믿는 터였다. 내가 요즘 모든 어른들의 지탄을 받는 여성들의 이미지로부터 고고하게 살아날 수 있는 하나뿐인 무기는 바로 복고적인 여성상을 키우는 것이기 때문이었다.

그 남자는 나의 이런 값어치를 알아주었다.

"해숙 씨같이 차분한 여성을 난 본 적이 없어요."

그날 식당에서 그가 이렇게 말했을 때 가슴이 무너져 내리는 충격을 나는 경험했다.

그가, 바로 그 남자가 마침내 나에게 데이트를 신청한 것이었다. 단지 한마디, 머뭇거리면서 차를 한잔 할 수 있겠느냐고 했을 뿐이었건만 내 가슴은 표현할 수도 없게 출렁거렸다. 나는 입술을 깨물고 고개를 겨우 끄덕거렸다.

그리하여 우리는 회사 일과가 끝난 다음 찻집에서 만나기로 했다.

오후 시간이 어떻게 지나갔을까.

나는 괜스레 자꾸만 얼굴이 화끈화끈 달아오르고, 미스 박에게 말을 자주 걸었다. 로션은 무엇을 쓰느냐, 스타킹은 짙은 색이 좋으냐 연한 색이 좋으냐, 남자친구가 있느냐 하는, 정말 내가 평소에 시답잖은 얘깃거리라고 경멸하던 바로 그런 말을 물었다.

미스 박은 여전히 상냥한 태도로 대답해주었다. 그런 미스 박이 정말 귀엽고, 고맙기까지 했다.

　퇴근 시간에, 나는 그 남자보다 먼저 책상을 정리하고 사무실을 나왔다. 도저히 더 이상 참을 수가 없어서였다. 가슴이 벅차서, 자칫 정신을 잘못 차렸다간 미스 박에게 그 남자와의 데이트를, 그리고 마침내 우리가 사랑을 하게 되었다고 말할 것만 같은 강박증이 나를 사로잡았기 때문이었다.

　뛰어서 나는 찻집에 닿았다. 그가 바람처럼 나를 따라잡을 것 같았다. 나는 서둘러 화장실로 가 얼굴을 거울에 비추어 보았다. 마른 입술에 립스틱을 다시 칠했다. 잘 그리지 않는 눈썹도 그리고 나갔다. 내가 의자에 앉자마자 그가 들어왔다. 그는 활짝 웃어 보이며 내 앞자리에 와 앉았다. 그는 여러 가지 종류의 커피 중에서도 가장 비싼 것으로 마셔 보라고 했다.

　나는 자꾸만 떨려서, 아무 말도 할 수가 없었다. 커피의 종류가 그렇게 많고 또 값이 그렇게 비싼 것인지 처음 알게 되었음에도 불구하고 나는 마치 그에게 모든 걸 내맡기는 기분에 취해 있었다.

　"해숙 씨. 부탁 한 가지 들어줄래요?"

　그가 말했다. 나는 여전히 그를 마주보지 못한 채 고개만 끄덕거렸다.

　"…옆에 앉은 미스 박 말인데요. 청혼을 하고 싶은데 해숙 씨가 좀 도와줄래요? 해숙 씨가 도와주면…."

　나는 두 손으로 얼굴을 감싸고 불붙은 가랑잎처럼 오므라들었다.

그들 세 사람
직장인의 연가 2

"미스 리 표정이 밝아졌어."

박 대리가 맞은편 자리를 건너다보며 장난스레 말했다.

"오늘부터 인생관을 바꿨어요. 낙천주의로요."

미스 리는 입술을 비죽 내밀고 마치 비꼬듯이 말했다. 바로 옆에 앉은 미스 한이 귀를 쫑긋 세우는 표정이 되어 두 사람을 살폈다. 기획실에 있다가 정초에 경리부로 와서 미스 리 옆자리에 앉아 있는 스물두 살 아가씨다.

"뭐야. 또 딱지맞은 거야?"

박 대리가 재미있어하며 짓궂게 물었다.

"똥 묻은 개가 겨 묻은 개 흉보시네?"

미스 리가 빈정거렸다.

"잘 보시라구. 난 엄연히 겨 묻은 개란 말야."

"좌우지간 환갑 전엔 시집갈 테니까 박 대리나 빨리 제 머리 좀 깎아보시라구요."

"나야 내년에 귀국하면 공항에서 식 올릴 거라니깐."

"그건 작년 수법인데, 새로운 거 뭐 없어요?"

미스 한은 맥을 놓고 두 사람-박 대리와 미스 리-을 쳐다보았다. 엊그제 토요일 오후에 미스 리가 선을 보았다는 건 이미 잘 알려진 얘깃거리였다. 무역부의 어느 사원이 중매를 섰기 때문이었다. 미스 리는 이제 스물아홉인데 점점 더 남자를 선택하는 데 까다로워지는 것이었다. 늙은 처녀라는 약점을 인정하기 싫어서인지도 몰랐다. 미스 한은 한가한 시간만 생기면 왜 언니 같은 사람이 아직까지 결혼하지 않았는지 모르겠다고, 한국 총각들이 모두 눈이 삐었나 보다고 종알거렸다.

"언니, 우리 회사에두 근사한 남자들 많지 않아요?"

어떤 때는 이런 말을 했다.

"미스 한, 내가 겨우 사내결혼이나 하게 생겼어?"

미스 리는 이렇게 미스 한을 타박해버렸다.

"이번엔 어떻게 당했어?"

박 대리가 식당으로 가는 길에 물었다.

"내가 직장생활을 오래한 티가 몸에 너무 진하게 배었다나? 망할 놈."

미스 리가 망할 놈이라고 가만히 말했다.

"죽일 놈."

박 대리가 나직이 맞장구를 쳤다.

"언니이! 같이 가요."

미스 한이 뒤에서 소리치며 뛰어왔다. 미스 리는 다정하게 돌아보며 옆에 온 미스 한의 손을 잡았다.

"두 분 꼭 남매 같아 보여요."

미스 한이 얼굴을 붉히며 떨리는 목소리로 말했다. 두 사람-박 대리와 미스 리-이 킬킬킬 웃었다. 미스 리는 미스 한의 손을 뿌리치고 박 대리를 마구 때리면서 웃어댔다.

"명예훼손이야. 누군지 몰라도."

박 대리가 말했다. 미스 한은 이해할 수가 없었다. 두 사람은 서른한 살과 스물아홉의, 회사에서는 손꼽히는 노총각·노처녀인 것이다. 그런데 정말 흉허물 없이 친하게 지내는 것이었다. 미스 한이 경리부의 다른 아가씨한테 슬며시 물었더니 대수로울 게 없다는 투로 넘겨버리는 거였다. 미스 리는 회사의 최고참 여사원이어서 누구하고나 친하게 지내는 편이었고, 성격이 둥글둥글한 박 대리도 여사원들과 잘 지냈다. 그렇지만, 미스 한은 선뜻 납득할 수 없었다.

식당에서 박 대리는 남자사원들과 어울리고 미스 한은 미스 리와 함께 앉았다.

"언니는 참 매력적이어요."

미스 한이 가만히 말했다.

"늙은이 위로하는 거야?"

미스 리는 가볍게 받아 넘겼다.

"박 대리님 어떻게 생각하세요?"

"뭐를?"

"좋은 분인 것 같아요."

"그렇게 생각해?"

"네, 언니는요?"

"글쎄. 난 한번두 남자루 생각해 본 적이 없으니까."

미스 리는 싸늘하게 대꾸했다. 미스 한은 미심쩍어하는 눈길로, 혹은 확인하기 위한 주의 깊은 눈길로 미스 리를 살펴보았다.

두 사람은 똑같이 배춧국에 뜬 쇠고기의 기름 부분을 건져 내놓으며 식사를 계속했다.

갑자기 미스 리가 무슨 생각이 떠오른 것 같은 표정으로 미스 한을 바라보았다. 그 쏘아보는 눈길을 의식한 미스 한이 얼굴을 붉혔다. 미스 리는 눈길을 돌렸다. 오이무침을 집어 입에 넣고 아작아작 씹었다. 그러나 생각은 무엇인가에 집중되어 있는 얼굴이었다.

"미스 한."

"네, 언니."

"지금 몇 살이야?"

"왜요, 언니?"

"아니, 그냥."

"스물둘요."

미스 리는 나직이 가라앉은 인상이었다.

"박 대리 같은 형의 남자가 좋아?"

미스 리는 미스 한을 외면한 채 물었다. 미스 한의 윤기 흐르는 우윳빛 얼굴이 한순간에 붉어졌다. 순간, 미스 리는 공연히 화가 치밀어 올랐다. 무엇에 대해서인지 자기 자신도 알 수가 없는 언짢은 기분이었다.

"참 편안할 것 같아요. 전 편안한 남자가 좋아요. 아버지 같
은⋯."

"아홉 살 차이니까."

미스 리가 미스 한의 말끝을 잘라내며 이렇게 말했다.

"언니, 미안해요."

'얘 좀 봐. 정신이 없네. 미안하다니?'

미스 리는 이 말을 정작 소리로 내지는 못했다. 그러나 자꾸만
언짢은 기분이 짙어져갔다.

"박 대리두 좋아할 거야."

미스 리는 퉁명스레 내뱉었다. 미스 한은 잔뜩 졸아드는 얼굴이
었다.

"나한테 미스 한이 예쁘구 똑똑하다구 여러 번 얘기했으니까."

미스 리는 이렇게 덧붙였다. 그러나 지금 막 꾸며낸 거짓말이었
다. 왜 그러는지 자신도 알지 못했다.

이날 오후 내내 미스 리는 기분이 좋지 않은 표정이었다. 박 대
리가 뭐라고 물어도 잘 대꾸하지 않았다. 그러나 미스 한에 대해서
는 선배 같은 위엄과 친절을 다하는 듯했다.

저녁에 미스 리는 박 대리와 함께 퇴근을 했다. 일부러 시간을
그렇게 맞추었던 것이다.

"우울해?"

박 대리가 먼저 입을 열었다. 둘은 전철역으로 난 길로 걸었다.

"내가 왜 우울해?"

"신경과민이군, 시집 못 갈까 봐 그렇게 걱정이 돼?"

"미스 한이 박 대리하구 결혼하겠대!"

"그으래? 내가 그렇게 잘났나?"

박 대리는 말과는 달리 빈정거리는 투였다.

"잘해 보시지."

"뭘?"

"꽃 같은 아가씨랑!"

"왜 이래. 난 늙은 꽃 아가씨랑 할 건데."

미스 리가 걸음을 멈추었다.

그때 아주 자연스럽게 미스 리의 팔짱을 박 대리가 끼었다.

미스 리는 팔을 뺄 것처럼 힘을 주었다가, 박 대리의 팔에 전신을 기대었다.

유명산에 가던 날
직장인의 연가 3

한영숙은 약속 시간보다 20분이나 일찍 도착했다. 일행 중에서 집이 가장 먼데, 제일 먼저 온 것이었다. 대합실에는 등산복 차림에 배낭을 멘 사람들과 나들이 차림의 가족들이 드문드문 앉아 있었다. 한영숙은 입구를 등지고 창가에 앉았다. 이른 아침인데도 뜨거운 햇살이 거리와 버스터미널을 하얗게 달궈가고 있었다. 등산모를 눌러쓴 이마에 땀이 흘러내리는 게 느껴졌다. 그녀에겐 그것이 여간 신경 쓰이는 게 아니었다. 모처럼 파운데이션을 두텁게 바르고 볼연지와 눈화장까지 했는데 자꾸만 땀이 솟아나는 것처럼 느껴지는 것이었다. 그래서 그녀는 자꾸만 얼굴에 손을 가져가는 부자연스런 동작을 되풀이했다.

누가 등 뒤에 와 바짝 기대서는 게 느껴져, 한영숙은 뒤를 돌아보았다.

"어머머…."

그녀는 얼굴을 붉히고 입을 다물지 못한 채 어쩔 줄을 몰라 했다.

"왜 이렇게 놀라지?"

박준규가 시치미를 떼는 말투로 물었다. 그러고는 손목시계를 보았다.

한영숙은 고개를 돌렸다. 도대체 저 남자가 왜 왔을까? 어떻게 오게 되었을까? 하고 생각했다. 업무부의 미스 허가 남자사원들 명단을 보여주었을 때 박준규는 분명히 없었던 것이다.

"내가 늦었나? 아직 2분 전인데."

정기홍이 이렇게 말하면서 다가왔다. 미스 민이 그 옆에 있었다.

"늦으면 맥주 열 병이야!"

박준규가 힘주어 말했다.

한영숙은 그들에게 인사했다. 미스 민은 인사는 받지 않고 정기홍의 등을 때리며,

"사십 병이야! 누가 다 먹지?"

하고 호들갑을 떨었다. 한영숙은 공연히 민망해하며 고개를 돌렸다. 미스 민의 진바지와 붉은 셔츠는 너무 잘 어울려 보였고, 붉은 모자 밑으로 자연스럽게 흘러내린 곱슬거리는 파마머리가 부드러워 예뻐 보였다.

약속 시간에서 20분이 지나서야 8명의 모든 대원이 모였다. 그러나 맥주를 살 사람은 셋밖에 되지 않았다. 미스터 구가 정각에 다섯 번째로 도착했기 때문이다.

유명산으로 떠나는 직행버스는 사람을 콩나물처럼 채우고서야 터미널을 출발했다.

유명산 등산은 미스터 구가 맨 처음 생각해 낸 것이었다. 한영숙은 네 사람의 남자 명단을 받고 정기홍이란 이름을 보고는 함께 가는 걸 동의했다. 그때 박준규는 없었다. 여자 쪽에서도 한 사람이 바뀌었다. 박준규는 한영숙을 늘 멸시하는 듯 대했다. 타이피스

트의 손가락이 팥망아지 같아서야 되겠느냐는 둥, 웃을 때 잇몸 좀 보이지 말라는 둥. 그 불쾌하고 비신사적인 언행을 지적하자면 한두 가지가 아니었다.

미스 민이 아침을 거르고 온 대원들에게 샌드위치를 돌렸다. 서 있는 사람들이 앉은 사람들의 다리 놓은 데로 끼어들어와서 복잡하기 그지없음에도 불구하고, 모두들 미스 민의 샌드위치 서비스에 고마워했다.

유명산은 2시간 30분이 걸렸다. 종점에 내려서 5분쯤 걸어가니 계곡이 시작되었다. 여자들은 걸음이 더디었다. 미스 민은 정기홍의 팔에 매달리다시피 걸었다. 한영숙은 계속 신경 쓰이는 얼굴을 티슈페이퍼로 누르고 토닥거리며 아무 남자에게도 신경 쓰이지 않게 마음 쓰며 걸었다. 미스터 구가 다가와서 힘이 드느냐고 물었다. 한영숙은 웃어 보이며 아니라고 대답했다.

"둘이 짝꿍 되었어? 그렇게 정했어?"

박준규가 뒤돌아보다가 발견하고 소리쳤다.

"그랬으면 얼마나 좋을까."

미스터 구가 이렇게 받아 말했다. 한영숙의 가라앉은 기분은 도무지 되돌아오지 않았다. 그저 혼자만 있고 싶고, 이상스럽게만 보이지 않는다면 그냥 오던 길을 되돌아가고 싶을 뿐이었다.

그들은 30분쯤 계곡을 따라 올라갔다. 여자들이 자꾸만 뒤처져서 시간이 더 걸렸다.

우선 점심을 먹고 꼭대기를 올라가 보기로 그들은 의견을 모았다. 널따란 바위가 있고 잔 돌멩이들도 있는 데에다 그들은 자리를 보았다. 버너를 책임진 미스터 구와 다른 대원 둘이 불을 피웠다. 한 군데에 밥을, 또 한 군데에 찌개를, 나머지에 고기를 굽는 것이었다.

한영숙은 찌갯거리를 내놓았다. 쑥갓, 파, 마늘, 양파가 든 비닐봉투와 생선봉투와 조미료, 소금, 고추장 따위가 든 봉투들이었다.

정기홍이 자신의 코펠을 꺼내 찌개 그릇을 내어 물을 퍼왔다.

"야, 이거 뭐야. 생선을 튀겨 왔잖아!"

박준규가 고기 굽는 데서 불쑥 오더니 소리쳤다.

"상할까 봐 한 번 익힌 거예요."

한영숙이 볼멘소리로 말했다.

"대단한 정성이야. 결혼하면 알뜰주부 될걸?"

정기홍이 말했다.

한영숙은 가슴이 뭉클해지는 걸 느꼈다. 입을 비죽 내밀었다. 뭉클한 가슴을 모른 체하고 싶었다.

"어머머, 코팅 입혔잖아?"

미스 민이 호들갑을 떨었다.

"맛있을 거야. 이렇게 안 했으면 상한 생선찌개 먹는 거라구."

정기홍이 익숙한 솜씨로 고추장을 풀어넣고 간을 보며 말했다.

한영숙은 괜스레 슬퍼지고 울고 싶어졌다. 이젠 볼연지며 파운데이션이 거의 지워진 얼굴이 볕에 달구어져서 벌겋게 보였다.

밥이 거의 다 되어가고 고기도 두어 접시 구워져서 일행은 자리를 잡았다.

"한영숙 씨. 타이피스트 한!"

박준규가 칡넝쿨 잎사귀로 방석을 한 개 접어들고 오며 소리쳤다. 모두들 그를 쳐다보았다.

"어머머, 멋져라."

미스 허가 감탄을 과장하며 말했다.

"야아, 뭐 저 정도 가지구? 미스 허 이리 와. 내가 비단 보료를 만들어줄 테니깐."

정기홍이 말하며 일어섰다.

"정기홍 씨. 내가 파트너 아니야?"

미스 민이 토라진 표정을 하고 말했다. 모두들 웃었다.

"비단 보료 필요 없어. 민혜경아. 너 가지렴."

미스 허가 말했다. 미스 민은 계곡 옆으로 덩그렇게 모양진 칡넝쿨 쪽으로 갔다. 박준규는, 굳어버린 것처럼 앉아서 이미 다 끓은 찌개를 하릴없이 휘젓고 있는 한영숙에게로 가서, 칡넝쿨 잎사귀 방석에 앉으라고 했다. 한영숙은 여전히 딱딱한 자세로 찌개 국물을 숟갈로 되질하길 계속했다.

"미스 한, 왜 이래. 그래 봤자 내 파트너밖에 더 되겠어?"

박준규는 능글맞게 말했다. 한영숙은 벌떡 일어섰다. 미스터 구가 잔을 돌리다가 말고 그녀를 올려다보았다. 미스터 구의 눈길에 맞추어 박준규가 윙크를 보냈다.

한영숙은 계곡의 소리 내어 흐르는 물 쪽으로 갔다. 푸르고 투명한 물이 아래로 흐르며 바위를 지날 때는 흰 물방울을 튀겼다. 계곡 꼭대기 쪽에서 사람들의 말소리가, 또 다른 쪽에서는 기타 치는 소리가, 그리고 야외용 녹음기에서 울리는 노랫소리가 물소리와 범벅이 되어 들려왔다.

한영숙은 칡넝쿨 줄기를 위태롭게 잡고 바위와 돌을 건너뛰며 위로 올라갔다. 계곡은 좁아졌다 넓어지기도 하며 위로 뻗어 있었다. 한영숙이 뒤뚱거렸다. 박준규가 그녀의 몸을 잡았다.

"나를 봐!"

박준규가 말했다. 완강한 말소리였다.

한영숙이 싸늘한 눈으로 그를 쳐다보았다. 그러나 그녀의 눈길은 이내 부드럽게 풀어졌다. 거기, 이상하게 낯익고, 도무지 외면할 수 없는 얼굴이, 그녀의 마음을 한 줌으로 움켜잡을 것 같은 눈길을 하고 있었기 때문이었다.

그날의 진실
직장인의 연가 4

녀석들은 한결같이 도장을 꽉 박아두는 것이 가장 좋은 방법이라고 말했다. 여자들이 신발 거꾸로 신는 건 누워서 팥떡 먹기요, 시간문제라는 거였다. 그동안 열렬히 사랑했던 사이도 아니요, 양쪽 집안이 터놓고 인정하는 사이도 아니요, 게다가 혜련이로 말하자면 생산부에서 가장 똘똘하고 예쁘장하지 않느냐는 얘기였다.

녀석들의 이런 의견은 다 타당성이 있었다. 혜련이에 대한 감정은, 솔직히 고백하자면 '짝사랑' 같은 거였으니까.

입대를 눈앞에 두고 삐쩍삐쩍 말라가는 나를 구원해준다고 해서, 녀석들은 내게 여러 가지 방법, 충고, 격려 따위를 해주었다.

1. 섬으로 가라.

2. 마지막 배를 놓쳐라.

3. 서둘지 말라.

4. 사랑의 마지막 표시임을 이해시켜라.

5. 기타 등등.

가슴이 부풀어서 나는 아무 말도 할 수가 없었다. 그러나 혜련이는 섬으로 가는 배를 기다릴 때부터 거의 흥분하는 것 같았다. 바다는 역시 가을 바다라느니, 비 온 뒷날의 햇살과 바람과 흙을 보라느니 하면서 기뻐했다.

배에서 내려 우리는 오솔길을 따라 섬을 횡단하기로 했다. 잔솔 가지 사이로 난 길은 붉은 진흙인데 비 탓인지, 아니면 늘 그런 길인지 밀가루 반죽처럼 말랑거렸다.

혜련이는 맨발로 걷고 싶다고 했다. 나는 그녀가 신발과 스타킹을 벗는 동안 숲속으로 들어가 소변을 보았다.

"너무 좋아요. 어쩌면 이렇게 감촉이 좋을까? 기태 씨두 맨발로 걸어봐요."

뒤에서 혜련이가 소리치며 다가왔다. 나는 돌아서서 부신 눈길로 그 여자를 바라보았다. 소라색 스커트 자락이 팔랑팔랑 나부꼈다. 나는 낮게 춤추는 나비를 잡아채듯, 그 여자의 팔을 잡았다. 혜련이는 온몸을 한꺼번에 던지듯 내게 기댔다.

우리는 손을 잡고 걸었다.

혜련이는 자꾸 내 손에서 빠져나가 키 작은 풀꽃이나 새순이 파르스름하니 돋은 솔잎을 따서 앞니로 씹었다.

우리는 옛날의 신선이나 도사들을 기억해냈다. 그들이 한 생식(生食)에 대해 얘기했다. 요즘 무슨 건강식품이니 자연식이니 하는 것들이 바로 옛날의 어른들이 했던 식사라고 그 여자가 비웃듯이 말했다.

나는 불쑥불쑥 시간에 대해 생각했다. 내일은 월요일이지만 연휴라서 쉬는 날이다. 그러나 나는 혜련이에게 1박 2일의 여행을 귀띔한 적이 없었다. 마지막 배편에 대해 물어오면 어떻게 대답할지 막막했다. 녀석들은 배 시간을 늦춰서 알려주었다가 부두에 나가

서야 잘못 알고 있었다는 티를 내라고 했었다. 너무 흔하고 천박스
런 방법 같기는 했지만 또 다른 방법이 없다는 거였다.

"누굴 좋아해 본 적이 있어요?"

내가 물었다.

"많아요."

"연애 박산가 봐."

"아마 그럴 거예요."

혜런이는 이렇게 대답하고 마구 웃어댔다.

"유치원 때였어요. 내가 좋아하던 남자아이가 슈퍼마켓 집 딸아
이의 그네를 밀어주었어요. 그때 속이 상했던 걸 아직 잊을 수가
없어요."

"지금은 어떻게 되었어요?"

"몰라요. 우린 이사를 했으니까…."

"그게 첫사랑입니까?"

"물론이죠. 또 있어요. 초등학교 6학년 때였어요. 치과의사 아들
이었어요. 내가 먼저 좋아했어요. 그 애는 전혀 나한테 관심이 없
었던가 봐요. 그 애 때문에 걸스카우트에 들었었는데… 정말 연애
박사였지요?"

"뭐 별룬데."

"사실 그래요. 늘 누굴 좋아하다 그만두었으니까…."

나는 혜런이의 손을 잡았다. 부드럽고 매끄럽고 촉촉한 손이었
다. 생산부의 총무일을 보는 혜런에게 내가 맨 처음 마음을 빼앗겼

던 것도 그 손 때문이었다. 왜 내겐 그렇게도 의미 있게 보였을까. 전표를 정리하고, 출장비를 내주고… 무슨 맛이든지 살려낼 수 있을 것처럼, 내겐 그 손이 요술방망이로 보였다.

나의 이 고백을 듣고 나서 녀석들은 제 눈에 안경이라는 말을 하고 웃어댔었다. 아무렴 어떠랴.

만약 혜련이가 여고 시절에 누굴 사랑했다면, 그래서 아직도 사랑하고 있다면… 나는 이런 생각을 도리질로 밀어냈다. 혜련이에게 뾰족한 애인이 없으리라는 건 그동안 사무실에서 쭈욱 관찰해서 내가 얻은 결론이 아닌가.

고등학교를 졸업하고 시험을 쳐서 뽑혀 들어온 아가씨다. 이제 회사 경력 2년, 나이는 스물한 살, 내가 군에서 제대하고 오면 혜련이는 스물넷, 나는 스물여덟이다. 나에겐 공부를 시켜야 할 남동생 하나 여동생이 하나 있지만 혜련이라면 참아줄 것이다. 저렇게 명랑하고 밝은 여자라면 무엇인들 못해 낼까.

"기태 씨두 고백해 봐요."

"무얼?"

"사랑 말예요!"

"난 별룬데…."

"거짓말!"

"정말이야."

"정말이겠지. 매력이 없으니까."

혜련이가 입을 뾰족하게 내밀며 약 올리듯이 말했다.

"미안해, 재미있게 못 해줘서. 그렇지만 열정을 모아 두었다가 지금 다 쓰려구 했었는지 누가 알아?"

나는 이렇게 말하면서 그 여자를 보았다.

"배고프지 않아요?"

혜련이는 발 아래를 보면서 말했다.

"어디 음식점이 있을까?"

"내가 싸왔어요. 김밥."

"야아!"

나는 탄복할 수밖에, 달리 무슨 말을 더 보탤 것인가. 나는 잊어버리기로 한 시간에 대해 생각했다. 그러나 잊히지가 않았다. 뭍으로 떠나는 배는 오후 3시가 마지막이었다.

저 여자의 어디부터 내가 점령을 할 수 있을까. 누가 누구를 점령한다는 게 과연 가능한 일일까. 내가 혜련이의 몸을 안, 최초의 남자가 되길 열망하지 않듯 그 확인이라는 게 무슨 소용이 있을까.

나는 그 여자가 만들어 온 김밥을 먹으며 이런 갈등에 빠졌다.

만약, 우리가 함께 밤을 지새워야 한다고 해도, 같은 방을 쓰게 될지 혹은 다른 방을 쓰게 될지, 그리고 같은 방을 쓰게 되었다 해도 녀석들의 충고처럼 도장이 어쩌고 할 수 있을지는… 나는 자신이 서지 않았다. 내가 입대한 후에 나의 여자로 잡아두는 걸 최선의 방법으로 인정할 수밖에 없었다.

"난 이렇게 맛있는 김밥을 먹어본 적이 없어요."

나는 진심으로 말했다.

"엄마 솜씨예요."

"마누라를 고를 땐 장모를 보라던데."

"그래요? 그럼 나를 고르실 거예요?"

혜련이가 깜찍한 목소리로 물었다.

"물론!"

나는 소리쳤다.

"약속하자!"

내가 달떠서 덧붙였다.

"어떻게요?"

"이렇게!"

나는 새끼손가락을 내밀었다. 혜련이는 망설이다가 자신의 부드러운 손가락을 걸었다.

나는 키 작은 그 여자의 머리를 내 품에 안았다.

"가자. 3시에 마지막 배가 떠나거든!"

내가 말했다.

내가 본 신기루
직장인의 연가 5

1

남자들이 돌아왔다.

점심시간이 끝나갈 때쯤이면, 남자들은 한꺼번에 몰려와서 한동안 비어 있던 자기들 자리를 채웠다. 출근 시간과 점심 끝 무렵의 짧은 그 분주함이 내겐 언제나 특별하게 느껴졌다. 물론 나 같은 여직원들도 드문드문 섞여 있다. 그러나 여자들은 남자들에 묻혀 잘 보이지 않는다. 남자들의 숫자가 절대적으로 많아서일까? 다만 그 많고 적음 때문에 여자가 잘 안 보이는 걸까? 남자들에게 있어서 여자란, 적어도 이 사무실 안에서는 복사기·타자기·서류함·인주·스탬프·의자·책상·컵·주전자·쓰레기통…과 같은 기능을 가진 물건 중의 하나로 내게는 느껴진다.

"미스 문 담배 한 갑!"

"어이, 여기 엽차 두 잔 가져와!"

"야아, 문 양아 아침 신문 어디 갔니?"

"미스 문 커피 석 잔하고 엽차두 좀….'

"카피 석 장 해와요."

…….

나의 기능은 이런 것이다.

모든 여사원들의 기능이란 이런 것이다.

로봇이 할 수 있는 일.

우리 여사원들은 주인이 외출한 비서실 구석에서, 혹은 여자 전용 화장실에서 소곤소곤 쑤군덕쑤군덕거린다. 남자 얘기, 꼴보기 싫은 남자사원들 얘기, 옷 얘기, 화장품 얘기, 미장원 얘기 따위를 한다. 이런 얘기를 할 때면 우리는 사무실에서 쓰이는 그런 단순한 기능 이외의 능력을 무한정으로 간직한 '사람'으로 회복되는 것이다.

"미스 문."

과장이 불렀다. 이마가 허옇게 벗겨지고 피부가 허여멀건한 남자. 하루도 빠지지 않고 술을 마시는 남자. 말끝마다, 여자가 뭐어…라고 토를 다는 남자.

"아이큐가 얼마지? 세 자리 숫자는 되겠지? 퀴즈 한번 내볼까? 맞추면 저녁에 한잔 사줄게."

과장은 혼자서 지껄인다. 저런 남자도 여자랑 산다. 여자를 멸시하면서도, 사람의 관계란 정말 이해할 수가 없다.

"미스 문 이거 좀 풀어 봐."

과장이 종이를 건네주었다. 가운데 앉은 이 대리가 그것을 받아 내게 주었다. 나는 종이와, 그것을 주는 이 대리를 쳐다보았다.

이 대리의 맑은 눈이 투명한 안경알 속에서 당황하는 것처럼 보였다.

촉수엄금(觸手嚴禁).

종이에는 이렇게 네 글자가 쓰여 있었다. 옆에 앉은 김윤배 씨가 들여다보고 킥킥 웃었다.

"그걸 우리말 다섯 글자로 풀어 보라구."

과장이 말했다. 나는 뜻을 알 수 없었음에도 무조건적으로 불쾌한 기분이 들었다. 얼굴이 붉게 달아오르는 게 느껴졌다.

또 다른 종이 하나가 왔다. 나는 눈으로 그것을 보았다. 눈이 있으므로 글자가 보였다.

촉수엄금(觸手嚴禁).

보지 왜 만져.

나는 종이를 확 구겨버렸다. 그리고 의자에서 일어나 사무실을 나왔다. 나도 모르게 그렇게 했다.

"미스 문, 가볍게 받아넘기구 잊어버려요. 심심해서 그러는 거니까…."

언제 나왔는지 이 대리가 등 뒤에서 말했다. 내가 이 부서로 옮겨온 후로 내게 업무 이외의 심부름을 시켜 본 적이 없는 유일한 남자이다. 그의 부인은 피아노 교실을 하는 여자라고 들었다. 행복하게 사는 남자. 여자를 존중하는 남자. 나는 이 대리 같은 남자와 결혼하고 싶다….

2

"이 대리님, 부인께서 아주 미인이던데요. 라이벌이 많았겠습니다."

248

김윤배 씨가 말했다.

"언제 봤어요?"

"아까 장미의 숲에서 차 드시지 않았어요?"

"아, 그 여자. 와이프가 아니야."

"그래요? 야 이건 사건인데."

김윤배가 마침내 심심풀이 하나를 발견해낸 사람처럼 흥분을 과장한 목소리로 떠들었다.

"은성 10번 아가씨겠지."

과장이 시큰둥하니 말했다.

"고등학교 때 여자친군데, 우연히 만났어. 결혼이라는 건 묘해. 엉뚱한 인연이 생겨 결혼하게 되나 봐요."

이 대리가 심상찮은 말투로 말했다.

"첫사랑이었군그래."

과장이 말했다.

"그런 셈이지요."

"그쪽은 아직 싱글인가요?"

"아이가 둘이라는데요. 하기야 나보다 먼저 결혼했으니까…."

처음에 나는 그들의 얘기를 전혀 이해하지 못했다. 이 대리에게서 여자라는 건, 그리고 연애니 사랑이니 하는 낱말은 피아노를 치는 그의 아내와만 연결 지어 생각할 수 있기 때문이었다.

나는 그들 부부를 여러 번 보았다.

우리 여사원들 사이에선 가장 이상적인 가정생활을 하는 표본으로 이 대리네가 꼽히고 있다. 토요일 오후엔 대부분 그의 아내가 아이들을 데리고 시내로 나온다. 이 대리와 어울리는 행복한 가족을 정문에서 자주 보았다. 나뿐만 아니라 회사 근처의 백화점에서, 덕수궁에서, 극장에서 그들 가족을 보았다는 사원들이 많이 있다.

그 남자에게 애인이 있었다고? 나는 믿을 수가 없었다.

그러나 아무리 믿지 않으려 해도 공연히 기분이 우울하고 속이 상하는 까닭은 무엇일까.

퇴근 무렵에, 나는 어떤 여자의 전화를 받았다. 그 여자는 이기형 씨를 찾았다. 그의 부인은 언제나 '이 대리 계시느냐'고 묻는다. 이런 차이가 아니더라도 나는 그의 아내의 목소리를 기억하고 있다.

이 대리가 전화를 받았다.

내 가슴이 떨렸다. 나는 이 대리가 퇴근 후에 장미의 숲에서 만나자고 하는 말소리를 들었다. 결혼한 여자와 결혼한 남자가….

3

비상연락망에서 나는 이 대리네 집 전화번호를 알아냈다. 가슴이 두근거렸다. 부질없는 짓처럼 느껴지기도 했다. 비겁하고 야비하고 비굴한 간신배처럼, 나 자신이 한없이 비하되는 느낌도 들었다. 나는 길거리의 공중전화 부스에 들어갔다 나오기를 몇 번이나 되풀이했다. 쓸데없이 커피를 마시고 구석의 공중전화를 노려보았다. 나는 가능하면 이 대리를 잊으려고 노력해 보았다. 나와는 전혀 상관이 없는 남자이기 때문이었다.

그러나 나는 그의 집에 전화를 하고 말았다. 말이 떨려 나왔다.

"…남편께서 다른 여자와 만나고 있는 걸 아세요? 저는 이 대리를 존경하던 사람입니다. 너무 실망해서…."

나는 당황한 그의 아내의 얼굴이 떠올라서, 그리고 내 흥분이 주체스러워 송수화기를 내려놓았다.

다음 날, 이 대리는 출근하지 않았다. 나는 몸이 달았다. 윤배 씨가 이 대리네 집에 무슨 일이 생겨서 오후에 나온다더라고 가볍게 알려주었지만 내 마음은 도무지 편안해지지 않았다.

내가 한 일, 내가 저지른 짓에 대해 나는 스스로 이해할 수가 없었다.

다만 비어 있는 그의 책상이 내겐 커다란 슬픔처럼 느껴져서 자꾸만 웃고 싶어지는 거였다.

텅 빈 자리. 그 공허한 것이 인생처럼 느껴졌다. 사람의 삶이라는 것이 갑자기 내겐 빈자리처럼만 여겨져서 서글플 뿐이었다.

산 십팔 번지의 양희
직장인의 연가 6

"산 십팔 번지요?"

안경 낀 중늙은이 사내가 소리쳐 물었다. 사내의 맞은편에 앉아 신문을 뒤적이던 다른 사내가 흘깃 나를 돌아보았다.

"네. 산 십팔 번지 이십사 홉니다."

"저어 산동넨데?"

신문을 뒤적이던 사내가 말했다.

"새마을 연립주택 뒤로구만, 속눈썹 공장이라던가, 뭐 그런 거 있구 왜…."

"그렇지."

사내 둘은 정작 길을 물은 나는 제쳐 놓고 이리저리 얘길 맞춰 나갔다. 나는 '부흥사 복덕방'이라고 쓴 입간판을 바라보았다. 안경 낀 사내가 밖으로 나와 길을 가르쳐 주었다. 초등학교 담을 끼고 왼쪽으로 올라가면 구멍가게가 나오는데, 거기서….

나는 복덕방의 두 사내에게 인사했다. 그들은 이미 나에게서 관심이 떠난 얼굴이었다.

날은 여전히 무겁게 흐려 있었다.

회사 근처의 칼국숫집에서 칼국수 한 그릇을 먹고 곧장 나왔으니 아마 한 시 반쯤 되었을 텐데 꼭 저녁 무렵같이만 생각되었다.

지금 집에 있을까? 혹시….

나는 산 십팔 번지 이십사 호를 찾아가는 노릇에 자꾸만 자신이 없어졌다.

이달치 월급을 가불해 가고, 또 여직원들한테 빌려간 돈도 있다는 애길 들었을 때, 문득 솟구치던 배반감은 어느 결엔가 사라져버린 모양이었다. 과장(課長)은 신입 여사원이 일주일이나 무단결근을 하던 참에 내가 찾아가 보겠다고 했더니 아무 사정도 모르고 그냥 좋아했다.

그날, 그 아이 신양희는 내게 무척 어렵게 그 부탁을 했었다. 월급을 받는 날 갚겠다는 거였다. 돈 오만 원이었다. 나는 그런 돈을 지니고 있지 못했다. 월급날이 열흘 앞에 다가와 있기도 했지만 형수가 제발 몫돈 마련을 하라고 해서 몇 달 전부터 계를 하고 있기 때문이었다. 그런데도 나는 아주 선선히 그 아이에게 돈을 빌려주었다. 가계수표를 써서, 그걸 경리과에서 현금으로 바꿔다 주기까지 했던 것이다. 나는 그 아이에 대해 아는 게 아무것도 없었다. 다만 친절하고 부드럽고 맑게 생겼다는 것밖에는. 이런 느낌도 전부 내 개인적인 것이긴 하지만.

복덕방에서 가르쳐 준 구멍가게는 한참이나 가야 했다. 담 높은 양옥들이 그 모습을 감추고, 골목길도 좁고 허술하며, 집들도 꺼칠하게 보이는 곳에 가게가 있었다. 구멍가게 하나가 아니라 약국, 연탄과 쌀집, 반찬 따위도 파는 잡화상들이 연이어 있었다.

골목이 가팔라지기 시작했다. 가지만 앙상한 나무들 사이로 산

등성이의 판잣집들이 보였다.

돌아갈까?

저곳 어느 집에 신양희가 산단 말인가?

고등학교를 졸업하고 타이피스트로 취직을 한 건, 집안이 어려워서였겠지…. 더욱이 산등성이의 풍경과 복덕방 사내가 '산동넨데….'하며 새삼스럽게 돌아보던 모습이 내 마음을 착잡하게 만들었다.

복덕방에서 가르쳐 준 대로 하자면 마지막 구멍가게 위의 공중우물에서 그만 길이 막혔다. 우물 주위로, 위쪽을 향해 난 골목만 세 개가 되었다.

만약, 내가 신양희네를 찾아간다 하더라도 무슨 구실을 붙일 수 있을까. 회사에 무단결근해서 찾아보러 왔다고? 이건 정말 거짓말이 된다. 내가 신양희를 찾아 나서려고 작정한 건 궁금해서는 아니었다. 돈 오만 원 때문이라고 말하기는 왠지 떳떳하지 못한 느낌이 든다. 하지만 탈의실에서 여사원들이 지껄이는 얘길 우연하게 듣는 순간, 나는 속이 뒤집히는 것 같았다. 믿는 도끼에 발등을 찍혔다고 할까, 귀여워하던 손자한테 수염을 뽑혔다고 할까, 아무튼 불쾌하고 괘씸했다. 경리과에서 월급을 가불해 갔다는 얘길 듣고 나자, 나는 그만 눈이 뒤집혀 결국 이렇게 찾아 나선 것이었다.

내가 글을 마구 흘려쓰거나 토씨를 잘못 붙였을 때도 그 아이는 얼굴 한번 찡그리는 법 없이 잘해 주었었다. 한번도 귀찮아하거나 짜증을 내는 적이 없었다. 옷은 깨끗하게 입고 다녔고 화장기가 전혀 없는 얼굴은 정갈해 보였다. 이유 붙이고 따지기 좋아하는 요즘 아이들과 어딘지 달라 보이는 구석이 많은 아이였다. 이제 스물한 살이라니 나하고는 일곱 살 차이인데, 세대 차이를 느끼게 되었다.

산 십팔 번지 이십사 호.

나는 여러 번 속으로 중얼거렸다.

복덕방 사내는 계속 왼쪽이라고 말했었다. 그러나 무턱대고 왼쪽으로만 간다는 게 터무니없게 여겨졌다. 나는 우물가에 섰다. 시계를 보았다. 2시 5분이었다. 담배를 꺼내 물었다. 누구든 사람만 지나가면 붙잡고 물어볼 판이었다. 차라리 집을 찾지 못해 그냥 돌아가는 편이 나을 것 같기도 했다. 아무리 좋게 생각하려 해도 나의 소행이 그저 돈을 떼일까 봐 조바심이 나서 찾아 나선 꼴 이상도 이하도 아닌 것으로 생각되었다.

바람이 불면 오그라 붙거나 바스러진 잎사귀들이 비탈 아래로 쓸려 내려와선 후미진 데에 처박히곤 했다. 담이 없는 집들의 마당가엔 연탄재가 쌓여 있고 푸성귀가 뽑힌 자국이 그대로인 손바닥만 한 밭뙈기들이 보였다. 나는 담배를 태우며 이런 풍경들을 구경했다. 눈송이인지 먼지인지, 허연 것이 희끗희끗 날리다가 이내 보이지 않는다.

열한두 살쯤 되어 보이는 사내아이가 바람 빠진 축구공을 발로 차올리며 오고 있었다.

문득 신앙희는 집에 있지 않을 것이란 생각이 들었다. 여기저기서 돈을 빌려 줄행랑을 치는 여자들의 얘기는 신문기사에서 너무 자주 보았기 때문에, 신양희를 그것과 빗대어 연상하는 게 차라리 자연스러운 것일지도 몰랐다.

나는 이런 느낌이 들었음에도 불구하고 가까이 온 사내아이를 붙잡았다. 아이는 공을 두 발 사이에 끼고 서서 내 얘기를 듣다가,

"아, 그 누나요?"

했다.

"잘 아니?"

"그럼요. 우리 옆집에 살거덩요."

나는 무조건적으로 기뻤다. 곧 아이의 뒤를 따라갔다.

무얼 좀 묻고 싶은 마음이 간절했으나, 아이가 여전히 바람 빠진 공을 굴리며 가는 데 열중해 있어서 틈을 얻지 못했다.

아이는 슬레이트를 덮은 집으로 들어갔다. 검은 비닐로 벽을 두른 개집 안에서 어미개가 크으응 하며 겁주는 소릴 냈다. 아이는 마당을 돌아 뒤쪽으로 갔다. 나는 두어 발짝 떨어져서 따라갔다.

"누나! 누나!"

아이가 불렀다.

"누구니?"

한 손에 물 묻은 요강을, 다른 손에 마른 걸레를 든 양희가 방이 아닌 뒤쪽에서 추위로 오그라든 모습으로 나타났다. 그 아이가 나를 발견했다. 얼굴이 빨갛게 달아오르더니 손에 든 것들을 어린아이처럼 등 뒤로 감추었다. 나는 아무 말도 할 수가 없었다. 사내아이가 우리 둘을 번갈아 바라보더니 훌쩍 가버렸다.

"여길 어떻게…."

양희가 떨리는 목소리로 말했다.

나는 그 아이만을 바라보았다.

"제가 죄를 져서요. 전화도 못 드리구…."

양희가 말했다. 아마 빌린 돈 얘길 하는 모양이었다. 나는 그래도 뭐라고 한마디쯤 해야 했으나 여전히 입이 붙어 있었다.

"누구냐아. 누가 왔냐아?"

안에서 늙은이의 병약한 말소리가 들렸다.

"아버지가 다치셨어요. 대소변을 받아 내야 해요."

나는 갑자기 그 아이의 몸 어딘가를 잡고 싶은 충동을 느꼈다. 내 몸으로 그 아이의 떨고 있는 눈을 감춰 주고 싶은 충동으로 마음이 떨렸다.

요즈음의 내 마음
직장인의 연가 7

"언니 언니, 아주 중요한 건데….."

"빨리 말해, 회장님 계셔. 바쁘단 말야."

나는 짜증을 냈다. 너무 그러지 마 언니. 내가 언니 좋아하는 거 몰라? 개발부 미스 박이 이렇게 투정하는 말투로 낮게 종알거리는 게 귀에 들려왔다. 그 낮은 소리로 보아 미스 박의 옆 의자가 다 차 있음이 분명했다. 그런데 소리를 죽여 다그쳐야 할 급하고 중요한 일이란 무엇일까. 사실 나는 바쁘지 않다. 지금 회장님이 사무실에 계시지만 오랜 경험으로, 이제 점심시간이 될 때까지는 거의 나를 찾지 않으리라는 걸 알고 있다.

"언니, 돌고 도는 계절에 바람 속에서 이별하는 시련에 돌을 던지네, 그리고 아-아 나오지? 그다음이 뭔지 모르겠어…."

미스 박은 수화기에 입을 가까이 대고 있어서 숨소리가 더 크게 들릴 지경이었다.

"몰라. 누가 일과 중에 그런 노래나 생각하니? 조용필한테 물어 봐!"

나는 매정하게 수화기를 내려놓았다.

회장님은 아침부터 언짢아 있었다. 화가 난 얼굴로 출근하셨다. 영업부의 간부 사원들이, 그다음엔 생산부의 간부 사원들이 호출되어 호통을 당했다. 물론 회장님은 화를 낼 때뿐이고 그 시간이 지나면 부드럽게 변하신다. 지금까지 그랬다. 그렇지만 내 마음은 편하지가 않다. 모든 일이 '나 때문에' 일어나는 것 같아서이다. 왜 이런 생각이 들까? 나이 탓일까? 올해로 내 나이는 스물여덟이 되었다. 이 나이가 갑자기, 한순간에 나를 회사의 여사원들로부터 물 위의 기름처럼 겉돌게 만들었다. 여사원회의 회장직을 맡고 있다 한들, 이 겉도는 느낌을 없애는 데 무슨 소용이 있단 말인가. 지난 연말에 나는 이 회사를-구 년이나 다닌 이 중소기업체의 회장 비서직을- 미련 없이 버렸어야 했다. 사람들은 더 이상 나에게 '결혼… 어쩌구' 하는 말을 심심풀이로라도 하지 않는다. 농담은커녕, 내 눈치를 살피는 것 같다. 마치 절름발이 앞에서 뛰지 않는, 그런 배려를 하는 모양이다. 배려라니! 동정일 뿐이다. 내가 왜 동정을 받아야 하나?

지난 토요일 오후에도 선을 보았었다. 서른세 살이나 된 남자가, 그 꼴에 내 스물여덟의 나이를 타박했다.

비서직이 그렇게 좋으냐고 비아냥거리기까지 했다.

회장님이 몹시 아껴주는 모양이라고 빈정거렸다.

싸가지 없는 놈, 제까짓 게 뭐가 잘나 여태 장가를 못 가고 맞선 보는 데에 나와 불성실하고 천박하게 구는 건가!

나는 곧장 그 사내를 비웃어주고 일어나 나와버렸다. 이 행동은 지금 생각해 보아도 썩 잘한 거지만, 그 맞선 이후로 내 우울증은 더 심해졌다.

올해 들어온 신입 여사원들을 보면 나는 주눅이 든다. 나에게도 그런 연두 빛깔 시절이 있었던가? 총명하고 예절 바르다는 소릴 들으면서 지내왔던 건 언제였나?

벨이 울린다. 교환 전화다.

"비서실 미스 럽니다."

"경비실인데요. 손님이 회장님 뵙겠다고, 남자분인데 재일교포라는….."

나는 재일교포라는 말만 듣고, 들여보내라고 했다. 우리 회사 제품이 일본에 납품되고 있어서 일본 사람이나 재일교포가 자주 방문한다. 회장님의 둘째 사위 또한 재일교포다.

곧 한 남자가 들어왔다. 그가 문을 열고 들어서자 내 눈이 확 뜨이며 가슴이 방망이질했다. 그는 허리를 직각으로 굽혀 인사하면서, 그리고 세련되게 웃으면서, 어느 결에 일어서 있는 내 앞으로 다가와 명함을 건네주었다.

몇 살이나 되었을까? 나는 그가 들고 있는 쌤소나이트 가방과, 정갈하게 깎은 머리 모양과, 연하디 연한 회색 양복에 감춘 미끈한 몸의 골격을 보면서 마냥 당황할 수밖에 없었다.

"잠깐만 기다려 주시겠요? 회장님께 여쭤드리겠어요."

나는 떨리는 목소리로 말했다.

노크를 하고 문을 열고, 방문객이 재일교포라는 것을 말씀드리고 명함을 드렸다.

"들어오라고 해."

머리를 갸우뚱하면서 회장님이 말씀했다.

손님은 곧 회장실로 들어갔다. 그는 고맙다고 또다시 내게 인사했다. 그 인사를 받자마자, 나는 갑자기 대한민국을 떠나고 싶은 충동이 생겼다. 재일교포, 그런 혼처가 나서면 나는 어떤 조건이라도 무조건 승낙해야지. 나를 전혀 모르는 곳에 가서 살고 싶다. 나이가 많아도 좋고, 아이 둘쯤 있는 상처한 중년 남자라도 좋다. 내 주위 사람들만 모르게 하면 될 테니까.

나는 무슨 차를 들여갈까 잠시 생각했다. 다시마차도 있고 녹차도 있고 커피도 있다. 그는 재일교포다. 나는 인삼차로 정했다. 인삼차에 프림을 조금 타면 맛이 부드럽다. 사람들은 나의 이런 인삼차를 좋아해 준다.

문을 빠끔히 열고 미스 박이 들여다보았다. 내 웃는 얼굴을 보더니 자신 있게 들어온다.

"언니, 아까 기분 나빴어?"

스물세 살짜리 아가씨. 상냥하고 순진하기 그지없어서 내가 늘 가깝게 대하는 후배 여사원이다.

"아아니."

나는 가볍게 대꾸했다. 그리고 흘낏 바라보았다.

"미스 박 애인 생겼지?"

이렇게 물었다. 커피포트에서 물이 서글서글 끓는 소리를 냈다.

"아냐, 언니."

미스 박이 펄쩍 뛰었다.

"감출 게 아니야. 애인이 없는 게 부끄럽지 않니? 난 그렇게 생각해. 더욱이 너 같은 나이에 말이야."

"어머머, 언니 오늘 이상하네. 언니한테 무슨 일 생긴 거 아니야?"

나는 고개를 가로저었다. 미스 박을 바라보았다.

"난, 한번도 사랑에 빠져본 적이 없었어. 너무 후회가 돼. 내 말을 이해할 수 없겠지."

나는 말하면서 인삼차를 두 잔 만들었다.

"언니, 언니 결혼해?"

미스 박이 진지한 표정으로 물었다.

나는 다시 머리를 가로저었다.

아니야.

나는 속으로 혼자 말했다.

나는 결코 망설이거나 주저하지 않을 테야. 결코….

내 마음의 변덕을 나도 어쩔 수가 없었다. 젊고 세련된 재일교포 청년을 보고 이렇게 마음이 출렁거리다니…. 어처구니없으나, 감정을 감출 수도 없었다.

"잠깐만, 전화 좀 받아줘."

나는 미스 박에게 부탁하고 찻쟁반을 들고 안으로 들어갔다. 청년이 무엇인가를 열심히 설명하고 있었다. 회장님이 나를 쳐다보았다. 짜증스럽고 귀찮아 하는, 그런 표정이었다.

무슨 일일까.

가슴이 철렁 내려앉았다.

"글쎄. 난 환갑 진갑 지난 이날까지 월부 책이라고는 사본 적이 없대두요."

회장님이 나무라듯 잘라 말했다.

나는 찻쟁반을 든 채, 어지러워지는 정신을 가다듬으려 혼신을 다했다.

청년이 펼쳐 놓은 일본 책을 주섬주섬 챙기는 모습이 안개 속에서처럼 아련하게 보였다.

그들과 또 한 사람
직장인의 연가 8

방석만 한 놀이판을 가운데 두고 네 사람이 둘러앉을 만한 바위는 찾지 못했다. 남자들은 결국 땅바닥에 앉기로 하고, 삭정이와 잔돌과 풀이 난 바닥을 고르게 다듬었다.

"미스 리야. 저기 좀 봐. 혼자 왔나 봐, 고독해 뵈는 것도 괜찮지?"

미스 송이 계곡의 위쪽을 보며 말했다. 한 남자가 다리를 물에 던지듯이 떨어뜨려 넣고 불규칙하게 그걸 흔들고 있었다.

"신경 쓰지 마."

미스 리가 작은 소리로 나무랐다. 밥이 눌어붙은 자국을 솔잎으로 문질렀다. 저녁 설거지는 여자들 몫으로 정해졌기 때문이었다.

아직 해가 진 건 아니나 계곡은 산그늘로 저녁 같은 기운이 감돌았다. 산에서 하룻밤을 자고 내일은 바다로 나갈 계획이었다.

"누구 담요 가져온 동포 없어?"

라면 회사의 미스터 김이 여자들 쪽을 보며 소리쳤다.

"난 타월만 가져왔는데…."

"나두…."

미스 송과 미스 리가 미안한 얼굴을 하고 말했다.

"군인 담요가 끝내주는데."

미스터 박이 아쉬워하는 소리로 말했다.

"있어야 말이지."

미스터 김이 여자들이 꺼내 놓은 타월을 깔고 그 위에 자기의 점퍼를 폈다. 그래도 깔판이 영 맘에 들지 않았다.

"저기 봐. 저 남자 배낭, 군인 담요지?"

김이 박에게 말했다. 박이 외로운 남자의 배낭 덮개 밑에 둥글게 말려서 끼워 있는 담요를 보았다.

"같이 놀까?"

"여자가 부족하잖아."

"어차피 애인도 아닌데 부족하면 어때?"

"해봐."

"여자들 보낼까?"

"니가 가봐."

설거지한 코펠과 고기 구워 먹은 프라이팬을 들고 여자들이 왔다. 곧 박도 외로운 남자와 함께 그들에게로 왔다. 그들은 서로 인사했다. 가능하면 나머지 일정을 함께 보내자고 약속했다. 고스톱이 시작되었다. 늘 두 명은 죽었다.

"혹시, 인천에서 학교 다니지 않았습니까?"

외로운 남자가 함께 죽어서, 살아 있는 사람들을 구경하고 있는 미스 송에게 물었다.

"왜 그러세요?"

미스 송은 정감이 풍부해 보이는 얼굴의 남자에게 물었다. 미스 송은 파트너인 미스터 박의 화투패를 들여다보았다.

"많이 본 듯한 얼굴이라서⋯."

외로운 남자가 말했다. 미스 송은 듣지 않았다. 미스터 박은 고도리 패를 들고 지금 그것을 노리는 중이었다. 외로운 남자는 거의 집요한 표정으로 미스 송을 응시했다. 그리고 그는 그 여자에 대해 어떤 확신을 가졌다. 판이 끝나서, 이긴 사람들이 따서 모은 돈으로 그들은 모두 술과 안주를 사기로 했다.

"아는 사인가 봐요?"

미스 리가 나중에 그 남자에게 물었다. 그들은 모두들 외로운 남자와 미스 송의 '잘 기억나지 않는 관계'에 대해 호기심을 보였다.

"비가 오는 날 우산을 씌워주었지요. 학교 앞에서 버스정류장까지. 그땐 교복을 입고 있었는데."

외로운 남자가 말했다. 감동 어린 목소리였다.

"가을에요?"

미스 송이 다시 확인하려는 표정으로 그를 쳐다보며 물었다. 그 남자가 고개를 끄덕거렸다.

"야아, 가을비 우산 속이네!"

미스터 김이 소리쳤다.

"보통 인연이 아닌데."

미스터 박도 손뼉을 치며 감탄조로 말했다. 미스 송은 그런 그에게 눈을 흘겨주었다.

다음 날 아침을 먹고 그들 다섯 사람은 바다로 나갔다. 휴일을 엊그제 지낸 바다는 이제 한철이 지난 모습이 역력했다. 햇볕도 따갑기는 하나 한여름의 자글자글 끓는 볕은 아니었고 파도는 잔잔했으나 장마가 지나간 흔적이 남아 있었다. 모래톱이 거칠게 패여 있는 게 그랬고 여러 가지 해초들이 밀려나와서 말라 있었다. 그들은 한여름의 바캉스 시즌을 뒤로 슬쩍 비켜난 때를 선택해서 나왔지만 그래도 쓸쓸한 느낌은 그다지 좋지가 않았다.

미스 송과 미스 리는 고등학교 동기동창이었다. 회사의 거래처 관계로 알게 된 D제분의 경리과 아가씨를 미스터 김이 주선해서 함께 여행을 떠나온 것이었다. 그들은 수영을 했다. 늦더위 탓인지 바닷물은 아직 차지 않았다. 가족끼리 온 사람들도 여럿 있었다. 아이들이 물가에서 졸망거렸다.

그들은 두 개의 튜브를 짝꿍끼리 타기도 하고 여자 남자끼리 타기도 하면서 놀았다. 멀리서 그들을 보면 꼭 둘 둘 하나가 되거나 다섯이 되거나 했다. 그런 안무를 받아 동작하는 것 같았다.

여자들이 새파래진 입술을 덜덜 떨며 모래에 나와 앉아 있을 때, 외로운 남자는 그녀들에게로 갔다.

미스 송은 바다 쪽을 보았다. 거기서 지금 미스터 박과 미스터 김이 물속으로 곤두박질을 쳐 들어가고 있는 게 보였다. 저녁 찌갯거리로 조개를 잡는 것이었다. 외로운 남자는 조개를 발가락 사이에 끼워서 잡아냈다. 그는 이미 라면봉투로 반이나 잡아서 여자들에게 주었다.

"송미영 씨."

그가 미스 송을 불렀다. 미스 송은 대답 대신 미스 리의 팔짱을 끼고 바짝 달라붙었다.

미스 송은 웬일인지 그 남자에 대한 감정이 산뜻해지지 않았다. 미스터 박이 좋은 것도, 또 외로운 남자가 싫은 것도 아닌데, 자기도 모르게 한 남자를 피하게 되는 것이었다.

왜 그럴까? 혹시 과거를 모두 알고 있는 것 같아서 불안한 걸까? 숨겨야 할 과거도 사실은 없으면서 그랬다.

미스 리가 미스 송을 밀쳐냈다.

"돌아가면 만날 수 있을까요?"

그 남자가 말했다. 미스 송은 또다시 미스 리에게 달라붙었다.

"얘기하고 싶은 게 있는데…."

그 남자가 부드럽고 애조 띤 목소리로 낮게 말했다.

갑자기 미스 송이 일어나 바다 속으로 뛰어들어갔다. 그녀는 헤엄쳐 아직도 조개를 잡고 있는 남자들에게로 갔다. 그리고 그녀는 미스터 박에게 매달려 수영 금지 구역 표지선이 쳐 있는 데까지 헤엄쳐 갔다.

그들은 저녁밥을 해서 먹고 다시 술과 안주 장만을 위해 고스톱 판을 벌였다. 그러나 외로운 남자는 보이지 않았다. 몇 번 불렀으나, 그는 대꾸도 없었고 나타나지도 않았다. 미스 송은 그 남자를 떼어버리자고 완강하게 주장했다. 그러나 아무도 동의하지 않았다. 밤이 깊어갈 때, 그들은 하나뿐인 해변가의 횟집에 가서, 회와 소주를 시켰다. 그때 그 남자가 해변으로부터 다가와서, 그들 사이에 끼어 앉았다.

"어디루 종적을 감췄다 오는 거요?"

미스터 박이 물었다. 그러나 그는 대답하지 않고 자기의 잔을 단숨에 비워내고 미스 송에게 그 잔을 건넸다. 미스 송은 그 잔을 받지 않았다.

"혜옥이 생각나지 않아요?"

그 남자가 미스 송에게 물었다. 모두들 두 사람을 바라보았다.

"작년에 함께 이 바다에 왔다가 먼저 갔지요. 파도가 휩쓸어갔어요. 송미영 씨하구 같은 반이었지요!"

미스 송은 굳은 얼굴로 그 남자를 쳐다보았다. 소문으로 들어서 알고 있는 사건이었다.

"내가 딴생각을 품고 접근하는 것처럼 착각하는 것 같아 얘기한 거요!"

외로운 남자가 이렇게 말했다.

여자는 알 수 없다
직장인의 연가 9

병서가 카페 입구로 다가갈 때 맞은편에서 영희가 달려왔다. 그런 영희를 바라보며 활짝 웃던 병서가,

"천생연분이다."

라고 중얼거렸다.

그들은 똑같이 기뻤다.

언젠가는 약속도 없이 전철역에서 마주쳤는데 그때도 그들은 '연분'을 진하게 느꼈다.

두 사람은 나란히 손을 잡고 좁은 층계를 올라가 이층의 카페로 들어갔다. 퇴근 때라 붐비었다.

"나 오늘 점심시간에 명동 나갔다가 근사한 거 하나 봐놨어."

병서가 차를 주문하고 나서 영희에게 말했다. 영희가 신문을 들추다가 병서에게 눈길을 주었다.

"자기한테 딱 맞을 웨딩드레스가 있더라구. 가볼까?"

병서가 말했다.

"어머머, 누가 결혼한댔나?"

영희가 농담처럼 중얼거렸다. 그들의 감정은, 결혼을 하지 않겠다는 것이 더 우스갯소리로 느껴질 정도였다. 그러나 영희 말대로, 언제 딱 부러지게 결혼 약속을 한 적은 없었다.

"병서 씨 이거 봤어?"

영희가 신문에서 눈을 떼지 않고 물었다.

"뭐가 났는데? 오늘 무슨 사건 났나?"

병서가 시큰둥했다.

영희가 '여자답지' 않게 사회문제에 관심이 많은 것이 '똑똑하다'고 생각되다가도 마땅찮았다. 퇴근 후 만날 때마다 저녁 신문을 사들고 읽는 것도 언짢았다. 영희에게 자기보다 더 관심을 끄는 게 있다는 사실도 싫었다.

영희는 대답하지 않고 신문을 접어 탁자 한편에 놓았다. 마침 종업원이 커피를 내려놓고 있었다. 영희는 뚜껑이 덮인 프림과 설탕을 열고 병서를 쳐다보았다.

"한 개씩이지? 프림은 한 숟갈 더 넣어 줄게. 진하게 마시는 게 뭐 좋아?"

영희는 병서와 자신의 찻잔에 프림과 설탕을 넣고 병서 것을 먼저 저으며 말했다.

이런 영희의 모습에서 병서는 따뜻하고 양보하는 '여성상'을 확인하곤 했다. 그런데 또 사회문제에 왜 그리도 관심이 많은지. 사회문제는 남자들이 다 알아서 할 텐데, 여자가 좋은 남자 만나 시집가서, 집안 살림이나 잘하고 아이 잘 낳아 기르면, 거기서 더 큰 행복이 어디 있으랴… 이것이 병서의 평소 생각이었다.

"명동에 가서 저녁 먹을까?"

병서가 커피를 냉수 마시듯 한 모금에 비우고 말했다. 영희는 왠지 떨떠름한 표정이었다. 그러나 그는 병서가 일어서자 따라 일어났다.

그들은 광화문에서 명동까지 걷기로 했다. 그 편이 제일 빨랐다.

"병서 씨. 난 정말 남자를 어떻게 생각해야 할지 모르겠어."

영희가 정말 고민스런 목소리로 말했다.

"여자가 남자를 알아서 뭐 해? 영희는 나 하나만 알면 되는 게 아니야?"

병서는 대수롭잖게 대꾸했다.

"오늘⋯ 버스기사가 여자 승객을 강간했어. 버스 뒷좌석에서, 말 안 들으면 죽이겠다구 위협해서. 그리고 신고하지 말라고 협박했는데⋯."

"아까 신문에서 그거 봤어?"

병서는 시답잖다는 듯이 말했다.

"그래두 되는 거야? 그 남자가 도대체 사람이야?"

영희가 어느 결에 흥분해서 들뜬 목소리로 물었다.

"그건 여자가 문제가 있더군. 나두 사무실에서 봤는데, 그게 뭐 신경쓸 거나 돼? 그 여잔 술이 취해서 졸구 있었다구."

"무슨 소리야? 술집을 하니까 술을 마시게 되는 거구⋯ 밤새 일했으니 고단해서 졸렸을 텐데⋯."

"좌우간 영희와는 상관없는 문제야. 지저분하게 왜 그런 데 신경을 쓰구 그래? 우리 일두 할 일이 태산 같은데."

병서는 정말 무슨 벌레라도 달라붙은 기분이었다. 그는 영희가 행여 복잡한 사람들 틈에서 다치기라도 할세라 영희의 주위에 바짝 신경을 쓰며 걸었다.

영희는 한동안 말이 없었다.

롯데백화점 앞은 난리가 난 듯 사람들이 바글거렸다.

그들은 짜증스럽게 그곳을 빠져나와 지하도를 건넜다.

"왜 남자가 자기와 상관없는 여자를 보고 욕정을 느끼게 되는지… 난 그게 알고 싶어."

영희가 괴로운 목소리로 말했다.

병서는 영희의 말을 듣지 못했다. 그는 마침 앞에서 걸어오고 있는 젊은 여자의 일본 전통극 배우 같은 얼굴 화장을 바라보느라 순간적으로 정신을 팔고 있었던 것이다.

"여자가 술을 마셨건 졸고 있건 그건 자유고 그 여자의 형편이야. 그게 왜 강간을 당해도 좋다는 거지?"

영희가 이렇게 말하며 걸음을 멈췄다.

"뭐라구?"

병서는 그저 즐거운 얼굴로 영희를 바라보며 물었다. 그는 영희의 팔을 잡았다. 그러다가 굳은 느낌이 섬뜩하게 느껴져서 새삼스럽게 영희의 얼굴을 살폈다.

"여자두 문제가 있잖아. 그런데 왜 그런 지저분한 일에 자꾸만 신경을 쓰지?"

병서는 정말 답답했다.

그러자 갑자기 영희가 팩 돌아섰다.

병서로서는 그런 영희를 이해할 수가 없었다. 그러나 그는 다음 날 영희로부터 더 이상 만날 수 없다는 통첩을 받았다.

5부

남자

첫 번째 이야기

"어머, 여기 영등폰데…."

여자가 두리번거리면서 놀란 눈을 하고 말했다.

새로 들어온 사람들이 자리를 잡고 서느라, 그렇잖아도 비좁은 전철 안이 어수선해졌다. 전철은 이내 떠났다.

"네? 뭐라구 하셨습니까?"

그 여자의 구두를 오래도록 내려다보고 있던 그가 당황해서 물었다. 여자의 얼굴도 빨갛게 달아 있었다.

그는 다시 고개를 떨구었다. 지금 그의 가슴은 마악 터질 것 같아서, 고개를 숙이고, 옷섶에 싸인 가슴팍을 한없이 옥죄는 수밖에 어쩔 수가 없었다. 영등포역을 그냥 지나치기 위해 그는 얼마나 많은 날들, 그리고 시간들을 애태우며 지냈던가. 오늘은 물어보리라. 오늘은 물어보리라. 당신은 누구인가. 왜 하루도 거르지 않고 내 앞에 와 서는가. 우리는 왜 역곡에서 만나 서로 말없이, 나는 앉고 당신은 선 채 영등포에서 헤어져야 하는가. 당신은 누구인가. 왜 하루도 거르지 않고 그 긴 전동차에서 내가 탄 자리를 찾아내고 또 내 앞에 와 서는가… 도대체 당신은 누구인가!

그는 속으로 이렇게 부르짖었다

그는 여자의 낯익은 갈색 구두를 내려다보았다. 전철은 대방역에서 멈췄다가 피이익 김 빼는 소리로 문을 닫고는 또 움직였다. 노량진에서 그는 여자의 갈색 구두가 움직이는 걸 보았다. 그는 다급하게 구두의 방향을 살폈다. 구두는 여자의 몸을 실어, 그가 앉은 맞은편으로 데려갔다. 여자는 거기 빈자리에 잽싸게 앉는 것이었다. 그는 눈도 깜박이지 않고 그 여자를 응시했다. 갈색 부츠는 종아리 절반에서 끝나고 맨살이 비둘기색 스타킹에 감싸여 무릎까지 드러나 보였다. 갈색 스커트, 그보다 좀 연한 색깔의 외투, 빨간 벙어리 장갑. 말간 얼굴, 귓밥을 드러나게 짧게 자른 머리. 그의 눈에는 머리칼 끝이 짓궂은 새의 깃처럼 보였다.

언제였던가.

그는 어느 날 문득, 늘 한 여자가 역곡에서 자기가 앉은 자리 앞에 와 서는 걸 발견했다. 그다음부터 그는 자기도 모르는 사이에 그곳에 오면 그 여자를 기다리게 되었던 것이다. 그는 영등포에서 내렸고 그때까지 그 여자는 그렇게 서 있곤 했었다.

그러다가 얼마 전부터 그는 여자와 자신의 만남에 대해 특별한 의미를 만들기 시작했다. 머리 모양과 옷차림, 얼굴에 대해 신경을 썼고 늘 같은 시간에 전철을 타려고 시계를 자주 보았다. 그사이 가끔 여자를 만나지 못한 때도 있었지만 그의 기억에 그런 사실은 남겨지지 않았다.

여자는 예쁘고 싱그러운 인상의 얼굴이었다. 요사이엔 그 여자와 부부가 되는 꿈을 꾸기도 했다. 그러나 날이 가면 갈수록, 여자에 대한 그의 관심이 특별해지면 질수록 그는 주눅이 들었다. 이상하기도 했다. 오늘은 무슨 말이건 걸어 보리라. 이렇게 생각하고 결심해도 막상 역곡에 닿으면, 그리하여 여자가 자기 앞에 와 서는 게 확인이 되고 나면 그의 가슴은 쿵쾅거리고 뛰기 시작했으며 입은 얼어붙어 버리곤 했다.

영등포역에서 그는 내리지 않았다. 내릴 수가 없었다. 오늘은 무슨 수를 써서라도 여자와 자신의 이 '인연'을 정리하고 확인해야겠기 때문이었다.

전동차는 한강 위를 지나 용산역에서 사람들을 내려놓고 또다시 태웠다. 사람들의 몸에 몇 겹으로 가려져 여자의 모습은 보이지가 않았다. 그러나 그의 날카로운 신경들이 빛줄기 같은 더듬이를 뻗어 그 여자의 '있음'을 순간순간 확인해 두었다.

남영역과 서울역을 통과했다. 시청 앞도 마찬가지였다.

회사에는 뭐라고 늦는 변명을 할까. 급한 일은 어제 저녁 늦게까지 모두 마무리해 두고 나오긴 했지만, 연탄가스라고 할까? 주민등록증 발급을 받는다고 할까? 술탈이 났다는 건 어떨까?

그는 이런 생각을 하다가 문득 갈색 구두를 놓쳐버렸다. 허겁지겁 살폈다. 연한 갈색 외투가 왼쪽 출입문 쪽에 서 있었다. 그는 서둘러 그 뒤로 갔다. 여자가 뒤돌아보았다. 그는 뭐라고 말을 걸어야겠다고 생각했다. 그러나 입을 열어도 좋은 시간은 순간적으로 지나가버렸다. 전철의 두 짝 문이 양쪽으로 벌어졌다. 그는 바짝 뒤따랐다. 출근 시간이라 사람들의 발걸음은 거칠고 조급했다. 그는 여자를 놓치지 않기 위해 신경을 모두었다.

"…저어."

그가 다가가 말했다.

그 여자는 듣지 못했다. 여자는 경쾌한 걸음걸이로 걸었다.

"저어, 말 좀…."

그는 조금 더 키운 목소리로 말했다.

그 여자가 뒤를 돌아보았다. 놀란 얼굴 표정이었다. 그러나 곧 미소를 띠었다.

"어머, 웬일이세요? 무슨 일이 있어요?"

"저어…."

"직장이 바뀌셨나요? 왜 영등포에서 내리지 않으세요?"

여자는 스스럼이 없어 보였다. 마치 오래전부터 잘 아는 사이 같은 착각이 들 정도로 다정했다. 그러나 여전히 빠르게 걸었다.

"어디 좀 들어가실까요? 얘기 좀 했으면…."

그가 더듬으며 말했다. 가슴은 야릇한 감동으로 터질 듯이 마냥 벅차올랐다.

"전 저 건물 2층이 사무실인데요. 지금 출근 시간이 다 되었어요. 어떡하죠? 무슨 할 말이 있으세요?"

여자는 누이처럼 말했다.

그러나 그는 무슨 말이 있을 수가 없었다. 지금 그의 기분을 표현할 수 있는 말은 어쩌면 세상에 존재하지 않을는지도 몰랐다. 다만 함께 있고 싶고 또한 느낌으로 전달되어야 하고, 또 손을 마주 잡거나 이마를 맞대어야 하기 때문에…. 말로 하는 표현은 아무래도 충분할 수 없고, 믿을 수도 없기 때문에.

그는 여자 앞에 바짝 가 섰다. 여자가 반사적으로 뒤로 물러섰다. 그는 열에 뜬 환자 같은 얼굴이었다. 눈이 이글거렸다.

"더 이상 참을 수가 없습니다. 그래서… 우리가 늘 같은 시간, 같은 장소에서 만난다는 게…."

그가 턱없이 큰소리로, 떨리는 목소리로 말했다. 그 바람에 급히 지나가던 사람들조차 그들을 힐끗거리며 걸어갔다.

"그건 오해예요! 난 그저 영등포역에서 댁이 내리니까 그 자리에 앉으려고 했던 거예요. 또 그래왔구요. 그리고 난 결혼한 여자라구요!"

여자는 야무지게 말하고 그를 비켜서 걸어갔다. 구두굽이 보도블록을 탁탁 울렸다.

남자

두 번째 이야기

밑을 닦고 속옷을 추스르며 혜옥은 아래를 내려다보았다. 썩어서 가라앉을 사이 없이 쌓인 똥이 얼마 있지 않아 엉덩이를 찌르게 치솟을 것 같았다.

혜옥은 이도 맞지 않고 삐꺽삐꺽 제풀에 흔들리기도 하는 변소 문짝을 한껏 지질러 닫고는 침을 퉤 뱉었다. 하수도도 없이 아무렇게나 버리는 구정물들이 모래 틈에 스며들다가 뿌옇게 밥티니 콩나물 찌끼니 양념 찌끼니 하는 것들을 무늬 박아 얼어붙어 있었다.

"날씨가 미쳤나아? 왜 이렇게 추워!"

혜옥은 으시시 몸서리를 치며 누구에게랄 것 없이 소리쳤다.

"담배 있나아?"

연탄난롯가에 앉아 있던 김 언니가 물었다.

"없어요!"

혜옥이는 퉁명스럽게 대꾸했다. 김 언니는 허옇게 눈을 흘기며 바라보았다.

"그래 꽁초도 없써어!"

김 언니가 역정을 냈다.

"제기랄 사내놈들이 와야 꽁초라도 줍지!"

혜옥이는 씨부렁거렸다.

손님이라고는 아침에 반찬거리 대주는 최 씨가 양념거리와 두부를 내려놓고는 한잔 걸치고 간 게 그만이었다.

혜옥이는 연탄난롯가에 서 있다가 길가로 난 유리문을 드르륵 열고 밖을 내다보았다. 아스팔트 길바닥은 쌀쌀한 바람 탓인지 말끔히 가라앉아 있었고 길 저쪽 바다와 하늘은 잿빛으로 떠 있었다.

"문 닫어야아!"

김 언니가 소리쳤다. 신경질이 뻗칠 만도 했다. 벌써 나흘 동안 일당도 못 건졌으니 라면으로 세 끼 때우기도 어렵게 된 거였다. 큰돈은 못 벌어도 계속 손님이나 있으면 그다지 불안하지도 않으련만….

"아저씨, 이리들 들어오세요. 따끈따끈한 방 있다구요! 아저씨이이…."

혜옥이가 밖에 대고 소리쳤다. 김 언니가 번쩍 고개를 쳐들었다. 귀를 세웠다. 사내들의 말소리와 발소리가 가까워 오는 게 분명했다. 벌떡 일어나 혜옥이의 등 뒤에 가 붙어 섰다.

"여기 오시면 우리 고향주점밖에 어디 가실 데가 있을라구요, 흥흥."

혜옥이가 콧소리를 내며 사내들 맘을 녹이려 했다. 사내들 셋은 이미 한잔들을 한 듯 보였다.

한 사내는 밖에서 간단히 마시자거니 둘은 기왕이면 아랫목에서 발 뻗고 몸 녹이며 마시자느니 서로 실랑이를 벌였다. 혜옥이와 김 언니는 그들을 부추겨 방으로 들어갔다.

"뭐 드실까요?"

"뭐 있냐? 좀 비싸구 근사한 걸루. 배 안 부르구두 술 잘 넘어가는 거."

"매운탕 하시죠 뭐."

"생선이 뭐야."

"우럭·광어·도미… 뭐, 식성대로 하시지요."

"알았어! 맘대루 해와! 돈만 주면 되잖아? 소주부터 주구."

혜옥은 사내들 사이에 끼어 앉고 김 언니가 매운탕을 끓였다.

사내 하나가 혜옥이의 허벅지를 주물렀다. 걸친 가죽잠바의 소매가 허옇게 낡아 있었다.

"사내로 태어났으면 모름지기 사업을 해야 해! 남의 밑에서 눈칫밥 먹고 월급쟁이 평생 해봤자, 그게 옛날 종살이가 아니구 뭐야! 안 그래?"

사내 하나가 소주잔을 타악 내려놓으며 말했다.

"거 왜 김준구 있잖아. 걔가 간염 걸려 3년째 누워 있어도 끄떡없는 게 뭐야. 다 종업원 부리며 제 공장 굴린 덕이라구. 다달이 백만 원씩 생활비 나오잖아. 앓아 누워두 사장은 사장이거든! 천만 원짜리 곰 잡아 먹어가면서 말야."

사내 하나가 기어이 혜옥을 제 곁에 와 앉으라고 성화를 부렸다. 어찌 보면 겁먹은 표정에 배운 티는 그중 훤해 보이는 사내였다. 혜옥은 가죽잠바의 눈치를 살피며, 눈웃음쳐 주고는 그 사내 옆으로 가 비좁게 끼어 앉았다. 목사나 전도사 격에 어울릴 성싶은 사내가 무턱대고 혜옥이의 가슴부터 주물렀다.

"은행 돈을 꺼내야 해."

누가 말했다.

"최 사장이 마누라 등에 업구 24억을 꺼냈더라니깐, 반월에 택지는 다 닦아놓았다잖아."

이제 얘기는 월급쟁이=종살이에서 은행 융자 꺼내어 주택사업 하는 걸로 바뀌고 있었다.

혜옥은 홀짝홀짝 술도 마시고 안주도 부지런히 축냈다. 식은 찌개는 냉큼냉큼 데워서 다시 가져오고 오징어도 데쳐서 회를 쳐왔다. 담배도 몇 개비 슬쩍 해서 화장실 가는 척 나와 김 언니에게 쥐어주었다. 내일 모레가 마흔인 김 언니는 어릴 때 아이 하나 낳아 제정신 없는 경황에 어디론가 보내버리고 이제껏 술집으로 떠돌다가 지난봄에 월세로 고향주점을 차린 거였다.

"7억 신청했는데, 새끼들이 말을 잘 안 듣는단 말이야. 김 의원, 그치 출세 못 하겠어. 그런 친구가 어떻게 금배지는 달구 다니는지. 재구 달구… 아, 그래 한 건 하자는데 그래…."

한 사내가 꼬부라진 혀로 말했다.

혜옥은 신바람이 났다. 그들이 말하는 세상이 자신에게 꿈나라일 뿐이라 할지라도 그저 어깨가 펴지는 거였다. 강물에 들어가 수영은 못 하더라도 강바람이야 쏘이겠지 하는 기분인지도 몰랐다. 3년 가뭄에 이런 단비가 웬 말이냐 봉이 제 발로 걸어 들어와 술값 같은 건 잔돈푼으로 알며 마셔주지 않는가. 그래서 혜옥은 허벅지

든 가슴이든 아랑곳 않고 사내들 기분을 맞춰주었다.

"야, 이년아. 이 집엔 너 하나뿐이냐?"

파카를 입었던 사내가 불쑥 이렇게 말했다.

"왜요, 사장님?"

"사장님 사장님 하지 마라. 괴롭다."

"아이 사장님두."

"장사 잘 되냐?"

"이런 추위에 누가 부둣가로 오나요?"

"서울로 가고 싶냐?"

"정말?"

혜옥이 눈을 반짝 떴다.

"살롱으루 말이다."

"윤 사장, 바람 넣지 마슈."

가죽잠바가 끼어들었다.

"손님두 없는데 여기서 썩는 게 아깝잖아? 이쁘게 생겼는데, 그렇지?"

혜옥은 갑자기 가슴이 미어지는 듯했다. 그동안 집 나와 여기 저기 거칠게 떠돌이 생활을 해 스무살 나이가 넘어도, 누가 눈꼽 만 한 친절만 보이면 금방 흐물흐물 녹아버리는 혜옥이었다. 그 들 세 사내는 해가 지고 어두워져서야 일어섰다. 호기롭던 사내 들이 서로 눈치 보고 어려운 표정을 짓더니 겨우 술값을 만들어 내고 나갔다.

"사장니임! 팁 주셔야지요."

혜옥이가 사내 중에 하나를 잡고 투정 부리듯 말했다.

"다음에 보자. 잔돈이 없어."

사내는 쉽사리 혜옥의 손을 뿌리치고 어둠 속으로 사라져 묻혀 버렸다.

"야, 이년아. 넌 아직두 멀었어! 그래 꼬락서니 보면 모르냐? 알 건달들 보구 사장이라구? 술값 안 떼인 것만두 다행이다. 이년아!"

김 언니가 어둠을 향해 욕을 퍼대는 혜옥을 보고 소리쳤다.

남자
세 번째 이야기

"정말이야?"

며칠째 세수를 안 했는지 얼굴이 희끄무레 뜨고 머리털이 푸석한 추가(秋家)가 물었다.

"이 친구가 속아만 살아왔나? 못 믿겠거든 우리 마누라한테 물어보면 알 거 아닌가!"

김치 쪽을 집으려다 말고 윤두수가 소리쳤다. 갑자기 김가가 흐흐흐흐 웃었다. 그리고 그는 추·윤 두 사람에게 잔을 들어보이며 마시라는 시늉을 했다. 지금까지 이야기가 물 흐르듯 줄줄 이어졌는데, 그만 윤두수가 매일 밤 '끝내준다'고 말한 게, 거기다가 추가가 정말이냐고 쐐기를 박은 게 실수였는지 분위기가 무거워져버린 거였다.

이때, 혼자서 칼국수를 시켜 먹던 사내가 셈을 마치고 나가다가 그들에게 다가왔다.

"대단하십니다. 엿들은 건 아닙니다만 정말 부러운데요. 이 근처에 사십니까?"

사내가 윤가를 보며 사람 좋은 표정으로 이렇게 너스레를 떨었다.

"요 앞에 사시는 걸요. 우리 집 단골이라구요."

윤가는 꿀 먹은 벙어린데 주인 여자가 상을 치우며 거들고 나섰다.

"즐겁게 드십시오."

사내는 여전히 좋아 죽겠다는 표정으로 인사하고 나갔다. 윤가 추가 김가 셋은 어처구니없다는 떫은 낯으로 사내가 나간 문 쪽을 바라보았다.

"요샌 말세라 그런지 별 희한한 놈들이 다 많아."

추가가 중얼거렸다.

칼국숫집을 나선 사내는 길가에 서서 사방을 두리번거렸다. 그리고 무슨 생각을 하는 듯 고개를 갸우뚱하더니 산 쪽으로 걸어갔다. 아주 잰걸음이었다. 그는 걸으면서 윤가가 떠벌린 얘기를 떠올렸다. 암자로 가는 길인데, 마지막 집이 끝나고 한참 좁은 길로 올라가면 소나무에 등산객에 당부하는 글이라는 팻말이 붙어 있고, 거기에서 왼쪽으로 가다가 큰 바위 밑에….

정말일까?

사내는 생각했다.

살다 보면 예기치 않았던 우연한 행운도 굴러든다고 하지만, 정말 너무 뜻밖이어서 믿기지가 않았다.

벌써 몇 년 전이냐.

그가 첫 직장으로 첫 번째 맡았던 일이 아니었던가. 그러나 그는 해결해내지 못했있다.

그는 오전에 이 동네에서 일어난 연탄가스 중독 사고의 현장을 보러 나왔었다. 실직 청년이 사글셋방에서 연탄 화덕을 옮겨놓고 자살을 기도한 것이었다. 청년은 아침에 발견되어 병원에 옮겨졌는데 생명에는 지장이 없었다. 그는 현장을 보고 아침을 거른 터라 길가의 칼국숫집에 들러 빈속을 채웠다. 칼국숫집에 이미 세 명의 중년 사내들이 소주를 마시고 있었다.

처음에 그는 그들에게 전혀 관심이 없었다. 그런데 느닷없이 한 사내가 자신의 넘치는 정력을 자랑하는데 그만 귀가 솔깃해졌던 것이다.

"사슴이 최고야. 해구신이구 나발이구 다 소용없어!"

한 사내가 사슴 얘기를 했다.

"해구신 수십 알을 한꺼번에 먹구 황달 걸려 병원 신세진 거 몰라? 웃기고 망신당하고 돈 버리고…."

사슴이 정력에 좋다고 침을 튀기던 사내는 세 사람 중 가장 몸이 작아서 보잘것이 없었다. 그는, 하룻밤을 거르면 다음 날은 꼭 이틀분을 채워야 잠을 잘 수가 있다고 주장했다. 과거에는 그렇지 않았는데 오직 그 '사슴 사건' 때문이었다는 것이다. 그 사건에 참여한 두 사람 다 정력 하나는 하늘이 높은 줄 모르고 땅이 깊은 줄 모르겠다고 자랑했다.

윤두수는 몇 해 전 신문 사회면을 떠들썩하게 했던 사슴 대가리 사건을 얘기했다. 이젠 세상에서 그걸 기억하는 놈이라곤 개미 새끼 한 마리 없겠지만, 그 사슴 대가리를 댕강 잘라다 녹용의 생피를 마시고 녹용을 팔고 또 자신도 먹은 영웅이 바로 자신이라는 거였다. 자기가 직업 하나 없이 알건달로 지내도 마누라가 구멍가게를 하며 임금님으로 섬기는 것이 다 '사슴' 때문이라고 했다.

추가는 그저 지나가는 말로 요즘 살아가는 게 점점 어려워 안팎 곱사등이가 된 기분이라고 했었는데, 윤두수가 저 혼자 기고만장해 하자 기분이 떨떠름했다. 추가는 마지막 사업이라고 차린 철물점도 도무지 파리를 날렸고 마누라는 이유 없이 머리를 싸매고 드러누워 지내는 거였다.

윤두수는 김가가 편을 들어주고 부추겨주자 사슴 대가리는 수유리 계곡의 어느 암자 가는 길의 바위 밑에 파묻었다는 것까지 술술 불어버렸다. 이것만은 하늘이 두 쪽 나도 모른 체하자고 맹세한 것이었음에도 불구하고.

오후에 집에 들어와 윤두수는 잠이 들었다. 그는 꼭 오후 두세 시쯤엔 한잠 자는 버릇이 있었다. 언젠가 어디에서 어느 유명한 사람이 낮잠을 즐긴다고 했대서 덩달아 자신의 버릇을 거기에 견주기도 하는 그였다.

윤두수가 잠든 지 십 분이나 지났을까? 오전반 수업을 끝내고 돌아와 숙제를 하던 막내딸이 그를 깨웠다. 손님이 찾아왔다는 거였다. 그는 짜증을 내며 눈꺼풀을 억지로 들어올렸다.

"누구야?"

"몰라요."

"엄마 없냐?"

"몰라요."

"몰라 귀신이 붙었냐? 말끝마다 몰라 몰라…."

윤두수는 일어나 앉았다.

"어딨냐?"

"밖에 계세요."

아이는 뚱한 말투로 대답했다.

이때, 임시로 달아맨 코딱지만 한 부엌의 쪽문이 삐걱 열리며 한 남자가 들어왔다.

"안녕하십니까?"

남자가 말했다.

"누구슈우?"

윤두수는 전혀 모르는 얼굴이어서 여전히 잠이 덜 깬 표정으로 어눌하게 말했다.

"잘 모르시는군요."

말하면서 남자가 비좁은 방 안으로 무턱대고 들어와 앉았다. 한 손에 봉투를 들고 있었다.

"누구신데…."

"아까 칼국숫집에서 왜 인사드리지 않았습니까, 윤두수 선생."

"야아, 이거 우리 집에 웬일이요?"

윤두수는 까닭 없이 가슴이 철렁 내려앉았다.

"바위 밑에 뼈가 그대로 있더군요. 여기 파왔습니다."

남자가 말하면서 봉투를 열었다. 그리고 그는 주머니에서 신분증을 꺼내 놀란 눈의 윤두수 앞에 디밀었다.

"아주 영영 묻혀버릴 사건이었는데⋯."

남자가 자신의 형사 신분증을 거두며 말했다.

그 남자의 사랑

철수는 일이 손에 잡히지 않았다. 머리도 아프고 마음도 어지러웠다. 전화벨이 울리면 슬쩍 자리를 피했다. 다음 달에 결혼하는 한 기사(技師)가 전화 받는 일을 도맡았다. 아침에 혜경의 일을 얘기해서, 그는 내 기분을 이해하는 것이었다.

"김 형, 골수염이라면 쉬운 병은 아니야. 언제 재발할는지도 모르고… 결혼은 생활이고 현실이야, 감정이나 기분으로 하는 것이 아닌 것 같아. 평생을 같이 살아야 하는데…."

친구의 소개로 알게 된 여자와 반 년의 연애 끝에 마침내 결혼 날짜를 보름 앞두고 있는 한 기사가 이렇게 말했던 것이다.

철수는 점심밥도 먹지 않았다. 매점에 가서 우유 하나를 사서 마시고는 그만두었다. 일곱 시에 전철역 앞의 '나그네' 찻집에서 혜경이와 만나기로 했다. 가서 뭐라고 말해야 할까. 어떤 표정을 지어야 될까. 철수는 마음을 정할 수가 없었다.

오후 2시에 철수는 윤 고문 할아버지를 찾아갔다. 공장장을 지내고 정년퇴직을 한 지 10년이 넘은 노인인데, 회사에서 기술 고문으로 모셔서 일주일에 두세 번씩 공장 일을 봐주시는 분이다.

주례도 많이 서시고 독서를 많이 해서 생각이 늘 젊으신 어른이라 모든 사람들이 좋아한다.

"연애를 하고 있는데요…."

철수가 망설이다가 말했다.

"주례 서라는 거야?"

윤 고문이 돋보기 너머로 눈을 뜨고 철수를 보며 말했다.

"그게 아니구요, 저보다 다섯 살이 어린 아가씬데 대학을 1년 다니다 가정 형편이 어려워 취직을 했어요."

"그래서… 이쁘냐? 결혼할 거야?"

"아이 고문님두…."

"말해 봐."

"제가 나이두 있구 그래서 지금은 결혼을 생각하고 만나야 하거든요. 그런데 그 아가씨가 어제 고백을 하는데 골수염에 걸린 적이 있다는 거예요. 고등학교 1학년 때요. 언제 다시 재발할지 모르고…."

윤 고문이 고민 때문에 눈이 푹 꺼져 보이는 철수를 응시했다. 철수는 그 눈길을 피했다.

"사랑하냐?"

윤고문이 물었다.

철수는 웃음으로 얼버무렸다.

"요새 청년들은 어떻게 생각하는지 모르겠지만, 난 철수가 그 아가씨와 결혼한다면 반대하겠어. 결혼이라는 것은 건강한 자식을 낳아 길러 자기 대를 잇는 평생의 삶이야. 부모한테서 태어나 결혼하기 전까지의 인생은 또다시 자기가 결혼해 자식을 낳기 위한 준비 기간이나 다름없어, 결혼은 엄격한 거야. 연애 감정과 결혼을 같은 것으로 착각하지 말어. 결혼은 죽는 그날까지 같이 사는 일이지, 헤어져도 괜찮은 건 아니야. 내 말 알겠어? 고리타분한 영감 얘기같이 들리냐?"

"아니요."

철수는 아니라고 대답했다. 윤 고문의 얘기가 틀린 말은 아니기 때문이었다. 그러나, 그러나… 사람은 반드시 틀리지 않는 일, 틀리지 않은 길로만 가는 것은 아니리라. 철수는 이렇게 생각했다. 그러면 이제 나는 어떻게 할 것인가. 만약 혜경이와 결혼을 한다면, 그래서 한 서른이나 마흔쯤 발병을 한다면… 앓고 있는 아내를 가진 남편, 앓고 있는 엄마가 있는 아이들, 앓고 있는 주부가 있는 가정….

"잘 생각해 봐. 평생 희생하고 그 희생의 기쁨과 보람을 느낄 수 있는 인격자라면 그런 불행의 씨를 가지고 있는 배우자를 선택해도 될 테지…."

윤 고문이 말했다. 윤 고문의 말은 옳았다.

"고맙습니다."

철수는 일어나 윤 고문에게 인사했다.

"잘 생각해. 인생은 기분으로 살아선 안 돼!"

문을 열고 나서는 철수에게 윤 고문이 말했다.

퇴근 무렵이 될 때까지도 철수의 어지러운 마음은 정리되지 않았다. 혜경의 첫인상은 시냇물 같았다. 너무 맑아서 밑의 모래와 잔돌멩이와 물풀까지도 훤히 들여다보이는 시냇물 같은 여자.

"김 형, 고민하지 마. 결국 선택하느냐 않느냐 둘 중의 하나 아니야?"

사무실을 나설 때 한 기사가 가볍게 말했다. 연애할 땐 몰랐는데 결혼 날짜를 받고 카운트다운을 시작하자, 혼수 따위로 복잡해지니 기분이 착잡하다고 그는 말했다. 철수는 그의 얘기가 다 편한 사람의 즐거운 투정으로만 들렸다.

"결혼해선 안 되겠지?"

철수가 한 기사에게 물었다.

"물론이지. 어차피 처음엔 가슴이 아프겠지만 시간이 지나면 다른 여자도 생기고…."

"그렇지만 혜경이가 너무 가여워."

철수는 독백처럼 말했다.

"오늘 만나나?"

"일곱 시에."

"시간 다 되었잖아?"

"가야지."

"그럼 어서 가보라구. 내일 만납시다!"

한 기사는 버스정류장 방향으로 갔다.

철수는 힘없이 걸었다. 그는 가난하기 짝이 없는 시골집을 생각했다. 5남매의 장남인 자기, 시집간 여동생, 공업고등학교에 다니는 남동생, 그리고 그 밑으로 학교 다니는 동생이 둘. 모두가 철수의 어깨에 걸머진 짐이다. 농사짓는 것으로 겨우 식생활이나 할 수 있고, 회사의 장학금으로 야간 대학을 졸업한 철수다.

만약에 혜경이와 결혼해서 병으로 앓아 눕는다면 그 치료비는 어떻게 할 것인가. 가능하면 맞벌이를 할 수 있는 여자와 결혼해서 동생들 학교만은 뒤를 대주려 생각하고 있지 않았던가.

철수는 천천히 걸었다.

벌써 7시가 다 되었다. 나그네까지 가려면 아직 3분쯤은 걸어야 하리라.

혜경은 정각에 나와 있을 것이다. 이미 그전에 와 있을지도 모른다. 퇴근 시간이 철수보다 이르기 때문이다.

혜경에게 무슨 말을 해야 할까.

골수염이 있다는 사실 때문에 헤어지자고 하면 혜경은 나를 어떤 인간으로 취급할까. 결혼이란 달콤한 꿈이 아니라 냉혹한 현실이라고 말해줄까? 그것으로 떳떳해질까? 내 입장이.

철수는 나그네의 선팅된 유리문을 밀고 들어서면서도 마음의 결정을 하지 못했다.

퇴근 시간이라서 그런지 나그네는 앉을 자리도 없이 사람들이 꽉 차 있었다. 담배 연기와 얘기 소리와 음악이 뒤엉켜서 더 복작거리는 느낌이 들었다.

구석 자리에서 혜경이 손짓을 하고 있는 게 보였다. 언제나처럼 명랑한 얼굴이었다. 맑고 싱그러운 표정. 저 얼굴 어디에 무서운 그늘이 숨어 있단 말인가.

"오래 기다렸어?"

"아니요."

둘은 마주 앉았다.

"여기 시끄러운데, 어디 가서 저녁이나 먹을까?"

철수가 말했다. 이때 혜경이 그의 귀에 대고 속삭였다.

"어제 골수염 얘기 지어낸 거였어요. 용서해 줄 거죠?"

그리고 철수를 빤히 쳐다보았다.

순간 철수의 얼굴이 빨갛게 달아올랐다. 그것이 거짓이든 아니든, 철수는 참패한 기분을 떨쳐낼 수가 없었다.

얼굴에 철판 깐 사내

그는 벨을 누르고 기다렸다.

벌써 세 번째였다.

안에서는 여전히 조용했다. 그는 잠깐 망설이다가 발길로 문을
찼다.

차면서 안쪽의 낌새에 신경을 썼다.

이윽고 발소리가 나고 문이 열렸다.

그는 안으로 들어갔다.

"잤어? 도대체 어떻게 된 거야? 난 강도가 들었나 하구….."

그가 이렇게 지껄이는데 아내는 벌써 안방으로 들어갔다.

건넌방에서 아이들 둘이 빠끔히 얼굴을 내밀었다.

"아빠한테 인사두 안 하니?"

그가 머쓱해져서 말했다.

초등학교 1학년짜리 딸이 손짓을 했다.

"아빠, 엄마하고 싸웠어?"

딸이 가까이 간 아버지한테 말했다.

"아니, 왜?"

그는 전혀 모르겠다는 말투였다.

"엄마가 아빠하고 말두 하지 말랬어."

"아냐. 엄마가 괜히 삐쳤을 거야."

그는 이렇게 대답하고 유치원 다니는 아들과 딸의 머리를 쓰다듬어 주었다.

딸은 자기들은 밥을 다 먹었는데, 아빠는 먹었느냐고 챙겨주었다. 먹었다고 말하고, 그는 아이들 방문을 닫은 다음에 안방 문을 열었다.

아내는 한쪽에 독 오른 고양이처럼 앉아 있는데 그동안 얼마나 독기를 품어 냈는지 방 안이 으스스할 지경이었다.

"여보, 당신 왜 이래. 무슨 일이 있었어? 자, 이 옷 받아 걸어!"

"아니, 뭐 저런 남자가 다 있어! 뻔뻔스럽긴…."

아내가 눈을 하얗게 흘기며 씹어 뱉듯이 말했다.

"왜 그래?"

그는 여전히 태연하게 알 수 없다는 듯한 말을 하며, '이 없으면 잇몸으로 살지'라고 중얼대며 옷을 옷장에 걸었다.

"나는 이렇게 분한 꼴은 생전 처음 당했어. 어떻게 그럴 수가 있어요! 대체 그 여자가 누구야!"

아내가 게거품을 물며 악을 썼다.

"아니 무슨 말이야? 정말 당신 정상이 아닌데, 낮에 무슨 일 있었어?"

그는 잠깐 시간을 끌기 위해, 이렇게 말해놓고 목욕탕으로 갔다.

그는 천천히 손을 씻고 세수를 하고 양치질도 했다.

그리고 방으로 들어갔다.

들어가자마자 텔레비전을 켰다.

아내가 잽싸게 와서 단추를 눌러 꺼버렸다.

"뻔뻔스럽긴!"

아내가 내뱉었다.

"당신 정말 왜 이래?"

그는 어처구니없다는 표정이었다.

그리고, 무슨 일이 있었나 애들한테 물어봐야겠다며 일어섰다.

아내가 그를 잡아 다시 앉게 했다.

"당신이 나를 모른다고 했잖아. 다른 여자랑 팔짱을 끼고 가면서. 그것도 세 번씩이나. 애새끼 둘이나 낳고 구 년째 사는 아내를, 대낮 명동 바닥에서 데이트하다가 들켜놓구 모른다고 했잖아!"

그는 눈을 커다랗게 떴다.

"명동에서? 몇 시에?"

"점입가경이로군, 몇 시긴 몇 시야. 자기가 간 시간두 몰라? 점심시간이지!"

"오해야. 난 점심을 광화문에서 먹었어. 경제기획원에 볼 일이 있어 갔다가 거기 친구하고 광화문에서 먹었어. 의심 나면 전화 걸어 봐. 대학 동창이니깐."

"연극하지 말아요!"

"연극? 누가 할 소릴 하는지 모르겠네. 하루 종일 직장에서 시달린 남편한테 지저분한 의심이나 하구⋯."

그는 다소 언성을 높였다. 아내가 발딱 일어나 옷장을 열어 넥타이와 옷들을 꺼냈다.

"내가 미친년이야? 아침에 내가 내 손으로 골라 매준 넥타이, 양복이야. 구 년씩이나 살아온 제 남편 얼굴을 잘못 본단 말이야? 이젠 사람을 아주⋯."

아내는 분에 못 이겨 훌쩍거렸다.

"여보, 그 넥타이, 양복을 서울 바닥에서 나 혼자만 입구 있나? 기성복 산 거잖아. 또 비슷한 얼굴이 얼마나 많아. 당신만 해도 김자옥이랑 꼭 닮았잖아. 이 세상에 닮은 사람이 얼마나 많낟 말야."

그는 무슨 생각에 잠겨드는 듯한 아내를 끌어안았다.

아내는 뿌리쳤으나 완강한 사내의 힘에 당할 도리가 없었다.

그는 아내의 거친 손을 매만지며,

"당신이 그동안 너무 고생이 많았어. 신경이 예민해진 모양이야. 주말에 어디 가서 좀 쉬었다 오자구⋯."

하면서 아내의 확신과 분노에 찬 배반감을 공략해 들어갔다.

다음 날 그는 출근하자마자 어제 오후 내내 전략을 짜는 데 머리를 보탰던 동료들의 각광을 받았다.

점심시간에 애인과 팔짱을 끼고 데이트를 하다 아내에게 들켰는데, 그는 세 번씩이나 아내를 모른다고 했었던 것이다.

그리고 그는 마지막까지 잡아떼기로 작전을 세웠고 그대로 실행했더니 과연 만사가 형통한 것이었다.

"처음엔 방방 뛰디리구, 그렇지만 잡아떼는 데 어쩌겠어. 다음 주말엔 청평에 가서 하룻밤 자고 오자구 했지만 말야⋯."

그 남자의 아내

그 여자는 신문을 펼쳤다. 커다란 제목이 눈에 띄었다. 그러나 눈에 스칠 뿐, 마음에까지 들어오진 않았다. 신문을 덮고 일어났다. 붉은 싸구려 양탄자를 조심스럽게 밟고 책꽂이 앞으로 갔다. 두꺼운 월간 여성지들, 주간지들, 외국 주간지 따위가 꽂혀 있었다. 그 여자는 등 뒤에서 자신을 바라보고 있을 간호사가 생각났다.

'두 남자와 한꺼번에 간통한 여자.'

'비밀 요정… 머리를 올려준다.'

그 여자는 주간지 겉장의 여배우 표정과 커다란 제목들을 뚫어지게 들여다보며 자꾸만 뒤꼭지를 더욱 세게 후벼파는 간호사의 눈길에 신경을 곤두세웠다. 그 여자의 손은 이윽고 외국 주간지를 더듬어 빼내었으나, '마음은 두 남자와 한꺼번에 간통한 여자'와 '비밀요정… 머리를 올려준다'에 가 있었다.

"아주머니."

뒤에서 간호사가 불렀다. 여자는 하마터면 주간지를 떨어뜨릴 뻔했다. 얼굴이 붉게 달아올라 화끈거리는 게 느껴졌다. 그래서 더욱 창피스러웠다.

"들어가시죠."

그 여자가 돌아서자 간호사가 상냥한 웃음기 어린 표정으로 말했다. 여자는 여태 손에 들고 있던 외국 주간지를 마치 시위하듯 소파 위로 던졌다. 소파 끝에 불안한 자세로 앉아 있던, 창백한 얼굴에 살이 빠져 빈약한 광대뼈마저 드러나 보이는 청년이 벌떡 일어섰다. 병기운이 도는 눈을 이리저리 굴리며 성난 표정을 했다. 그때 간호사가 와서 그 여자를 안내해 진찰실로 들여보냈다. 청년은 거칠게 숨을 쉬며 제자리에 앉았다.

의사는 거무튀튀한 얼굴에 건장해 보이는 중년의 남자였다. 그 여자는 나름대로 '우아하되 정중하게'라는 평소의 생각처럼 그렇게 걸어서 의사 앞에 앉았다.

의사는 눈인사를 보내고 여자의 얼굴을 찬찬히 들여다보았다.

"남편 때문에요…."

여자가 말했다.

"그렇습니까? 저는 또…."

"아이 선생님두, 아무리 부부 사이라도 어떻게 정신병원엘 가보자고 말할 수 있겠어요?"

여자가 얼굴을 붉히며 말했다. 의사는 여전히 잔잔한 미소를 머금은 표정으로 여자를 바라보았다.

"병원 입구에서 한참이나 서성거렸는 걸요. 누가 볼 것 같아서요."

"부인께선 너무 과민하시군요. 선진국에선 정신과 상담을…."

"선생님!"

여자가 의사의 말허리를 잘랐다.

"전 과민하지 않아요. 절대로 그렇지 않습니다. 성격이 좀 뭐랄까… 맺고 끊는 게 정확한… 네, 경우가 바른 편이지요. 전 실수라는 걸 모르고 사니까요!"

여자가 물을 쏟아붓듯이 말했다.

의사가 고개를 주억거렸다. 그리고 담배를 꺼냈다. 여자에게 권했다. 여자는 화들짝 놀라며 화난 표정이 되었다. 여자가 어떻게…라고 낮게 중얼거렸다.

"부군께선…."

의사는 담배 연기를 뱉으며 말했다.

"…어디서부터 말씀드려야 할지 모르겠어요. 남편은 기운을 못차려요. 늘 피곤하다는 거예요…."

"무슨 일을 하시는데요?"

"회사에 다녀요."

여자는 얼굴을 찡그렸다.

"아파트에 사십니까?"

"아니요. 전 아파트를 혐오해요. 그게 어디 닭장이지 사람 사는 집이라고 할 수 있겠어요? 사람은 흙을 밟고 살아야지요. 우리 뒷집 아저씨는 새벽에 일어나 골목을 쓸고 정원을 가꾸는데, 저희 남편은 늘 늦잠입니다. 집 뒷산에 약수터도 있거든요. 이제 나이가 서른일곱이라구요. 남자 나이 그맘때면 한창 아니겠어요? 마당이 크진 않지만 20평은 되니까 아침에 쓸기도 하고… 그럼 얼마나 좋겠어요. 올해는 유난히 나무에 벌레가 많아요. 그런데도 약 한번 안 뿌린다니까요. 아침에 나가 보면 벌레 똥이 떨어져 있는데 그 위를 찾아보면 반드시 벌레가 있다구요. 그걸 잡아주면 될 텐데… 아이들 숙제를 봐주나… 무슨 학용품을 사주길 하나….”

여자는 울먹이기 시작했다.

“저는 너무 불행해요. 행복이라는 게 뭔지 모르겠어요. 속 모르는 사람들은 절 부러워하기까지 하는데…. 일전에 신문을 보니까 리즈 테일러도 오래전부터 행복을 못 느끼고 살았다고 하더군요. 말이 났으니 말이지만….”

여자는 얼굴을 붉히고 마른 눈을 감았다가 뜨더니 마치 눈물을 닦듯이 손등으로 문질렀다.

“…그동안 없는 돈에 보약도 많이 해주었다구요. 개소주를 해다 먹이질 않나, 꿀에 잰 인삼을 장복하지 않았나, 심지어 살모사까지 먹고, 양약도 영양제에서부터 경공산이라는 정력제까지….”

“약을 너무 드셨군요.”

“제가 아니어요. 전 감기약 한번 안 먹어요. 생강이나 달여 먹지….”

“부군께서 말입니다. 몸이 약하십니까?”

여자는 고개를 갸우뚱하고 잠시 생각에 잠겼다.

“그렇지 않아요. 앓아누운 적은 없었어요. 단지… 뭐랄까, 기운이 없다는 거예요. 피곤하다는 거지요. 내가 얘기를 좀 하자고 해도 피곤하다, 아이들과 고궁에라도 가자고 해도 쉬어야 한다, 영화를 보여 달라고 해도 고단하다… 대체 무엇 때문에 사는지…. 그렇게 좋다는 약은 다 해주었는데두… 혼자 있고 싶다는 거예요. 어떻게 나오나 보려구 이혼을 하면 어떻겠느냐고 하면, 당신이 원한다면 이혼해도 좋다고 하는 거예요. 아이들은 어쩝니까? 그이는 아이들도 내가 원하는 대로 하라는 거예요. 이상해요. 전 이해할 수가 없어요. 저는 쉬지 않고 일합니다. 새벽에 일어나 마당 청소를하고 아이들 학교 갈 준비… 쉬지 않고 일하지요. 파출부를 둬두되겠지만 제가 하는 것만큼 깔끔하게 하지 않거든요. 말씀드리기부끄럽지만 우린 동침을 두 달에 한 번이나 할까… 남이 들으면 거짓말이라고 하겠지만 사실입니다.”

여자는 풀이 죽었으나 붉어진 얼굴로 말했다.

잠시, 침묵이 흘렀다. 의사가 벨을 눌러 간호사를 불렀다. 처방전을 건넸다.

“부인, 후련하십니까?”

여자는 의사의 묻는 말을 이해하지 못한 표정으로 그를 쳐다보았다.

“약을 드셔 보세요.”

“남편한테 뭐라고 말하며 약을 주지요.”

“아닙니다. 약은 부인 겁니다. 부인께서 드셔야겠습니다. 그러면 남편의 병은 자연히 낫게 됩니다.”

그 남자가 절망한 이유

김 형.

오랜만이네. 그동안 전화 한번 하지 못한 거 용서하게. 자네도 이미 알고 있겠지. 나에게 어떤 일이 있었는지. 그러나 나는 아직 아무에게도 내가 겪은 치욕에 대해 설명하지 않았네. 차마 내 입으로 그 일을 되새길 수가 없어서라네.

하지만 김 형. 자네에게만은 말해야 할 것 같아서, 우선 이렇게 편지를 쓰네. 도대체 편지라는 걸 언제 써보았는지. 문득 생각나는 건 군 생활 동안 초등학교 어린이의 위문 편지에 답장 쓴 기억이로군.

김 형.

지금 내 마음은 천만 갈래의 거미줄 같은 것이 뒤엉킨 상태라고나 할까? 어렵게 자네를 불러놓고도 막상 글을 쓰려니 갈피가 잡히지 않는군.

김 형이야 알고 있겠지… 이런 생각도 들고… 이런 생각 끝에는… 용서하게나… 나는 자네조차 혐오스러워진다네. 이렇게 내 감정의 한 부분을 정직하게 털어놓음으로써, 사실은 친구에 대한 혐오의 감정으로부터 해방되고 싶은 걸세.

김 형, 행여나 나를 위로하려 하거나 동정하려 들지는 말게. 사람은 자기 잘못 없이도 욕된 경험을 겪게 되지 않던가. 특히 비 오는 날, 인도로 걷는데 질주하는 차가 웅덩이의 흙탕물을 끼얹어 놓기도 하니까. 이럴 때 얼마나 불쾌한가. 그뿐인가? 상대방의 과실로 일어나는 교통사고 때문에 정말 멀쩡한 사람이 목숨을 잃기도 하지.

김 형,

제발, 부디 내 기분을 이해해 주게. 자네는… 지금 내 손이 마구 떨리는군. 연필을 놓고 한동안 숨을 가누고, 눈을 감고 다시 뒤엉키는 마음을 가라앉혔네. 그 여자. 자네가 소개해 준 여자. 내가 첫눈에 반했던 여자… 나는 그 여자가 자네한테는 '전부' 말했을 것 같은, 그런 짐작이 가네. 그동안 솔직히 말해서 내가 자네를 피했던 것은 바로 그 '짐작'되는 부분 때문이었네. 내겐 치욕인 사건이 그 여자에겐 아주 가벼운 경험처럼 보였으니까.

그러나 어떤 사건을 제대로 보기 위해선 사건 당사자 어느 한편만의 얘기를 들어서는 안 되겠지. 내가 어렵게 자네에게 편지를 쓰는 까닭도 바로 그런 그릇된 이해가 생길까 봐서라네.

그날, 우리, 나와 그 여자가 신혼여행길에 오르기까지의 과정은 자네가 본 대롤세. 자네의 소개로 우리가 처음 만나서 겨우 5개월 만에 부부의 예를 갖추게 되기까지의 과정도 자네는 대부분 알고 있지 않나. 우리는 여러 번 셋이서 만났으니까. 자네는 벌써 두 아이의 아버지이면서도 내 결혼을 위해 시간을 내주던 우정이야 어찌 잊으리. 자네는 내게 '여성은 신비로운 존재가 아니라'고 여러 번 말했지.

그때마다 우리는 의견 충돌을 빚지 않았던가. 여성이 더 이상 신비롭지 않다면… 이 세상은 무슨 가치가 있겠나. 여성은 어머니요, 그 모성은 순결의 밭에서 자라나지 않는가?

김 형.

내가 수없이 선을 보았던 건 자네도 알지 않나. 그리고 여성의 순결성에 대한 내 숭배의 감정도 알겠지. 우리는 그런 부분에 대해서도 얘기했으니까. 여성은 신비롭지 않은가? 그들은 아무것도 세상에 드러내지 않으면서 사람을 낳는 존재지. 우리가 바위 틈에서 싹을 틔운 이름 모를 잡초의 생명력에도 경탄하거늘, 하물며 인간을 탄생시키는 그 오묘함에야 어찌 숭배의 염을 감추리….

김 형. 그 여자를 만났나? 얘길 들었나? 우리들의 치욕스런 한순간을 알고 있나?

그 여자는 틀림없이 자네한테만은 전부 말했을걸세. 나는 듣지 않아도 그렇게 짐작할 수 있네. 무엇보다 자네의 후배인 그 여자를 내게 소개해주지 않았던가. 즉, 자네로 말하자면 좀 쑥스러운 표현이지만 '중매쟁이' 아닌가.

내가 그 여자와 결혼을 결심하게 된 까닭은 무엇보다 그 여자의 단정한 태도 때문이었네. 빈틈없이 단정하되 정신은 영롱해서 대화가 되는 여자. 그래서 한사코 등 기대고 싶은 그런 여자였다네.

우리는 손 한빈 함부로 잡지 않았지. 요즘 텔레비전을 보게나. 길가의 극장 간판을 보게나. 얼마나 천박하고 거친가. 그런 천박하고 거친 문화 속에서 내가 지켜내고 싶은 건 고귀한 순결과 사랑이었지. 이건 지금도 자부하고 있어.

남자란, 사랑하는 여성의 순결을 보호해야 하며, 그것은 인격에 대한 존경의 표현이 아니겠나. 나는 그렇게 생각하네. 땅은 하늘에 감싸여 있고 여성은 남성에 의해 감싸여 살지 않는가. 물론 나도 돈을 주고 여자를 산 적이 있었지. 왜 그때, 그러니까 군입대 영장 받아놓고 우리 둘이 같이 가지 않았던가. 우리가 돈으로 사는 여자란, 신비스런 모성과는 다른 유형의 여자들이지. 어머니와 창녀는 전혀 다르지 않은가?

김 형,

자네도 알다시피 우리는 얼마나 번잡한 집안인가. 그날 한 시에 결혼식을 올렸건만, 폐백을 드리는 데 무려 세 시간이나 걸렸지. 고궁에서 사진을 찍고 제주도에 닿은 게 늦은 저녁이었다네. 그 여자는 몹시 피곤한지 비행기에서도 내 어깨에 기대어 잠을 자더군. 피곤하긴 나도 마찬가지였어. 그렇지만 인륜지대사를 치른 사람으로서 어찌 피곤하다고 졸 수가 있으리.

어쨌든 우리는 예약된 호텔에서 짐을 풀었어. 저녁은 간단한 양식을 먹었어. 우리 둘은 와인을 두 병이나 비웠지. 그 여자는 아주 세련되게, 그리고 우아하게 술을 마시더군. 이날은 특히 더 그렇게 보였어. 내 어머니의 젊은 시절에 유행했다는, 그래서 고전적인 느낌이 나는 머리 모양을 한 그 여자는 시폰의 하늘거리는 옷을 입고 있었지. 옛날엔 바흐가 좋았는데 지금은 마돈나가 좋다고, 나를 웃

기려고 이런 농담을 하더군. 그리고 그 여자는 언제 피곤했느냐는
듯이 생기 넘치는 표정에 술기운이 은근히 내비치는 얼굴로 내게
말했지.

"춤출까요?"

나는 대답하지 못했다네.

"춤추고 싶어요."

이렇게 다시 말하며 그 여자가 먼저 일어났지.

나는 사교춤을 배운 적이 없었다네. 그런데 그날, 나는 그 여자
의 몸이 그렇게 부드럽고 가볍게 움직이는 것에 놀랐다네. 그러나
그 부드럽고 가벼운 느낌이 왠지 어슴푸레한 불안감을 몰고 오는,
그런 내 마음의 변화를 나는 감지했었지.

"잘 추는군."

내가 말했지. 얼마나 추면 이런 실력이 되죠? 라고 묻고 싶었지
만 나는 바보처럼 '잘 추는군.'이라고 말해버렸네.

"호흡을 맞추면 일체감이 생겨요. 그런 만족감이 좋아요."

여자가 이렇게 말했지.

우리는 열한 시가 조금 넘는 시간에 방으로 돌아왔어. 그 여자가
먼저 샤워를 했어. 방금 목욕을 끝낸 여자의 청결한 모습이라니….
나는 정갈하게 몸을 씻었지. 내가 나왔을 때 그 여자는 속살이 비
치는 잠옷을 입고 창가에 서 있더군. 나는 이미 흥분과 격정 때문
에 분별력을 잃었다고나 할까. 이제 저 신비롭고 단정한 여자가 내
아내가 된다… 마침내 그 순결한 의식의 때가 왔다… 나는 천천히

다가가서 서양 영화처럼 여자를 들어 안았지. 그리고 우리는 침대에 누웠네. 여자는 내 입과 뺨과 목에 입을 맞추고 내 몸을 더듬었지. 나는 당황했다네. 내가 남자로서 해야 할 몫이 무엇인지, 문득 아득해지더군. 그 여자는 내 속옷을 벗겨내렸어… 그리고 흐느끼듯 그 여자는 나를 '정복'했네. 김 형, 정말일세. 그 여자는 나를 정복했다네.

이 여자는, 이 여자는 순결하지 않다… 처녀가 아니다… 창녀가 아니고야 이렇게 부끄러움도 모르고… 나는 이런 생각들에 사로잡혀서 미칠 것만 같았다네.

나는 마지막 힘, 그래! 혼신의 힘을 내어 그 여자에게서 떨어져 자리를 박차고 일어섰지.

그 여자의 당황한 눈빛… 그리고 잠시 후 나를 바라보던 그 경멸하는 얼굴… 그 여자는 내 얼굴에 침을 뱉을 것 같은 표정이었어. 그리고 천천히 못질하듯 말했지.

"미숙한 사람!"

김 형, 우리는 화해하지 못했네. 그 여자가 자신의 인생이 소중하기 때문에 낭비할 시간이 없다면서 떠나버렸기 때문이지.

노총각 양 대리

"글쎄, 전 아니라구요! 난 윤, 윤 대립니다!"

수화기를 들고 윤 대리가 소리쳤다.

저만큼 앞에 앉은 미스 남의 곱슬대는 파마머리를 멍하니 바라보고 있던 양 대리가 그 서슬에 고개를 돌렸다.

"그거야 본인한테… 네, 네….."

소리치던 윤 대리가 갑자기 기세를 누그러뜨리고 이젠 고분고분한 말투로 네, 네, 를 반복했다. 표정마저 부드러워진 데다 비죽이 웃음마저 띠기 시작했다.

양 대리는 무슨 전화일까 하고 생각해 보았다.

혹시 어젯밤에 외박한 게 아닐까? 마누라하고 싸운 건 아닐까? 어느 살롱 마담이 외상값…?

양 대리는 심심하던 참에 잘 만났다는 식으로 온갖 상상을 했다.

서른네 살 한동갑 나이건만 윤 대리는 벌써 아들만 둘을 둔 가장이요, 양 대리는 여행원들 사이에 소문난 노총각이었다. 그들 두 사람은 견원지간(犬猿之間)처럼 보이면서도 늘 함께 어울렸다.

"글쎄요. 그런 건 인사부에서 알고 있긴 하지만, 뭐 아주 좋은 청년입니다…."

양 대리는 사뭇 웃는 얼굴인 윤 대리를 일삼아 쳐다보고 있었다.

아무래도 무슨 전화인지 감을 잡을 수가 없어서였다. 그는 슬며시 일어나 소변을 보러 자리를 떴다. 전화 내용이 그렇게 흥미로운 것이 못 되어서이기도 했다. 그러나 정작 그는, 변소에 가서 일을 보다 말고 불현듯 떠오른 어떤 예감에 사로잡혔다.

'뭐, 아주 좋은 청년…'

이라고 말하던 윤 대리의 목소리가 생생하게 되살아나서 그의 가슴속과 머릿속을 헤집었다.

노총각 양 대리는 조바심이 났다. 그는 서둘러 바지춤을 챙기고, 입술 사이에 끼어 그냥 타들어가던 담배를 무정하게 내던지며 자기 자리로 돌아갔다.

윤 대리는 자리에 없었다.

그는 낙심했다.

허둥지둥 주위를 살펴보았다. 그러나 그가 지금 간절하게 찾고 있는 개, 혹은 그의 원숭이는 눈에 띄지 않았다.

"왜 그러세요, 양 대리님?"

미스 남이 뒤돌아보며 조잘대듯 말했다.

양 대리는 꽃 같은 나이의 처녀-그러나 그는 늘 젖비린내 나는 아이로 아주 치부해버리곤 하는 그 아가씨-를 멀거니 마주 바라보다가 대꾸 없이 자리에 앉았다.

그는 공연히 신경과민이 되었다는 것을 깨닫자 자신이 몹시 혐오스러웠다. 까짓것 장가가는 게 뭐 그리 대수냐고 다시 한번 자기 자신과 또 남들을 향해 속으로 외쳤다. 여우한테 얽매이고 천사한테 얽매이고 하는 인생이 가여워서 독신주의자가 되었다고, 그는 농담하길 즐기지 않았던가.

그런데 이 해로 접어들면서 이상스럽게 마음이 쓰였다. 자꾸만 혼자 있는 게 처량하게 느껴지는 것이었다. 토요일 오후면 갑자기 텅 빈 시간에 놓여진 것 같아 불안해졌다. 일가친척, 동료, 선후배들이 주위에서 줄지어 대던 선 자리마저 작년 가을부터 무슨 약속이나 된 것처럼 딱 끊겨져버린 것이었다.

양 대리는 책상 위에 놓여 있는 여러 가지의 대부 신청 서류들을 뒤적거렸다. 그러나 일할 마음이 아니었다. 괜스레 어수선해서였다. 윤 대리 자리는 여태껏 비어 있고, 미스 남의 머리는 여전히 곱슬거리는 그대로였다.

장가를 갈까?

그때 선본 그 아가씬 키가 작았지, 그래도 시집을 잘 갔다면서? 아무래도 대구에서 대학 나온 약사 아가씨를 놓친 건 천만번 잘못한 짓이었어.

여자가 돈벌이하면 서방 알기를 남방 조각만큼도 안 여긴다 해서 가볍게 튕겼었는데.

양 대리는 이런 생각 저런 생각에 빠져들었다.

요새 가끔 신문 문화면에 얼굴 나오는 그 여자, 그땐 볼품없는 미대생이었는데 중견 여류 화가라니!

화가하고 사는 건 좀 곤란해, 예술 한답시고 여자가 꼴사납게 줄담배 피우고 술병 끼고 사는 꼴은 못 볼 테니깐….

그러나 그는 마냥 아쉽고 후회스럽기만 했다. 그가 먼저 딱지를 놓아버린 여자들이 기실 정말 아까운 혼처들처럼 새록새록 떠오르는 것이었다.

점심시간이 다 되어도 그가 오매불망 기다리는 윤 대리는 나타나지 않았다. 그냥 그의 행방을 물어볼 수도 있겠건만 그는 겉으로는 마냥 무관심한 얼굴을 하고 있었다.

노총각 양 대리가 기다리던 윤 대리는 점심시간이 끝난 다음에야 모습을 나타냈다. 하지만 양 대리는 반가움도 감추고 궁금증도 감췄다.

"어이 양 총각, 누가 안 찾아왔어?"

윤 대리가 이렇게 묻고 나서야 그는 비로소 그에게 얼굴을 돌린 형편이었다.

"뭐라구! 아, 그런데 어딜 갔다 온 거야. 낮에 한탕 다녀오는 데 생긴 거야? 마누라 재미 보는 처지에…."

양 대리는 짐짓 농담마저 걸었다.

"히야, 총각이 이젠 노망났네. 그건 그렇구 누구 안 왔어?"

"누가 와? 누구한테?"

양 대리가 군침 삼키듯 다그쳤다.

윤 대리가 혼잣말을 하며 고개를 갸우뚱했다. 그는 무슨 생각에 잠기는 표정이었다.

"…누가 중매 서려는 모양이던데?"

마침내 윤 대리가 이렇게 중얼거렸다. 그 낮은 중얼거림마저 또

렷하게 알아들은 양 대리는 얼굴을 붉혔다. 화끈화끈 달아올랐다. 그를 조바심치게 하던 그 예감, 그리고 마냥 윤 대리를 찾게 하던 그 마음 쓰임이 결국 맞아떨어진 까닭이었다.

"저 능청 좀 봐, 숫총각두 아닌 게 얼굴은 왜 붉혀, 독신주의라는 게 다 저 모양이지. 안 그래?"

윤 대리가 약을 올렸다.

양 대리는 한 대 칠 것 같은 모양을 해보였다. 그러나 그는 치지도 않았고 성을 내지도 않았다.

"야, 야. 제발 늙은이 놀리지 마. 새파란 총각 놔두구 누가 날 중매들 서겠다구⋯."

양 대리는 이렇게 말을 하다가 끝을 맺지 않았다. 스스로 제 말이 부질없고 어색하게 생각되어서였다.

"그래두 넌 청년이야. 나 같으면 지금쯤 구린내 풍길 텐데 양 청년은 그래도 생기가 나나 부지. 아직두 처녀 가진 어머니들 눈에 띄는 걸 보면, 콧대두 저 정도는 돼야 으스댈 만한데 말이야."

윤 대리가 이렇게 말하는데, 이젠 더 이상 참을 수 없는지 미스 남이 돌아보고 웃었다.

"웃지 마!"

양 대리가 짓궂게 으름장 놓듯 소리쳤다.

미스 남은 살짝 눈을 흘기며 고개를 돌렸다.

오후 서너 시는 되었을까?

어떤 부인이 양 대리를 찾아왔다.

오십 줄에 들어 보이는 시원한 연두색 한복 차림의 부인이 사무실로 들어섰을 때, 양 대리는 대뜸 알아챘다. 그의 머릿속보다 심장이 먼저 쿵쿵 뛰기 시작했다.

저 의젓하고 우아한 부인의 딸.

그는 이렇게 연상하면서 뛰는 가슴으로 얼굴을 붉혔다.

아니나 다를까, 그 부인이 앞쪽에서 뭔가를 묻더니 양 대리에게 걸어왔다. 아, 결혼!

그는 숨이 막혔다. 가슴이 벅찼다. 두려움과 환희 때문이었다.

"양… 대리세요?"

마침내 부인이 앞에 와서 웃으며 말했다.

"네, 전데요."

양 대리는 떨리는 목소리로 대답했다.

"저어, 소영이 아시죠?"

"소영?"

"아실 텐데….”

"잘 모르겠….”

"아이, 왜 이종사촌 경애하구 친하게 지낸 친구인데, 양 대리네 집에두 간 적이 있구, 여학교 다닐 때 빵두 사주셨다던데.”

부인이 안타까운 얼굴로 애쓰며 설명했다.

"제가 아침에 전화로 알아보았거든요.”

"아, 그러세요?”

양 대리는 비로소 두 사람이 서 있었다는 걸 깨닫고 당황해하며 의자를 권했다.

"대부 받기가 참 어렵네요. 어디 아는 사람이 있어야지요. 그래서…."

부인이 핸드백의 쇠고리를 딸각거리며 이렇게 말했다.

양 대리는 한순간에 피가 한곳으로 빠져나가는 걸 느꼈다.

혜경이네 독재자

혜경은 화들짝 깨어났다. 놀란 눈을 뜨자마자 부산하게 주위를 살피더니, 맥을 놓듯 안심한 눈빛이 되었다.

꿈이었구나.

혜경은 현실이 반갑고 고마워서 이렇게 속으로 말했다.

이때, 전화벨 소리가 들렸다.

혜경이 수화기를 들며 벽시계를 보았다. 열한 시가 다 되어 있었다.

"여보세요."

"혜경이니? 나야, 목소리가 왜 그러니?"

"명숙이구나. 자다 일어났어."

"그래서 전화 안 받았구나. 난 화장실에 갔나 했더니."

"전화했었니?"

"애는 뚱딴지같이, 지금이 몇 신데 자구 있니? 애들 연락 안 왔어? 춘희 일찍 간다더니."

"몰라. 정신없이 잤다, 애. 무서운 꿈만 꾸구."

"뭔 꿈인데."

"전화 받느라구 다 잊어버렸어."

"그나저나 우릴 무얼 멕일려구 잠만 자니?"

"말두 마. 굶기진 않을게. 우리 애아버지가 새벽 다섯 시에 들어왔단다."

"안 자구 기다렸니?"

"문을 열어줘야 하잖니."

"따로 열쇠 가지고 다니게 하라니깐."

"말을 듣니?"

"넌 신랑 버릇을 잘못 들였구나."

"잠두 못 자게 한단다."

"자긴 바깥에서 술 마시구 놀면서 마누라는 문 앞에서 지키구 있으란 거야? 말두 안 된다!"

"몰라!"

혜경은 짜증이 나서 소리쳤다.

"맛있는 거 잔뜩 준비해! 난 증애랑 같이 갈 거니깐!"

명숙이 전화를 끊었다.

내 정신 좀 봐.

혜경은 명숙의 전화를 받지 않았으면 내처 잤을 것이고 오늘이 무슨 날인지조차 모를 뻔하였다. 새벽 다섯 시에 술 취해 들어온 박 과장은, 그래도 두어 시간 눈 붙였다가 제시간에 발딱 일어나 준비하고 출근하였다. 혜경이 남편의 술버릇을 타박하지 못하는 이유도 바로 여기에 있었다. 박 과장은 무슨 일이 있어도 출근 시간을 지키는 것이었다.

그런데 오늘은 무슨 날인가. 고향을 떠나 서울에 와 사는 여고 동창들이 혜경이네서 모이는 날이었다. 그걸 잊고 있었다니… 혜경은 시계를 보고 조바심을 치며 이불을 개켜 올렸다. 정육점에 전화를 하여 등심과 상추를 사고, 과일가게에 전화를 하여 수박, 복숭아, 자두를 배달시켰다. 맥주와 음료수도 주문하고, 쌀을 씻고 맑은 된장국을 준비하였다.

주희… 히히히.

혜경은 바빠서 정신이 없는 중에도 주희를 떠올리곤 히히히 혼자 웃었다. 동창들이 모이면 주희에겐 언제나 똑같은 질문부터 하였다.

"오늘 일수 찍구 나왔니?"

"찍구 나왔어, 찍구 나왔어!"

주희는 시끄럽다는 낯색을 하고 미리 쐐기를 박았다. 오십을 바라보는 주희의 남편은 하루도 부부관계를 거르지 않는다고 해서 누군가가 '일수 찍는다'고 놀려대고부터 하는 말이었다.

열두 시 반쯤부터 친구들이 모여들기 시작했다. 명숙이와 증애가 첫 번째로 도착하고, 곧이어 주희도 왔다. 주희는 학교 앞에서 문방구를 하다가 그만두고 서적 외판을 하더니 전보다 훨씬 세련되어 보였다.

"하나씩 사줘야 돼! 돈 벌어야 기운 나서 일수 찍지!"

오자마자 선전용지를 꺼내 놓고 설쳤다.

혜경은 파절이를 무치고 무생채도 하였다.

"간단한 걸루 했어."

상 위에 채소와 상추, 김치 따위를 올려 놓으며 혜경이 이해를 구했다.

"새벽 다섯 시에 들어왔단다!"

혜경은 고자질하듯 내뱉었다. 고향 친구들이라고 친정붙이 같은 느낌이었던 것이다.

"얌전하게나 왔으면!"

혜경은 새벽의 소동이 생각나 몸서리치듯 소리쳤다.

정순이 케이크를 사들고 들어왔다. 여학교 땐 집안 형편이 어려웠는데 지금은 친구 중에 제일 부자였다.

"주희 나왔구나? 일수 찍구 나왔니?"

정순이가 주희부터 놀렸다.

"시끄러워야. 매일 찍는 거 잊어버리겠니? 넌 부자니까 비싼 거 과학사전 하나 사라!"

중년의 여고 동창생들이 꺄르르 웃어댔다.

혜경은 땀을 흘리며 상을 차렸다. 남편이 늦게 들어와서 늦잠을 잤노라고, 그래서 준비가 부실한 걸 이해해 달라고 울상을 지으며 변명하였다.

상추에다 깻잎과 실파를 포개어 고기를 넣어 먹으며 명숙이 팔을 내저었다.

"야야야. 혜경이는 당해두 싸다야. 결혼한 지 얼마나 됐는데 그레 아직 문을 열어주구 기다리니? 그게 네 취미 아니니?"

"의부증 같다야."

"안 당한 사람은 몰라, 이것들아."

증애가 혜경의 편을 들고 나섰다.

"우리 남편은 좀 독재야. 어떤 땐 고단해서 소파에 쓰러져 졸다가 깜박 잠이 들거든. 그럼 야단이야. 여자라는 게 기가 빠져서 가장이 들어올 때를 모르구 어쩐다나? 내가 신경질 내도 자기가 옳다는데 누가 말리니. 시끄럽지 않게 살려면 하라는 대루 하는 거지."

"혜경이 네 생각이 틀렸다. 아내라는 게 남편 기다리는 파수병이냐? 퇴근 시간에 맞춰 들어온다면 응당 기다려야지. 그렇지만 너네 신랑은 시두 때두 없이 들어오잖아. 여자는 왼종일 집안 살림 하느라 고단하잖아. 남들 잘 때 자야 한다구. 안 그러니? 이 아내들아. 깔깔깔."

명숙의 말에 모두들 웃어젖혔다.

혜경은 괜스레 얼굴이 빨갛게 물들었다. 새벽의 소동이 생각나서였다.

"혜경이 신랑 버릇을 우리가 고쳐주자."

"어떻게?"

"우리가 당장 현관 열쇠 하나 만들어 선물하는 거지 뭐. 그럼 그걸 버리겠니?"

"아내 일이, 가장 들어올 때 문 열어주고 기다리는 거라고 말하는 남자 아니니?"

"얘들아, 말두 말아. 내가 왜 잠을 못 잤는지 아니?"

갑자기 혜경이가 입을 실룩거리며 말했다.

혜경의 남편 박 과장은 호주가 애주가이다. 그는 일찍 들어오는 날은 자기 전에 혼자서 소주 네 홉을 마실 때도 있다. 그러나 출근에 지장이 없었다. 그 점이 혜경을 꼼짝 못 하게 하였다.

어제는 부서의 전체 회식이었다. 아파트 5층으로 이사 온 지 두어 달 되었는데, 모두들 잠든 시간에 쾅쾅 계단을 울리며 들어오는 게 민망해서 제발 조심하라고 혜경이 당부하고 또 당부했었다.

혜경은 마감 뉴스를 보고 나서 TV를 껐다. 저녁 신문을 뒤적이다 깜박 잠이 들었다. 문득 깨어났더니 새벽 세 시였다. 혜경은 우유 한 잔을 마시고 남편이 먹을 술국을 마련하였다. 그는 자신에 대한 '현모양처'라는 주위 사람들-특히 남편 동료·친구들-의 평가가 즐겁고 기뻤다. 술 마시는 일 이외에 남편은 달리 나무랄 데가 없는 남자였다. 아내를 지나치게 속박하고, 독재자처럼 행동하지만 혜경은 그것이 '남편의 사랑'이라고 생각하는 편이었다.

신문 배달부가 계단을 오르내리는 소리를 들으며 혜경은 다시 깜박 졸았다. 그러다 누군가 문을 발길질하며 고함치는 소리가 들려서 무슨 일인가 현관문을 열었다. 아래층에서 소동이 일어난 것이었다.

…박 과장은 아내의 당부가 떠올라 발소리를 죽이고 계단을 올라왔다. 문 앞에서 기침을 안으로 삼키고 벨을 눌렀다. 한 번만 누르면 발소리를 내며 나오던 아내가 기척이 없었다. 요새 바가지가 심하더니 버르장머리 없이 잠을 자나? 박 과장은 괘씸히 여기며

벨을 거푸거푸 대여섯 번 눌러댔다. 그래도 안에서는 기척이 없었다. 새벽이라 벨소리가 계단 전체를 흔드는 것 같았다.

술기운에 화가 상승작용을 일으켜 박 과장은 문을 발길로 찼다.

가장을 망신주다니!

그는 화가 머리끝까지 솟구쳤다.

"누구요!"

안에서 남자가 소리쳤다.

화가 난 박 과장은 그 낯선 목소리에 주의하지 않았다.

"문 열어!"

박 과장이 소리치며 문을 마구 흔들었다.

안에서 조심스럽게 문이 열리는가 싶더니,

"당신 뭐야! 어떤 놈이야!"

소리치며 남자가 나타났다. 박 과장은 머리를 흔들어댔다.

"뭐야! 남의 집에 와서! 당신 누구야!"

잠옷 바람의 사내가 소리쳤다.

"주정뱅이 아니야, 이거!"

사내의 말에, 이윽고 박 과장은 찬물이 끼얹힌 느낌이 들어 진저리를 쳤다.

"여기가…."

갑자기 주눅이 들어 중얼거리자 집 안의 사내 등 뒤에서 주인 여자가,

"어머나 혹시… 위층에 계신…."

하고 더듬거렸다.

이때 혜경이 아랫층으로 내려와,

"여보! 당신 왜 그래요?"

하며 팔을 잡고 아래층 내외에게 죄송하다고 몇 번이나 사과를 하였다.

"잘됐다, 얘."

주희가 말했다.

"이 판에 버릇을 고쳐. 너두 낮에 일하는데 남편 파수병 노릇까지 할 수는 없잖니."

"내가 무슨 낮에 일하니?"

"그럼 너 가정부 두구 사니?"

"그렇지 않지만….."

"가정주부두 일이다. 보통 힘든 일이니? 월급을 못 받아서 그렇지."

"좌우간 네 신랑한테 현관 열쇠 하나 줘라. 이번 기회에 딱 버릇 고쳐야 해. 쇠도 달겼을 때 벼리라구…. 현관 열쇠 하나 해주구, 넌 기다리지 말구 때 되면 자. 네 방식은 바보지 현모양처가 아니란다. 네가 진작 그래 봤어라. 오늘 같은 망신 당하겠니? 아래 위층에서 무슨 낯으로 사니?"

"아파트에 소문이 자자할 거다!"

친구들의 충고를 들으며 혜경은 그래야겠다고 마음을 굳혔다. 성질 급한 주희가 당장 열쇠를 가져오게 해서 봉투에 넣더니 쪽지를 썼다.

아파트 열쇠를 빌려드립니다.

-혜경 친구 일동-

아빠가 나빠요

일곱 시가 되도록 장관은 오지 않았다. 노경우는 비서실에 전화를 걸어 볼까 하다가, 쓸데없이 보채는 인상을 줄까 봐 참았다. 다른 직원들은 퇴근을 시키고 남자 보조원 한 명만 남겼다. 이번에 고등학교 졸업하는 조카딸 취직 부탁도 해야 했다. 그의 형은 높은 분들 머리를 깎아주는 일을 하는 동생, 노경우를 철석같이 믿고 있었다.

일곱 시가 조금 넘었을 때 전화벨이 울렸다.

노경우는 마치 질린 듯이 일어나 전화를 받았다. 장관께서 이제 오신다는 전화일 거라고, 그는 번개같이 스치는 생각에 사로잡혀 있었다. 그러나 경찰서에서 일하는 고향 친구가, 사철탕 먹으러 가자더니 왜 가만있느냐고 소리쳤다. 노경우는 화가 났다. 그는, 자기는 지금 장관을 기다린다고 외치곤 전화를 끊었다.

그러나 아직까지 장관께서 청사에 계실 것 같지가 않았다. 노경우는 조바심에 가슴살이 짓이겨지도록 참다가 마침내 비서실에 전화를 걸었다. 벨이 네댓 번 울린 후에 다급한 여비서의 목소리가 들렸다.

장관님은 어떤 만찬에 참석하시러 가셨다고, 자기가 깜박 잊고 연락을 못 하였다고, 지금 약속이 있어 바삐 나가는 중이라고, 제 말만 내쏟고는 전화를 끊었다.

노경우는 맥이 풀렸다. 잠시 멍청히 서서 정신을 추스른 다음에, 허겁지겁 경찰서 친구에게 전화를 걸었다. 이미 자리를 뜨고 없었다. 제기랄… 그는 구시렁거리며 전화번호가 적힌 수첩을 뒤적였다. 여기저기 전화를 걸었지만 이미 다 퇴근을 하고 없었다. 사철탕… 이문동에 있는 뚱보네 집일 터인데 전화번호를 알 수가 없었다. 보조원은 장갑까지 끼고 노경우 눈앞에 와서 조바심치는 낯으로 그를 쳐다보았다.

이날 노경우는 결국 아무하고도 연락이 닿지 않아 할 수 없이 거리로 나왔다. 그는 보조원의 인사를 건성으로 받고 네거리에 잠시 서 있었다. 어디로 가야 할지 너무나도 막막하였다. 청사 이발소에서 나온 것이 마치 미아가 된 것 같은 기분이었다. 친구와 어울려 한잔하지 못하게 된 것이 그를 이렇게 절망시킬 줄은 노경우 자신조차 짐작지 못했던 것이다.

그는 혼자라도 어딘가 들러 볼까 생각하였다. 그러나 기분이 언짢아서 자주 가던 술집도 가기 싫었다. 그는 천천히 걸어 버스정류장에서 집으로 가는 시내버스를 탔다. 여덟 시 반이 넘었어도 버스는 만원이었다. 어떤 아가씨가 발을 밟혔다고 신경질을 부렸다. 그는 눈을 부라렸으나 입으로는 미안하다고 말했다.

노경우는 길가에 담 없이 지은 집의 현관문을 열고 들어섰다. 그러자 파마머리가 털개처럼 치솟은 아내가 '아이구머니야, 당신이 웬일이유? 저녁밥 먹었수?' 하고, 반기기는커녕 낭패인 듯한 어조로 말하였다. 노경우보다 네 살이나 덜 먹은 여자이건만 반대로 네 살 누이처럼 보였다.

"집 안이 왜 이렇게 썰렁해!"

그는 소리쳤다.

"아빠 일찍 오셨네."

고등학교 이 학년짜리 딸이 인사하였다. 그는 이상하게 그 딸만 보면 기분이 느긋해졌다. 예쁘기를 어디에 비교할 수가 없었다. 몸매도 좋고 학교 성적도 좋았다. 대학만 가면 좋은 데 시집가서 아버지 자존심 한번 끝내주게 세워주리라고, 그는 은근히 기대하다 못해 확신하는 것이었다.

딸은 아빠 얼굴에 코를 대고 킁킁대더니, 오늘 술 안 마셨네, 하면서 해가 서쪽에서 뜨겠다고 지껄이곤 제 방으로 갔다.

"여보, 밥…."

그의 아내가 무슨 죄라도 지은 사람처럼 방바닥에 떨어진 옷가지며, 펼쳐 놓은 신문지 따위를 부산하게 치웠다. 그러고는 일찍 들어왔으되 낯빛이 거친 남편의 눈치를 살피며 끼니 여부를 물었다. 사실은 찬밥 한 그릇이 있어서, 라면을 두 개 삶아 아이들과 나눠 먹고 저녁을 때웠기 때문에 남편 몫이 없었다. 늘 늦는 남편이라 저녁밥 함께 먹는 것은 이제 아주 포기한 처지였다.

노경우는 대답하지 않았다. 그는 아내의 모습이며 태도, 을씨년스런 느낌의 집 안 분위기가 다 싫었다. 그는 그의 아내가 늘 돈 얘기를 하며 절약하는 것과, 낮에는 파출부로 일하는 것이 하나같이 언짢았다. 아내가 아이들 앞으로 들어가는 돈이 많아져 당신 월급

만으로는 살 수 없으며, 먹고 싶은 것, 입고 싶은 것을 다 할 수 없다고 무수히 얘기하여도 노경우는 공감하지 못하였다. 아내의 집안 살림은 마치 그에겐 딴 세상 얘기 같았다. 그는 그가 월급에 손끝 하나 안 대고 가져다주는 것으로 가장·남편·아버지로서는 만점이라고 믿었다.

"빨리 밥 줘!"

노경우가 소리쳤다. 그의 아내가 이십 분만 기다려 달라고, 하필이면 찬밥 없앤 날 일찍 왔느냐고 허리를 굽히고 어쩔 줄을 몰라 하였다. 노경우는 기다렸다는 듯이 저런 년을 믿고 내가 살 수 있느냐, 가장의 저녁밥도 안 해놓는 게 여편네라고 할 수 있느냐, 집구석이 이 모양이니 들어올 맘이 나겠느냐…고 길길이 뛰다가 성질에 못 이겨 부엌으로 가서 아내의 따귀를 힘껏 때렸다. 자루 같은 몸매의 아내가 맥없이 쓰러졌다.

"아빠! 이게 뭐야! 왜 우리 불쌍한 엄말 때려! 엄마가 뭘 잘못했냔 말이야!"

갑자기 방에서 튀어나온, 그가 특별히 사랑하는 딸이 눈에 불을 켜고 소리쳤다.

"…우리 보구 당당하게 살아가야 한다구 말했지? 이거 봐. 엄마를 이렇게 때리는데 우리가 어떻게 당당하게 살아가겠어! 엄마는 바보같이 일만 하잖아. 난 엄마가 자기 용돈 쓰는 거, 엄마 혼자 즐기는 거 한 번도 못 봤어! 아빠가 나빠요!"

노경우는 저게, 저게, 뭘 안다구… 하면서 헛소리처럼 중얼거렸다.

여권 신장 즐기는 내 남편

　연구소의 여비서가, 소장님은 회식이 있으셔서 귀가가 늦어지신다고 말했다. 나는 짜증이 났다. 여비서의 상냥한 인사말이 끝나기도 전에 수화기를 내려놓았다. 남편의 사회적 신분에 걸맞지 않은 이런 행동은 결혼생활 십여 년 만에 처음 있는 일이었다. 친구들이 모처럼 나온 걸음인데, 저녁밥까지 함께 먹고 헤어지자고 여러 가지로 유혹했던 걸 뿌리친 게 새록새록 아쉽고 억울하게 느껴졌다. 그뿐만이 아니었다. 현행 가족법 중 미개하기 이를 데 없는 몇 가지 조항을 없애야 한다고 주장하는 남자와 사는 여자가 '자신의 종속적 존재'조차 깨닫지 못한대서야 말이 되느냐고 했을 때, 난 정말 부끄러웠다. 사실 종속적… 어쩌고 하는 표현의 뜻이 얼핏 머리에 떠오르지 않았지만, 그 의미가 아직도 여전히 아리송하면서도 왠지 꺼림칙하게 남아 있다. 그건 아마 여자를 얕잡는, 이를테면 노예나 하인에 대한… 그런 느낌을 담고 있는 표현은 아닐까?

　'…드센 것들, 아내라는 게 뭔지, 가정주부라는 게 뭔지, 여자라는 게 뭔지도 모르는 쌍스러운 것들. 나갔다가도 때가 되면 바람결에 들킬세라 제자릴 찾아갈 것이지… 종속적 존재? 쌍것들 같으니….'

나는 아직도 음침한 불빛이 비치는 카페의 칸막이 방에서 술잔을 놓고 킬킬대며, 사회가 어떻고 정치가 어떻고 경제가 어떻고 문화가 어떻고… 심지어 미국, 일본까지 들먹이고 있을 동창들을 두루 욕하였다.

'…그것들은 고추장, 된장두 안 담가 먹을 거야. 하나 빼곤 다들 강남 아파트숲에서 사는 걸 봐도 알 만하지. 명륜동 토박이가 수유리로 나앉아 사는 우리와 비교가 되나?'

오늘 아침엔 뭐가 씌어 동창 모임에 나갔을까. 인경이가, 저희들 다달이 모이는 날이라고 그냥 지나치는 말을 했던 것을 불쑥 '나도 가면 안 되겠니?' 하고 초라니 짓을 했던 것이다. 아무래도 뭐가 씌었을 것이다. 그러지 않고서야… 아무리 학교 때 단짝으로 어울려 지냈었다고 했기로서니 결혼하고 담쌓은 관계를 대책없이 이으려 했던 것이다.

남편이 늦어진다고 했을 때 울컥 치밀었던 짜증이 어느 결에 슬며시 친구들에게로 옮아가서, 오랜만에 만나 이상스런 감흥과 자극을 주던 친구들을 욕하고 경멸하게 되었다.

나는 거울 앞에 앉아 클렌징 크림으로 화장을 지웠다. 눈두덩이에서 보라 색깔이 지워졌다. 볼에서 붉은 기운이 사라졌다. 검은 눈썹은 흐릿해졌다. 분홍의 입술은 이내 낡은 피색으로 바뀌었다. 마지막으로 얼굴의 기미와 티와 점들이 드러났다. 나는 하나씩 하나씩 드러나는 내 실제의 얼굴에 적이 놀랐다. 일찍이 이런 당혹감은 느낀 적이 없었다. 화장은 매일 아침에, 남편을 위해 정성과 즐거움으로 해온 일이며 저녁에는 닦아 내었던 것이다. 그런데 오늘, 지금 저 중년의 티 많은 누런 얼굴은 누구란 말인가.

친구들은 내가 결혼생활에 불만이 없다고 말하자, 약속이나 한 듯이 꺄르르 웃어대었다. 정말이냐고, 그럴 수도 있느냐고 되물어대면서. 쌍것들.

어떤 아이는, 남편이 여성해방주의자인데 그 아내에게 무슨 불만이 있겠느냐고 짐짓 나를 두둔해주었었다.

난, 솔직히 고백하자면 남편의 '바깥일'에 전혀 관심을 가지지 않고 사는 여자다. 그는 정말 '바깥일'을 잘 해내는 남자다. 집에 와선 절대로 자기 일에 대해 말하지 않는다. 그 대신 나는 '안의 일'을 빈틈없이 해내려고 애쓰며 살아왔다. 그래서 불만이 없다.

…그런데 이 당혹스러움, 피어오르는 짜증, 억울함은 대체 무엇일까.

친구들과 헤어져 돌아올 때 나는 '안의 일'을 게을리한 자책감 때문에 수산시장까지 가서 전복과 해파리를 사가지고 왔다. 잠자리 모양으로 접시에 담아 내는 전복초 요리를 하였던 것이다. 그러나 지금 남편은 어느 요릿집에 앉아 있을 것이다.

친구들은 내가 학교 다닐 때 학보사 기자 노릇을 했던 것까지 들먹이며 능력을 사장시키지 말라고, 우리나라 여성 현실은 이러저러하다며, 배운 여성의 역할 운운하면서 꼬였었다.

"…여성해방주의 시각을 가진 남편의 완벽한 내조를 위해서도…"

아이들은 이런 심한 말까지 하면서 나보고 바깥으로 싸돌아다녀 보라고 하였다. 빨래, 청소, 설거지는 전기 기구가 대신할 수 있는 일이라고, 그건 주부의 일이 아니라고, 그건 주부의 성역도 아니며 아름다움도 아니라고 하면서.

물론 나는 모든 가전제품을 구입해 놓고 산다. 파출부도 쓴다…. 그러나 여자는 안에 있어야 하지 않을까?

언제 내 남편이 여권주의자가 되었을까? 그렇게 유명한 사람일까? 하기야 유명한 건 사실이다. 그는 TV, 잡지, 신문에 자주 출연하고 글도 쓰는 저명인사니까. 그렇지만 여자들에게 인기가 있다는 사실까지는 알지 못하였다. 난 가족법에 관심도 없고 알지도 못하니까. 나는 맏며느리로서 시누이 둘과 시동생 둘을 공부시키고, 시집 장가보내고, 시부모님 회갑을 비롯한 집안의 크고 작은 행사를 치르는 데에도 바쁜 여자니까. 그리고 무엇보다 불만이 없으니까. 행복하니까. 불만이 없으니까. 행복하니까. 행복… 하니까.

열한 시 반이 넘었다.

남편은 곧 돌아올 것이다. 그는 자정을 넘기지 않는 자상한 남편이다. 외도로 나를 고통스럽게 한 적이 없다. 벨이 두 번 울렸다.

아, 나는 화장만 지웠지 세수는 하지 않고 있었구나! 머리도 헝클어졌다. 모든 것이 그 바깥으로 도는 친구들 때문이다!

나는 남편의 힘찬 벨소리를 구별해 들을 줄 안다. 문을 여는 건 내 몫이다.

남편은 거나하게 취한 모습이었다.

"외출했었다면서?"

그는 다녀오셨느냐고 인사하는 내게 이렇게 물었다.

"글쎄, 걔네들 있잖아요. 아직 신문사에서 기자하는 숙희하구, 상담소에 나가는 양자, 연극하는 혜련이… 걔들이 나오라구…."

나는 짜증스런 목소리로 일러바쳤다.

"그런 여자들 만나지 말아! 골치 아파질 테니까!

남편이 모질게, 엄격하게 소리쳤다.

나는 무슨 까닭인지 몸이 얼어붙는 느낌에, 그 자리에 잠깐 붙박여 서 있었다.

책 뒤에

여기 엮어 모은 짧은 소설은 자그마치 지난 이십여 년 동안 쓰여진 것들이다.

이십 년의 세월이란 내 나이 스물여섯부터 마흔다섯에 이르는 시간이다. 마흔다섯에 스물 몇 살의 나이를 바라보니 감회와 부끄러움이 한꺼번에 느껴진다.

사람의 행실이나 말이 다 그 사람의 경험과 생각을 드러내게 마련이고, 무릇 창작하는 사람들의 작품이라는 것도 창작자의 생활과 사상의 반영임에 틀림없다. 그러니 여기 실린 글들은 내 지난 이십 년의 삶의 흔적 같을 테니 어찌 부끄럽지 않으랴.

인생에 대한 터무니없는 오만과 편견, 거기다 자포자기와 불성실도 엿보일 것이다.

독자 여러분의 지혜로 작가의 미숙함을 헤아리며 읽어주길 바랄 뿐이다.

글의 상당 부분은 『절반의 실패』처럼 목적의식적으로 쓰였다.

짧은 소설이라는 것이 재미와 함께 정곡을 찔러 무엇인가 던져줄 수 있어야 하는데 잘되어 있는지…. 이 점도 부끄럽다. 비록 무딘 감동과 충격이라 하더라도 삶의 현실, 특히 여성과 남성의

바르지 않은 관계를 일별하는 데 한 힘이 될 수 있길 은근히 기대
해본다.

수유리 작업실에서

1992년 8월 이경자

오늘도 나는 이혼을 꿈꾼다

2020년 7월 30일 초판 1쇄 펴냄
2020년 12월 1일 2쇄 펴냄

지은이	이경자
펴낸이	김성규
책임편집	김은경 미순 조혜주
디자인	김동선
일러스트	김동선
펴낸곳	걷는사람
주소	서울 마포구 월드컵로16길 51 서교자이빌 304호
전화	02 323 2602
팩스	02 323 2603
등록	2016년 11월 18일 제25100-2016-000083호

ISBN   979-11-89128-80-7 03810

* 이 책 내용의 전부 또는 일부를 재사용하려면 반드시 지은이와 출판사의 동의
를 얻어야 합니다.
* 잘못된 책은 교환해 드립니다.
* 이 책의 국립중앙도서관 출판시도서목록(CIP)은 서지정보유통지원시스템 홈
페이지(http://www.seoji.nl.go.kr)와 국가자료공동목록시스템(http://www.
nl.go.kr/kolisnet)에서 이용할 수 있습니다. (CIP제어번호:2020028090)